Anne Bax, *Rachel ist süß*

Anne Bax

Rachel ist süß
Erzählungen

konkursbuch
VERLAG CLAUDIA GEHRKE

Inhalt

Andersrum   S. 7
Im Inneren der Austern   S. 11
Was Wendy wirklich wollte   S. 22
Das Ende vom Lied   S. 36
Gemischte Gefühle   S. 115
Zeichen und wundern   S. 121
Möhren durcheinander   S. 127
Schnelle Hilfe in Glaubensfragen   S. 138
Goldener Oktober   S. 154
Rachel ist süß   S. 160
Erst mal   S. 169
Wo du hingehst   S. 180
Mein Märchen zur Nacht   S. 190

ANDERSRUM

"Ey, bist du andersrum?" Ilka bockte wie ein junges Pferd und stieß mit ihrer Hand ziellos nach hinten. Nico kippte von Ilkas nacktem Rücken aufs Bett und biss sich dabei auf die Zunge, die es nicht schnell genug wieder ins Innere ihres Mundes geschafft hatte. Der Schmerz durchzuckte sie an der gleichen Stelle, die Sekunden zuvor Ilkas Hals berührt hatte. Kleine Sünden.

„Wohl zuviel getrunken, was?" Ilka grinste sie zwar fröhlich an, rückte aber auch ein wenig zur Seite und zog sich ihr T-Shirt über.

„Viel zu viel." Nico ließ ihre Stimme absichtlich schlurren. „War wohl schon dabei einzuschlafen."

„Und du hast mir dabei auf den Hals gesabbert." Ilka wischte sich mit dem Handrücken unterm Ohr entlang. „Echt eklig. Pass bloß auf, dass dir das nicht passiert, wenn du endlich bei Marc übernachtest."

„Da werde ich doch wohl nicht zum Schlafen kommen, oder?" Nico wusste, dass Ilka nichts lieber tat, als jedes Detail ihrer erst kürzlich erworbenen Kenntnisse im Bereich Beischlaf mit ihr zu teilen, und steuerte sie mit ihrer Frage in vertrautes Fahrwasser. Ilka wickelte sich in ihre Decke und begann mit der ausführlichen Schilderung ihrer Defloration, die sich in den letzten Wochen mehr und mehr von einer leicht blutigen „Jugend forscht" Lektion zu einem freikirchlichen Erweckungserlebnis entwickelt hatte. Alles war wieder in Ordnung. Nico war wieder Nico und nicht andersrum und Ilka war wieder Ilka und keine begehrenswerte Frau und beide schliefen ein.

Irgendetwas weckte Nico mitten in der Nacht aus unruhigem Schlaf und sie schlug die Augen auf und starrte im Licht einer Straßenlampe genau auf diese besondere Stelle unter Ilkas Ohr. Sie fuhr sich mit der immer noch empfindlichen Zungenspitze über ihre Lippen und war sofort wieder versucht, diesen weichen Hals langsam und sanft abzulecken. Solange sie richtigrum gewesen war, hatte sie an Menschen nie etwas ablecken wollen, weder an Ilka noch an irgendjemandem sonst. Sie war also offensichtlich immer noch andersrum.

Wie war das passiert?

Sie hatten billigen Wein getrunken und sie hatte Ilka eine der Rückenmassagen verabreicht, die sie ihr als Gutschein zu ihrem siebzehnten Geburtstag geschenkt hatte. Sie hatte sich dazu kichernd auf Ilkas nackten Rücken gekniet. Ilka hatte die Massage offensichtlich genossen und Nicos Drücken und Kneten mit kleinen Seufzern und leisem Stöhnen begleitet. Da hatte es begonnen. Ganz heimlich hatte sich einer dieser kleinen Seufzer durch ihr Ohr in ihren Kopf geschlichen und dort gewartet, bis das Gefühl der weichen Haut unter ihren Händen dazukam. Der Seufzer hatte sich galant vor dem

Gefühl verbeugt und dann hatten die beiden mitten in ihrem Kopf zu tanzen begonnen und all ihre klaren Gedanken hatten mitgetanzt und sich gedreht und gedreht mit schnellen Richtungswechseln, bis ihr ganz schwindelig geworden war. Aber sie hatten nicht mehr aufgehört sich zu drehen, nach links, nach rechts, so schnell, so schön, so atemlos, dass Nico sich auf Ilka legen musste, um nicht umzufallen. Ilka hatte sich nicht bewegt; erst als Nicos Zunge feucht ihren Hals entlanggestrichen war, hatte sie Nico aufs Bett gestoßen. Nico schloss die Augen wieder und atmete tief ein. Ihr Kopf war bis zur heutigen Nacht ein leerer langweiliger Ort gewesen, an dessen Wänden ihre Wünsche wie abstrakte Bilder hingen, die sie nie zu entschlüsseln gewagt hatte. Jetzt stand mitten in ihrem Denken eine verwegene Erinnerung und ließ sich bewundern. In dieser Erinnerung legte sich eine Frau auf den nackten Körper ihrer besten Freundin und ihre Brustwarzen fühlten die Haut unter sich durch den Stoff des T-Shirts. Diese Frau leckte mit ihrer Zungenspitze ganz vorsichtig über einen weiblichen Hals, so wie man an einer exotischen Süßigkeit leckt, von der man nicht sicher ist, ob sie wirklich so gut schmeckt, wie sie aussieht. Du wirst es wohl noch einmal probieren müssen, sagte das Gefühl und drehte sich mit der Erinnerung in einem neuen schnellen Walzer. Herum, herum, herum tanzten die beiden in ihrem leeren Kopf.

Andersrum, dachte sie glücklich und schlief wieder ein.

IM INNEREN DER AUSTERN

Es war kein guter Tag, um eine Frau zu verführen. Es war eigentlich nicht mal ein guter Tag, um überhaupt vor die Türe zu gehen, aber ich hatte mich zu einem Waldspaziergang entschlossen, in der Hoffnung, dass ich im offenen Gelände schneller war als meine Depressionen. In meiner kleinen Wohnung hatten sie es leicht, ihre schweren, trägen Gestalten hinter mir her in alle Räume zu schleppen, sie schwer seufzend auszufüllen und mich tief in Fernsehsessel, Küchenstühle und schäumende Badewannen zu drücken. Ich hatte die Erfahrung gemacht, dass ich draußen mit etwas gutem Willen immer irgendetwas entdecken konnte, das sie fürchteten. Manchmal war es eine Farbe oder ein Geräusch, es konnte ein Duft sein oder der Anblick eines Schokoladeneisbechers mit Schokoladensoße, Schokoladenstreuseln und Sahne. An diesem Tag aber gab es kein solch einfaches Entkommen, denn meine Lieblingseisdiele war noch für mindestens drei Monate geschlossen.

Es regnete zwar nicht, als ich am hügeligen Wald hinter dem Museum aus dem Bus stieg, aber der Himmel hatte diese schmutzige Novemberfarbe, die keinen Zweifel daran ließ, dass bösartige Wolken auf den richtigen Moment lauerten, um den Aggregatzustand zu wechseln und sich nieselnd, tröpfelnd oder strömend aus dem Himmel fallen zu lassen. Die Bäume starrten mich auf jedem neuen Weg blattlos an und der Waldboden hatte am Morgen eine Extraportion *Eau de Verfall* aufgelegt. Um mich herum kompostierten lustlose Würmer sterbende Blätter und unwirklich glänzende Käfer drängten sich frierend unter nassem Rindenmulch zusammen. Die Depressionen hatten keine Mühe, mit mir Schritt zu halten. Im Gegenteil. Ihnen gefiel es hier fast besser als zuhause. Dann begann es tatsächlich zu regnen, oder besser gesagt, es begann zu gießen. Ich war noch einen kurzen Moment tapfer und trotzte dem Niederschlag mit hochgezogener Kapuze, aber als ich aus dem Augenwinkel wahrnahm, wie eine Gruppe Waldmäuse sich in Zweierreihen aufstellte, um vorsichtshalber in Richtung Arche zu wandern, erlosch mein schwach glühender Kampfgeist mit einem feuchten Zischen. Ich rannte los.

Als das alte Museumsgebäude hinter den dichten Regenschleiern auftauchte, war ich deutlich am Ende meiner Kondition angekommen. Im riesigen Foyer der ehemaligen Fabrikantenvilla schüttelten sich noch zwei weitere begossene Spaziergänger unter den missbilligenden Blicken des Personals das Regenwasser aus den Haaren. Meine Kapuze hatte dicht gehalten und auch die Regenjacke hatte, wie im Katalog beschrieben, das Regenwasser vollständig an sich abperlen lassen, ohne mein Hemd zu durchnässen. Nicht im Katalog hatte gestanden, dass das Abperlende der Jacke in der Mitte meiner Oberschenkel lag. Da meine Jeans keine ähnlichen wasserabweisenden Fähigkeiten besaß, waren beide Hosenbeine völlig durchnässt und klebten kalt und schwer an meiner Haut.

Ich zog die Jacke aus, stellte mich zu den anderen beiden Regenopfern an die beeindruckend große Heizung und sah mich um. Den Kassenbereich zierte ein großes Plakat, auf dem ich ohne Mühe einen liebevoll und detailliert gezeichneten Totenkopf erkennen konnte. Die Depressionen kicherten. Ich ging etwas näher heran, weil ich erstens den unruhigen Museumsmitarbeitern signalisieren wollte, dass ich nur zufällig nass, aber hauptsächlich kunstinteressiert war, und weil ich zweitens eine kleinere, freie Heizung in Plakatnähe entdeckt hatte. „Flämische Stillleben" verkündete das Poster in geschnörkelten Lettern und kleinere Bilder am unteren Rand versprachen, dass es in dieser Ausstellung neben toten Köpfen auch tote Fische, tote Hasen, tote Rehe und verwelkende Schnittblumen zu sehen gab. Ich griff nass und niedergeschlagen nach dem Ansichtsexemplar des Katalogs, das sich auf einem Tischchen neben der Heizung langweilte, und blätterte mich durch die in Öl gebannte Sterblichkeit der Dinge.

„Das Licht der Kerze erlischt, der Docht lässt dünnen, transparenten Rauch aufsteigen. Auch der Tabak wird sich in der Tonpfeife auflösen. Selbst

Geldmünzen und Schriftsätze unterliegen der Vergänglichkeit", las ich den begeistert nickenden Depressionen mit leiser Stimme eine Bildunterschrift vor. Das Geräusch meiner Stimme erweckte die Kassiererin auf der anderen Seite der Heizung aus ihrer Starre und sie lächelte mich an. „Einmal? Irgendwelche Ermäßigungen?" Ich schüttelte den Kopf, um klar zu machen, dass ich den schwermütigen Flamen auf keinen Fall noch näherkommen wollte, aber sie bezog meine Verneinung auf ihre zweite Frage und erklärte mich mit zwei schnell hintereinander gedrückten Tasten ihrer Kasse zu einer vollzahlenden Erwachsenen. „6,50 €, bitte!" Sie reichte mir ein aufwändig gestaltetes Ticket, das erfreulicherweise einen festlich gedeckten Tisch zeigte. Mir fehlte die Kraft, die aus genügend trockener Hautfläche erwächst, um diesen Irrtum aufzuklären, und die vielen leckeren Sachen auf dem Bild versprachen zumindest einige kulinarische Anregungen. Ich hatte meine Eintrittskarte schon bezahlt, als mir der Titel des Tischbildes ins Auge fiel: Stillleben mit Schweinefüßen.

In den Ausstellungsräumen war es angenehm warm, gemütlich dunkel und die angestrahlten Bilder leuchteten wie geöffnete Fenster mit ungewöhnlichen Ausblicken von den Wänden. Ich trocknete mich langsam von den geistlichen Stillleben zu den Blumen- und von dort zu den Jagdszenen vor. Bei den anschließenden Früchte- und Küchenstillleben hielt ich mich länger auf, denn das perfekt gesetzte Licht ließ das dargestellte Obst und die Kuchen stimmungshebend appetitlich erscheinen. Um mich herum studierten kleine Grüppchen leise murmelnder Kunstinteressierter jede sorgfältig ausgemalte Artischocke und ihre Hände tanzten in gebührendem Abstand zu den edlen Farbschichten durch die Luft. Ich hätte sie vielleicht gar nicht bemerkt, wenn nicht eine der gestikulierenden Hände einen zu kecken Vorstoß in Richtung eines Obstkorbes mit unnatürlich roten Kirschen gewagt hätte und der Ausflug des richtunggebenden Zeigefingers kurz vor der Farbschicht von einem lauten „Vorsicht!" gestoppt worden wäre. Ich spähte synchron mit dem Zeigefingerbesitzer in die dunkle Ecke zwischen dem Durchgang zu den Marktstillleben und dem *Frühstück mit Austern* und sah, wie sich eine ganz in schwarz gekleidete Gestalt geschmeidig aus dem Schatten löste.

„Ich hätte das Bild niemals berührt", beteuerte der Kunstfreund, als der Dienstausweis der dunklen Frau an ihrem Gürtel sichtbar wurde. Sie nickte ihm kurz zu, trat zurück in die Ecke und ließ ihren Blick wieder durch den Raum wandern. Die Kunstfreunde beruhigten sich schnell und murmelten sich vorsichtig, mit demonstrativ herabhängenden Händen, in den nächsten Raum vor, aber mein Blick weigerte sich, die Ecke zu verlassen. Mein Herz klopfte hektisch bei meinem Bewusstsein an und verlangte eine Erklärung für die plötzliche Adrenalinausschüttung. Ich richtete die Augen mit aller Kraft auf die überhängenden gelben Trauben eines Prunkstilllebens von 1650, aber sie hatten jedes Interesse an gemalten Früchten verloren. Ich musste ihnen schließlich recht geben, keine der Obstfarben konnte mit dem appetitlichen Schwarz neben der Tür konkurrieren. Da ich keine Hinweistafel finden konnte, die mir ihre Erscheinung erklärte, musste ich mich auf meine Interpretation verlassen. Schwarze Jeans auf schmalen Hüften, ein schwarzes Hemd, dessen oberste Knöpfe geöffnet waren und ein Dreieck aus leicht gebräunter Haut freigaben. Schwarze, kurze Haare, die sich ganz leicht lockten, über einem geraden, klaren Gesicht. Mir erschien es plötzlich absolut logisch, dass diese Frau in einem Museum stand, sie war eine perfekte Mischung aus verführerischen Rundungen und klaren Linien. Und sie hatte auf meine düstere Stimmung die gleiche Wirkung wie der Anblick von warmer, dunkler Schokoladensoße, die an Vanilleeis mit Erdbeeren hinabrinnt. Ohne dass ich es verhindern konnte, lief mir erwartungsvoll das Wasser im Munde zusammen. Da ich unbeweglich in der Mitte des Raumes stand und sie anstarrte, war es nicht verwunderlich, dass sie meinen Blick nach kurzer Zeit erwiderte. Erst ließ sie ihre Augen bei einem routinierten Rundblick durch beide Räume nur flüchtig auf mir ruhen, dann kehrte sie vor dem Ende der nächsten Runde zu mir zurück und musterte mich, ohne dass mir ihr Gesichtsausdruck verriet, zu welchem Urteil sie gelangt war. Ich stellte mich in den Lichtkegel der *Köchin mit Esswaren (vor 1610)* und betrachtete das Bild, um ihr Gelegenheit zu geben, meine Vorzüge ungestört zu studieren. Dass meine Jeans immer noch an den Oberschenkeln klebten, kam mir in diesem Moment gelegen, so waren die vielen Stunden auf dem Spinningbike nicht ganz umsonst gewesen. Aus den Augenwinkeln konnte ich sehen, wie sie ihr Gewicht unruhig von einem auf den anderen Fuß verlagerte und mit einer Hand langsam an der äußeren Naht ihrer Hose entlangstrich. Die letzte meiner Depressionen wurde von einer kleinen Erregungswelle in einen vergessenen Nervenknoten gespült und ich musste zum ersten Mal an diesem Tag lächeln. Sie trat einen Schritt vor und spielte betont lässig mit dem Ausweis an ihrem Gürtel. Ich wandte ihr den Kopf zu und sah ihr tief in die Augen. Die Köchin auf dem Bild schaute uns interessiert zu und mir schien, als würde sie den Metallstößel, mit dem sie seit fast vierhundert Jahren Kräuter zerstampfte, ein wenig fester umfassen. Als ich mich gerade entschlossen hatte, sofort herauszufinden, ob die dunkle Museumswärterin so gut schmeckte wie sie aussah, und mich auf sie zubewegen wollte, betrat ein Ehepaar den Raum und schob sich leise redend zwischen uns. „Schon wieder Austern", flüsterte der Mann mürrisch und wollte seine Frau weiterziehen. Sie aber blätterte in ihrem kleinen Begleitheft und studierte die Austern ausgiebig. „Sie sollen eine Metapher für das weibliche Geschlecht sein", flüsterte sie ein wenig zu laut und schaute mich peinlich berührt an.

Auch gut, dachte ich und verharrte auf meinem Platz, fangen wir mit der Theorie an. Ich nickte kurz in ihre Richtung, um ihr zu zeigen, dass wir thematisch absolut auf einer Ebene waren, und betrachtete dann die gemalten Austern mit neuem Blick. Sie lagen mit breit gespreizter Schale auf dem Tisch und präsentierten mir willig ihr nacktes Innerstes. Im Inneren des weichen Fleisches erhob sich eine kleine Wulst, die mir einen Anflug von Hitze ins Gesicht trieb. Die schöne Frau in Schwarz räusperte sich heiser und ich ließ mutig meine Augen fort von den feucht glitzernden Austern zu ihrem Mund, ihren Hals hinunter, über ihre Brust zu dem Punkt wandern, wo ihr Gürtel ihren Reißverschluss berührte, und zog ihn mit meinen Blicken langsam hinab. Sie ließ sich von meinen Augen führen und schob langsam die Hüfte etwas nach vorne. Ich mag Austern, formte ich mit meinen Lippen, ohne einen Ton hervorzubringen, aber ich wusste, dass sie es sehen konnte. „Kann ich nichts Erotisches dran finden", sagte der Mann im gleichen Moment unwillig und zog seine Gattin am Ärmel in Richtung des nächsten Raums. „Dann sollten Sie vielleicht noch ein wenig genauer hinschauen", vernahm ich ihre Stimme aus der Ecke. Sie klang angenehm rau, so als würden sich die Buchstaben voller Hingabe einzeln an ihren Stimmbändern reiben. „Sehen Sie, wie die Frau auf diesem Bild an den Marktstand herantritt?" Mein Schokoladentraum trat aus der Ecke und stellte sich neben die Ehefrau. „Flüchtige Beobachter könnten vermuten, dass sie nur auf dem Markt ist, um Fisch zu kaufen, aber das ist es nicht, wonach sie sucht."

„Ist es nicht?" Ich stellte mich zu der Gruppe und zog mich selbst ins Gespräch. Die Ehefrau lächelte mir freundlich zu, der Mann starrte feindselig auf den Bilderrahmen. „Nein." Die schöne Aufseherin legte ihre Hand wie beiläufig auf meinen Arm und umschloss kurz die nackte Haut auf meinem Unterarm. „Sehen Sie, wie sie dem Fischhändler ihren offenen Krug präsentiert und wie er sie mit aufgekrempelten Ärmeln mustert?"

Das Ehepaar nickte, ich sah fragend auf meine umgeschlagenen Manschetten.

„Beides signalisiert sexuelle Bereitschaft."

Wie auch immer ich das heute Morgen gemacht hatte, ich hatte mich weitblickend gekleidet. „Und natürlich der Fisch." Sie ging hinter mir vorbei zur anderen Bildseite und ließ ihre Hand dabei über meine noch immer feuchten Oberschenkel streichen. „So geschnitten, dass sein Innerstes wie rosige, offene Lippen daliegt, in die der Blick des Betrachters tief eindringen kann." Sie fuhr die ovalen Konturen in gebührendem Abstand zum Bild genüsslich mit ausgestrecktem Zeige- und Mittelfinger nach.

Die Ehefrau nickte begeistert. „Das ist so, so subtil, so weiblich."

„Kann man so oder so sehen!" Dem Ehemann reichte es jetzt und er zog seine widerstrebende Gattin in den nächsten Raum.

Wir standen schweigend vor dem erotischen Markttreiben. Mit einem kleinen Schritt trat ich so dicht hinter sie, dass mein Atem die gekräuselten Haare über ihren Ohren bewegte. Ich hätte sie in diesem Augenblick nach ihrem Namen fragen können, aber mir gefiel alles, was ich sah, auch ohne erklärende Bildunterschrift. Dieses eine Mal würde ich das Kunstwerk erst selbst interpretieren und dann nachsehen, wie es hieß.

„Ich glaube nicht, dass sie den Fischhändler will", ich umfasste die schöne Aufseherin sanft von hinten und zog sie gegen meinen Körper. Sie drängte sich gegen mich und ich leckte ihr einmal kurz über den Hals. Sie stöhnte leise auf und ich lächelte in mich hinein. Sie schmeckte deutlich besser als Schokoladeneis.

„Sie will ihn vielleicht schon, aber ich würde ihn nicht wollen." Sie drehte sich in meiner Umarmung und legte ihre Hand ohne Scheu auf meine Brust. Ihre Finger rieben genüsslich über meine Brustwarze und spielten mit ihr, bis die Warze hart wurde und ich hörbar erschauderte. Aus dem Raum mit den Marktstillleben warf uns eine Besucherin einen irritierten Blick zu und meine *Erotische Aufseherin mit Ausweis vor 2006* trat einen Schritt zurück. „Ich würde dort auf keinen Fall finden, was ich suche. Wartest du im Foyer auf mich, ich habe in einer halben Stunde Feierabend?"

Am liebsten hätte ich sie sofort neben dem Austernfrühstück sanft an die Wand gedrückt und langsam im Stehen entkleidet, aber es gab Bilder und vor allem Töne, die ich den umherstreunenden Kunstkennern nicht bieten wollte. „Ich werde ganz langsam zum Ausgang gehen und mir dabei noch jede Menge Anregungen bei den Austern und den Artischocken holen. Vielleicht bin ich dann auch wieder trocken, wenn du kommst." Ich deutete entschuldigend auf meine Beine.

„Das will ich doch nicht hoffen", sagte sie lächelnd und lehnte sich wieder mit wachem Blick gegen die dunkle Wand.

WAS WENDY WIRKLICH WOLLTE

I

„Ich bringe dich um, du kleine Schlampe!" Die Stimme drängte sich hasserfüllt und mit feuchtem Zischeln aus dem Anrufbeantworter. Ich starrte wie hypnotisiert auf das rhythmisch blinkende grüne Licht neben dem winzigen Lautsprecher, als sendete es eine verzweifelte Morsebotschaft in den kahlen Raum. Blink. Blink. Blink. H – I – L – F – E.

Verwirrung, Scham und Angst krochen aus meinem Magen meinen Hals hinauf und schnürten ihn mit kalten Händen langsam zu. „Du nimmst ihn mir nicht weg! Eher zerschneide ich dir dein hübsches Gesicht! Du, du …" Die Stimme wurde undeutlich und ging in gequältes Atmen über. Das blinkende Licht schien jetzt die Sekunden anzuzeigen, in denen nichts als dieses wortlose Stöhnen aus dem Gerät erklang, schließlich ertönten ein schreckliches Würgen und ein hoher Pfeifton. „Ende Nachricht sieben", sagte eine freundliche, wenn auch metallische Frauenstimme. Obwohl ich saß, hatte ich für einen kurzen Moment das Gefühl zu fallen. Ich griff mit beiden Händen nach der Tischkante und umklammerte sie so fest, dass meine Knöchel weiß hervortraten. Der Mann auf der anderen Seite des Tisches verfolgte meine Bewegungen mit dem kalten Blick des erfolgreichen Jägers und räusperte sich. „Nun?"

„Ja …", gab ich zu. „Das ist meine Stimme, aber das ist schon lange her. Das war ganz kurz nachdem ich von ihr und meinem Mann erfahren hatte. Will sie mich etwa deshalb jetzt anzeigen? Seit der Obstanteil in meinen Cocktails wieder gestiegen ist, drohe ich ihr doch gar nicht mehr." Ich lächelte vertrauenerweckend. Der Beamte sah mich regungslos an.

"Wendy Wilms wird seit vier Tagen vermisst, Frau Michaelis."

II

Die junge Geliebte meines Mannes war verschwunden. Das war gut! Sie war spurlos verschwunden, ich hatte ihr gedroht, sie umzubringen und die Einzige, die mein Alibi für den Tatabend bestätigen konnte, war eine leere Flasche Sekt. Das war schlecht! Seit einer Woche starrte mich jetzt Wendys makelloses Gesicht vorwurfsvoll aus dem Lokalteil an und die Polizei machte sich bei ihren regelmäßigen Besuchen nicht die Mühe zu verbergen, dass sie auch ohne meine Mithilfe willens war, meine verletzten Gefühle und die verschwundene Wendy in Zusammenhang zu bringen.

„Wundert dich das?", fragte mein bester Freund Wilfried, während er versuchte, riesige Schnitzel in einer viel zu kleinen Pfanne zu wenden. Ich betrachtete mein Spiegelbild nachdenklich in seiner blitzblanken Dunstabzugshaube und schüttelte den

Kopf. Meine besoffene Stimme auf dem Anrufbeantworter der faltenfreien Rivalin, das Doppelkinn, das ich mir im letzten Jahr als Zeichen meiner Charakterschwäche unter meine schwindende Lippenlinie gehängt hatte und die Rachegelüste, die meinen Worten manchmal wie keulenschwingende Barbaren vorauseilten, waren zu Puzzleteilen geworden, die das Bild einer prototypischen Wendy-Entführerin so perfekt zusammensetzten, dass ich selbst versucht war, auf meine verzerrte Reflektion hinter den Kochschwaden zu deuten und zu sagen: „Wenn wirklich jemand dem schönen Kind einen vergifteten Apfel geschenkt hat, dann die da!"

„Die war es aber nicht", flüsterte ich leise in Richtung Fettfilter. Wilfried deutete entschuldigend auf die blassen, überhängenden Schnitzelenden: „Die große Pfanne hat meine Frau behalten." Ich nickte verständnisvoll. Ich hatte alle Pfannen behalten, nicht nur die Großen, aber es war nicht sinnvoll, dieses Thema jetzt zu diskutieren, denn es gab wesentlich Dringenderes.

„Wenn erwachsene Menschen verschwinden, und ich rechne Wendy jetzt der Einfachheit halber zu dieser Kategorie, dann gibt es doch nicht viele Möglichkeiten. Entweder sie verschwinden freiwillig und wollen nicht gefunden werden, oder jemand hat sie entführt und es gibt Lösegeldforderungen."

Wilfried nickte zustimmend und zerteilte sein Schnitzel mit einem ungewöhnlich scharfen Messer, bevor er flüsterte: „Oder jemand hat sie brutal ermordet. Aus Rache! Aus Hass! Aus Schmerz! Und wenn ihre Leiche verwesend im Wald gefunden wird, dann werden alle sicher sein, dass du es warst!"

Ich hatte Wilfried, den alle außer mir Wilfriert nannten, weil er einen Bofrost-Wagen fuhr, eine solche Vehemenz gar nicht zugetraut, denn er hatte nacheinander kampflos seine Haare, seine Frau und seine Figur verloren.

„Wir beide müssen das verhindern und selbst herausfinden, was passiert ist!" Wilfried witterte offensichtlich eine Möglichkeit, seinem tiefgekühlten Gemüseeinerlei zu entkommen. „So wie Miss Marple und Mr. Stringer."

Es gab eine eitle achtundvierzigjährige Frau in mir, die bitterlich weinte, weil Wilfried ausgerechnet diesen Vergleich gewählt hatte, aber dennoch verspürte auch ich einen gewissen Handlungsdrang. „Wenn du unbedingt Vorbilder brauchst, dann lass uns Cagney und Lacey sein."

„Wer von den beiden war nochmal der Mann?", fragte Wilfried und begann sich sichtlich für diesen Gedanken zu erwärmen.

„Keine!"

„Da kann ich mit leben. Du rufst jetzt deinen Ex an, und ich unterhalte mich mit Wendys Nachbarn. Glücklicherweise habe ich den tiefgekühlten bürgerlichen Rollbraten noch im Angebot, der öffnet in dieser Gegend viele Türen."

III

Ich hatte nichts als unschöne Erinnerungen an die keifende Furie zwischen den rauchenden Trümmern einer zwanzigjährigen Ehe im Angebot, als ich meinem Exmann vor seiner Firma in den Weg trat, und wäre für jedes gefrorene Lebensmittel als Gesprächsauftakt sehr dankbar gewesen. Der attraktive Fremde, den ich viele Jahre irrtümlich MEINEN Mann genannte hatte, schien völlig in Gedanken versunken. „Konrad?" Seine Augen lagen in tiefen Höhlen und sahen mich verwirrt und ohne die Verachtung und die Wut der letzten Monate an. Er liebt sie wirklich, dachte ich, und er hat keine Ahnung, wo sie ist. Ich wusste, wenn das hier vorbei war, dann würde ich vor Schmerz über diese Erkenntnis aufheulen, aber für preisverdächtige Sirenenimitation war jetzt keine Zeit.

„Können wir einen Moment reden?"

Er sah mich wortlos an und nickte dann langsam.

„Ich habe gehört, was passiert ist, und ich will, dass du weißt, dass ich nichts damit zu tun habe. Das glaubst du doch, oder?"

Er nickte noch langsamer, sofern das überhaupt möglich war. „Das weiß ich und das habe ich der Polizei auch schon gesagt. Aber sie haben diese Anrufe und …" Seine Augen begannen verdächtig zu glänzen. „Karin, sie wäre niemals einfach so weggegangen. Nicht eine Woche vor unserer …"

Er hielt rechtzeitig inne, um mir leid zu tun, und im Himmel wälzten sich die Schicksalsgötter vor Lachen auf den Wolken.

„War denn gar nichts anders an ihr in den letzten Wochen?" Diese Frage hatte ich schon in vielen Krimis gehört und beschlossen, sie zu stellen.

Er schüttelte den Kopf. „Sie war aufgeregt und ist dreimal in der Woche zur Kosmetik gegangen." Ein Lächeln erhellte seinen Blick. „Aber das ist wohl normal für eine so junge Braut." Um mein Mitleid wuchs ein Stacheldrahtzaun und ich trat einen Schritt zurück, um Konrad keine blutigen Wunden zuzufügen.

„Es war das Studio, wo du früher auch öfter hingegangen bist. Ich habe sie am Anfang meist abgeholt, aber in der letzten Zeit ist sie immer alleine gefahren."

Na toll, dachte ich, Wendy hatte also kurz vor ihrem Verschwinden noch gelernt, die frisch epilierten Waden selbstständig auf das Gaspedal zu stellen. „Hatte sie denn Feinde?" Noch so ein Satz, den ich nur aus dem Fernsehen kannte.

„Wendy doch nicht!", antwortete Konrad so entsetzt, als hätte ich Mutter Theresa ein Brustwarzenpiercing unterstellt.

Meine Geduld war erschöpft. „Natürlich nicht! Ich hoffe, sie kommt bald zurück. Für dich und für mich!" Ich spürte seinen Blick auf mir, als ich zum Auto ging, und betete, dass sich meine fleischgewordenen Trennungsschmerzen nicht zu sehr unter der Jacke abzeichneten.

IV

Wilfried legte zufrieden die Aufträge der Neukunden ab und strahlte mich an: „Ich musste die Bratwurstschnecken nachbestellen! Die gingen sehr gut!"

„Du hast Bratwurstschnecken verkauft, während ich meine offenen Wunden an einer Salzkruste gerieben habe?"

Wilfried nickte glücklich. „Und Tiefkühlerbsen! Sehr viele Tiefkühlerbsen. Frau Lehnen, die unter Wendy wohnt, kocht sehr gerne Erbsensuppe für ihren Mann, sie selbst verträgt leider keine Hülsenfrüchte."

„Das hast du herausgefunden?"

Er nickte wieder.

In mir machte sich apokalyptische Zerstörungswut breit und meine Stimme bekam einen unangenehmen Klang. „Wilfried, könnte es sein, dass du ein Idiot bist?"

„Frau Lehnen fand mich nett." Er sah eher verwegen als verletzt aus. „Wir stehen uns jetzt aber auch sehr nah. Sie erzählt schließlich nicht jedem von der Frau, die in den letzten Wochen nachts oft weinend vor der Haustüre geparkt hat. Die nie ausgestiegen ist, oft mit quietschenden Reifen wegfuhr und die nun nicht mehr kommt, seit Wendy weg ist.

Dem unfreundlichen Polizisten, der immer so viel Dreck in den Hausflur trägt, hat sie es jedenfalls nicht erzählt."

Noch bevor die Scham die Kontrolle über meine Stimme übernehmen konnte, wurde sie vom hellen Licht der Erkenntnis geblendet und verirrte sich in die hinteren Gehirnregionen.

„Die süße Wendy hat noch eine Ehe zerstört! Es gibt noch einen Mann, der ihr verfallen ist und noch eine Frau, die sie hasst."

„Purer Zufall, dass ihr euch nicht vor der Tür getroffen habt. Jetzt müssen wir diese Frau nur noch finden." Wilfried strahlte der Stolz aus der Glatze. „Hast du auch etwas über Wendy erfahren?"

Die Scham tauchte blinzelnd aus der Dunkelheit auf und quetschte meine Stimmbänder zusammen. „Sie geht oft zur Kosmetik", sagte ich mit kleiner Stimme. Jetzt war es an Wilfried, ein wenig böse zu lächeln. „Dann hoffe ich für dich, dass sie beim Augenbrauenzupfen laut über ihr Liebesleben nachgedacht hat."

„Ich soll ins Kosmetikstudio gehen?"

„Haben wir noch etwas anderes, Lacey?"

V

„Sie waren aber lange nicht mehr hier Frau Michaelis", sagte die Stimme der Rezeptionistin nach einem Blick in ihren Computer und ihre hochgezogenen Augenbrauen sagten: „Und das sieht man auch!"

Ich ignorierte ihre mimische Beleidigung und säuselte: „Deshalb brauche ich jetzt auch eine besonders intensive Behandlung. Meine Freundin Wendy Wilms hat so von einer ihrer Kosmetikerinnen geschwärmt. Da muss ich unbedingt hin."

Die schmalen Augenbrauen vollführten einen kurzen, hektischen Tanz und verharrten dann ablehnend in der Nähe des Haaransatzes. „Frau Lobert ist nicht im Hause." Sie fixierte mich, als hätten wir uns in der Mittagssonne zum Duell getroffen. Ich zog. „Ich muss aber zu Frau Lobert! Wann kommt sie zurück?" Mein Gegenüber blieb völlig unberührt. „Ich bin sicher, Sie werden auch mit Frau Faber sehr zufrieden sein. Sie hätte heute noch einen Termin frei." Ich nahm dankend an, denn obwohl ich den detektivischen Spürsinn des toten Sherlock Holmes hatte, sagte mir eine innere Stimme, dass ich hier goldrichtig war.

Wider Erwarten war ich mit Frau Faber wirklich außerordentlich zufrieden, denn sie knetete meine erschlaffende Gesichtshaut mit der zusätzlichen Energie weiblicher Solidarität, nachdem ich ihr im Vertrauen zugeflüstert hatte, dass mein Mann sich erst kürzlich für ein faltenfreies Model entschieden hatte. Und sie fand auch sofort die richtigen Worte: „Passiert heute überall! Der Mann einer Kollegin ist auch vor zwei Wochen weg. Einfach so. Sie hat es sehr schwer genommen, hat sich ganz zurückgezogen und kommt auch nicht mehr zur Arbeit. Dabei sieht sie wirklich blendend aus für ihr Alter."

Wenn sie das Wort „sie" nicht so hervorgehoben hätte, dass es einen Gegensatz zu mir ausdrückte, wäre ich noch glücklicher über meinen detektivischen Erfolg gewesen. Harry konnte den Wagen holen, denn ich hatte den Fall gelöst. Wendy hatte den Mann ihrer Kosmetikerin verführt und diese hatte sich grausam gerächt. Mir war zwar nicht ganz klar, wie die wankelmütige Wendy ausgerechnet die Bekanntschaft des Kosmetikerin-Gatten gemacht hatte, warum sie sich drei Mal in der Woche von seiner Frau behandeln ließ und nebenbei auch noch meinen Ex-Mann heiraten wollte, aber das würde mich nicht aufhalten. „Haben Sie vielleicht eine Karte von ihrer Kollegin? Wenn sie hört, dass Kundinnen nach ihr fragen, gibt ihr das vielleicht wieder neuen Mut." Frau Faber war von meiner Idee genauso begeistert wie ich, und Claudia Loberts blumenverzierte Visitenkarte wanderte in meine Handtasche.

VI

Voller Ungeduld presste ich mein leichtes Tages-Make-up schon im Auto vor dem Studio ans Handy und lauschte dem Freizeichen auf dem Handy der mutmaßlichen Mörderin mit der Gurkenmaske. Durch das große Schaufenster konnte ich dabei zusehen, wie die Augenbrauen an der Rezeption währenddessen einer anderen Kundin wild gestikulierend ihre Meinung aufdrängten. Irgendwie war ich neidisch. Ich hatte diese Leidenschaft nicht in ihr auslösen können. Die schöne Fremde bekam wohl nicht einmal einen Termin bei Frau Faber, denn sie wandte sich wütend zum Ausgang, nahm ihr Handy dabei aus der Tasche und schaute aufs Display. Dann drückte sie einen Knopf und das Tuten in meinem Ohr verstummte. „Lobert?" Meine Augen sprangen zwischen meinem Telefon und der Frau, die jetzt das Studio verließ, hin und her, als wären sie bei einem Tennisspiel. Kriminalistik ist doch ein Kinderspiel, dachte ich, unterbrach die Verbindung ohne ein Wort zu sagen, während die enttarnte Frau Lobert losfuhr und ich mich zwei Wagen hinter ihr in den Verkehr einfädelte. Ich musste Cagney an meinem Erfolg teilhaben lassen. „Wilfried, ich habe sie gefunden und folge ihr mit dem Auto. Melde dich sofort, ich bin nicht bewaffnet!", flüsterte ich einhändig lenkend auf seine Mailbox. Nachdem wir die Stadt verlassen hatten, war ich das einzige Auto in ihrem Rückspiegel, aber das schien sie nicht zu bemerken. An einem winzigen Feldweg bog sie von der Straße ab und der Wagen verschwand im Wald. Welch ein Glück! Sie würde mich direkt zu Wendy führen. Ich holperte in einigem Abstand hinter ihr her, als mein Handy klingelte. Wilfried brüllte in mein Ohr: „Wo bist du? Geh nicht ohne mich dahin!"

„Psst!", antwortete ich und ließ das Auto ausrollen. In der Ferne hielt meine Hauptverdächtige an einer kleinen Hütte an und stieg aus. „Was ist los?", schrie Wilfried immer wieder so laut, dass der kleine Handylautsprecher knarrte. Ich nahm ihn trotzdem zur Sicherheit mit und schlich mich durch die Büsche näher an das Gebäude. Frau Lobert war im Inneren der Hütte verschwunden. Ich robbte mich mit einem plärrenden Bofrost-Vertreter am Ohr bis zum kleinen Hüttenfenster vor, spähte hinein und eine Gänsehaut kroch kalt meinen Rücken hinauf. Auf einem Sofa in der Ecke lag die schöne Wendy, regungslos mit geschlossenen Augen, die Arme über der Brust gekreuzt. Ein verwelkender Rosenstrauß stand neben ihr auf einem Tisch und warf kleine dunkle Schatten auf ihr weißes Gesicht. Ihre eiskalte Entführerin beugte sich gerade über sie, strich ihr eine Haarsträhne aus dem Gesicht und küsste sie auf den bleichen Mund. Ich schüttelte mich angewidert. Rache war eine Sache, Nekrophilie eine andere. Die Leiche hob im selben Moment ihre milchweißen Arme und schlang sie voller Leidenschaft um den Rücken ihrer Mörderin. „Kannst du sie sehen? Ist sie tot?" Wilfrieds Stimme klang ängstlich. „Nur für den Papst", antwortete ich und presste mich näher an das Fenster, hinter dem Wendy Wilms gekonnt Claudia Lobert entkleidete. Sehr gekonnt, wie ich neidlos zugeben musste. Bei jedem Kleidungsstück, das fiel, drangen kleine, maunzende Laute an mein Ohr. Nicht uninteressant, wie diese beiden ebenmäßigen Körper sich umeinander schlangen und ineinander passten. Ich erwischte mich dabei, wie ich ihre leidenschaftlichen Umarmungen mit meinen Erinnerungen an ungelenke Ehepflichten verglich. Und diese Blicke. Gott, wie sie sich ansahen. Was immer Wendy meinem Ex-Mann auch versprochen hatte, wenn jemand vor dem Altar neben ihr stehen sollte, dann konnte es nur die gut geschminkte Frau Lobert sein. Bei diesem Gedanken fiel mir der Papst wieder ein und meine eigene Ehe, und dass dieser Bund wegen Wendy nicht das von seiner Heiligkeit vorgegebene Haltbarkeitsdatum erreicht hatte. Ich klopfte ans Fenster. Beide Frauen starrten mich erschreckt an. Ich winkte mit fröhlichem Lachen zurück und stürmte davon. „Das Leben ist doch gerecht, Wilfried! Morgen gehen wir beide eine neue Bratpfanne für dich kaufen", giggelte ich ins Telefon, bevor ich auflegte und singend nach Hause fuhr. Ich applaudierte auf der Rückfahrt wiederholt anerkennend nach oben und damit in die Richtung, in der ich das Schicksal vermutete. Gute Arbeit! Die junge Frau, für die mein Mann mir das Herz und ich ihm die Nase gebrochen hatte, hegte gleichstarke Gefühle für ihre Kosmetikerin und Konventionen. Das hatte sie wohl gezwungen, ihren bevorstehenden Hochzeitstermin leise aus dem Palmpilot zu löschen und heimlich zu verschwinden. In Wendys wunderbarer Welt war es offensichtlich einfacher, eine Zeit lang für tot als lebenslang für lesbisch gehalten zu werden. Mir wäre ehrlich gesagt, was Wendy anging, tot immer noch ein bisschen lieber gewesen, aber eine Leiche hätte in den vielen Telefongesprächen, die ich jetzt führen würde, die Stimmung stärker belastet als eine Lesbe.

Und ich hätte nicht jedes Mal unkontrolliert kichern dürfen, wenn ich an Konrad dachte und wie er jetzt erfahren würde, was es heißt, für eine junge attraktive Frau verlassen zu werden. Ich hoffte, dass die beiden demnächst alle ihre Bedenken überwanden und sich voller Stolz in der Öffentlichkeit zeigten. Sie waren ein wirklich schönes Paar. Ich jedenfalls wünschte ihnen ein langes, glückliches Leben.

So hätten wir alle länger etwas davon!

DAS ENDE VOM LIED

Für Daniela Z., weil sie Romantik so mag.

2007

Die wahre Liebe erschien so plötzlich und übergroß vor ihr, dass Inga unwillkürlich einen Schritt zurücktrat. Dann fing sie sich und musterte die flackernde Aufschrift auf dem unnatürlich bunten Schiffsbug mit einem müden Lächeln. Die Abteilung Schicksal schien wohl gerade mal wieder zu erproben, wie sie sich ohne brennende Dornbüsche verständlich machen sollte. Während die riesige Schiffschaukel, begleitet von einem lang gezogenen Schrei der Fahrgäste, wieder aus ihrem Blickfeld verschwand, suchte sie den kreischenden, bunten Rummel um sich herum nach Christian und dem Rest ihrer Freunde ab und fand sie vor einer Gruppe bizarrer Riesenstofftiere, die an glitzernden Schnüren vor einer Losbude baumelten. Da stand ihr Mann, wie immer nahe bei Kai, die ihn gerade mit einem in Schokolade getauchten Eis fütterte. Beide lachten und gestikulierten und verteilten dabei Eis und Schokolade über Hände und Kleidung. Hinter ihr stieg die wahre Liebe wieder laut seufzend in die Luft. Inga hob ohne es zu wollen schützend die Schultern. Immer wenn sie Christian und Kai beim Reden zusah, musste sie an zwei Jongleure denken, die mühelos acht brennende Fackeln in der Luft hielten. Reden und jonglieren, dachte sie, beides sah nur so lange leicht aus, bis man es selbst versuchte. Ihre Freundin Judith tauchte neben ihr auf, hielt ihr das ketchupverschmierte Ende einer Bratwurst unter die Nase und sie biss widerstandslos hinein. Bevor Judith selbst in die Wurst biss, deutete sie mit ihrem Bierglas auf die beiden, die immer noch mit ihrem Eis kämpften. „Ich weiß ja, dass Kai lesbisch ist und seine Ex-Schülerin und eine gute Freundin und was sonst noch alles, aber bist du nicht doch manchmal eifersüchtig?"

„Bin ich nicht." Inga schüttelte gleichgültig den Kopf, aber als Kai genau in diesem Moment zu ihr herüber sah und sich einen kleinen Tropfen Vanilleeis von der Lippe leckte, musste sie schlucken. Wenn du wüsstest, dachte sie, wenn ihr alle wüsstet. Sie biss noch ein großes Stück von Judiths Bratwurst und begann mit ihr herumzualbern. Kai und Christian kamen zu ihnen herüber geschlendert und gemeinsam zogen sie weiter zur Wasserbahn. Die Lichter der hektisch blinkenden Karussells taten Ingas Augen weh und so folgte sie lieber Kais dunklem Zopf durch das Gewirr aus Lichtern, Geräuschen und Gerüchen. Sie stellte sich vor, wie sie vorsichtig die Spange öffnete, Strähne für Strähne aus dem dichten dunklen Strang löste und immer wieder durch ihre Hände gleiten ließ. Ich weiß nicht wie lange ich das noch aushalte, dachte Inga unruhig, als sie sich vor Christian in den schaukelnden Baumstamm setzte. „Ich muss noch zu euch, die anderen wollen mich nicht!" rief Kai in diesem Moment und wartete, dass Inga ihre Beine öffnete, um sich lachend dazwischenzusetzen. Als der Baumstamm die steile Konstruktion hochgezogen wurde, lehnte Kai sich zurück und schrie ihr ins Ohr. „Du lässt mich nicht herausfallen, oder?" Inga schloss ihre Hände demonstrativ über Kais Bauch und zog sie dicht an sich. Christian legte Inga ebenfalls die Hände um den Körper und so stürzten sie zu dritt die lange Abfahrt der Wasserbahn hinab. Unter ihren Händen fühlte sie Kai atmen und wollte weinen. Mein Gott, dachte sie, mein Gott.

Zehn Jahre zuvor
Drei Jahre Fernbeziehung gehen hiermit offiziell ihrem Ende entgegen, dachte Inga, während sie ihren Schreibtisch probeweise in die Zimmerecke hinter das Bücherregal rückte. Hier hatte sie zwar weniger Licht, aber der Raumteiler schuf eine eigene kleine Nische. Das würde bald nicht mehr ihr Arbeitszimmer sein, sondern es würde, wie alle anderen Zimmer in der Wohnung auch, Christian und ihr zusammen gehören. Im Bad und im Schlafzimmer standen schon seit einiger Zeit seine Sachen friedlich neben ihren und in der Küche hatte sein Toaster ihr veraltetes Modell letzten Monat ganz nebenbei ersetzt. Eigenartigerweise fiel es ihr bei diesem Zimmer besonders schwer, sich an diesen Gedanken zu gewöhnen. Hier breitete sie Hefte,

Notizen, Arbeitsblätter, ihr ganzes Berufsleben ungestört um sich aus und nahm sich, was sie brauchte, wenn sie es brauchte. Christian war anders, das Arbeitszimmer in seiner Wohnung war vollkommen aufgeräumt und organisiert, so wie er. Seine Ordnung wird mir gut tun, sagte sie sich und schob mit dem Fuß einen kleinen Aktenstapel näher an die Wand. Der Stapel fiel um und rutschte auseinander. Das wird schon, bestätigten alle Freunde und Freundinnen, die diesen Schritt ebenfalls gewagt hatten. Als klar war, dass Christian wirklich aus dem fünfhundert Kilometer entfernten Gelsenkirchen in eine Schule nach Berlin versetzt werden würde, hatten sie sich beide so gefreut, dass sie gar nicht auf die Idee gekommen waren, weiter getrennt zu wohnen. Natürlich würde Christian zu ihr ziehen, das war es doch, wovon sie in den letzten Jahren immer geträumt hatten. Endlich nicht mehr nur die Wochenenden und die Ferien miteinander verbringen und ein gemeinsames Leben beginnen können. Inga betrachtete den Schreibtisch in der Ecke und suchte vergeblich nach dem Glücksgefühl, das sie damals überkommen hatte. Jetzt, wo alles beschlossen und geregelt war, machte ihr der Schritt Angst. Mit zweiunddreißig Jahren ist man eben nicht mehr so überschwänglich, beruhigte sie sich. Das Klingeln des Telefons riss sie aus ihren Grübeleien. Hoffentlich war das nicht wieder ihre Mutter, die in Christians Einzug den Vorboten für die überfällige

Traumhochzeit ihrer einzigen Tochter, der strebsamen Studienrätin, mit dem erfolgreichen Oberstudienrat, sah.

„Ja?", sagte sie deshalb abweisend in den Hörer und hörte Christians Stimme. „Ich bin nicht deine Mutter."

„Und dafür bin ich dankbar und werde Gott bei nächster Gelegenheit ein Jungtier opfern." Sie lachten beide. Inga suchte in seinem Lachen nach dem Glück, das sie empfinden sollte, und es machte ihr sofort wieder Angst, dass sie es nicht finden konnte.

„Ich habe schon mal meinen Schreibtisch verschoben", sagte sie deshalb eifrig und mit ein wenig schlechtem Gewissen.

Christian bemerkte keine dieser Emotionen. „Das ist ideal, ich habe nämlich ein Attentat auf dich geplant, für das du etwas Platz im Arbeitszimmer brauchen könntest. Was hältst du von einem netten Gast für ein paar Wochen?"

„Entschuldige?" Inga nahm den Hörer ans andere Ohr. „Ich hatte gerade den Eindruck, dass du die Worte „netter Gast" und „ein paar Wochen" in einem Satz verwendet hast."

„Drei Wochen, ganz genau." Christian blieb ungerührt. „Ich habe dir doch von Kai erzählt? Die gerade Abitur gemacht hat und Medizin studieren will?"

„Die junge Frau, mit der du unnatürlich viel Zeit – für einen Lehrer – verbringst?" Inga konnte sich den ironischen Einwurf nicht verkneifen, obwohl sie an Christians Motiven nie gezweifelt hatte.

„Die junge Frau, die es wert ist, wenn ihr jemand ein wenig zur Seite steht, ja." Was Kai und ihre schwierigen Familienverhältnisse anging, verstand Christian wenig Spaß. Er nahm seine Aufgaben als Vertrauenslehrer sehr ernst und hatte seiner Schülerin schon mit siebzehn dabei geholfen, eine eigene Wohnung zu finden und dafür gesorgt, dass sie in Ruhe ihr Abitur machen konnte. Ihr hervorragendes Abitur, wie er gern betonte.

„Sie kann vor ihrem Medizinstudium ein Praktikum machen, in einem Labor in Berlin."

„Und du hast ihr die passende Unterkunft dazu versprochen?"

„Nicht versprochen, nur angedeutet, dass meine Zukünftige ein sehr liebenswerter Mensch mit einem großen Herzen und einer sehr großen Wohnung ist."

„Schmeichler. Du meinst also, dass es nicht ausreicht, wenn du deine väterlichen Gefühle an dieser jungen Frau austobst und glaubst, mir würde ein bisschen Mütterlichkeit auch gut stehen?"

„Es reicht, wenn du sie in deinem Arbeitszimmer schlafen lässt und ihr vielleicht ein wenig die Stadt zeigst. Das sollte auch ohne Mütterlichkeit klappen."

Inga wusste, dass Christian eine Absage nicht verstehen würde, und sie auch hatte keine Lust auf eine Auseinandersetzung. „Schick die verlorene Tochter mit hoffentlich wattiertem Schlafsack vorbei. Die

Stadt kannst du ihr doch auch zeigen, wenn du kommst."

Christian klang erleichtert. „Ich nehme Kai am Wochenende mit nach Berlin, kann aber nur bis Sonntag bleiben. Ich muss noch die Klassenfahrt vorbereiten und zur Fortbildung, weißt du doch."

Stimmt, eigentlich hatte sie die nächsten drei Wochen inklusive aller Wochenenden für sich allein gehabt. Jetzt hatte sie die nächsten drei Wochen eine Neunzehnjährige zu Gast, die sie nicht kannte und die sie eigentlich auch gar nicht kennen lernen wollte.

„Bald bist du ja für immer hier. Ich freue mich auf dich." Inga legte auf und schob ihren Schreibtisch noch etwas weiter in die Ecke.

So hatte es angefangen.

Als sich am folgenden Samstag Christians Schlüssel im Schloss drehte, hatte Inga es immerhin schon geschafft die doppelte Luftmatratze, die sie sich für ihren letzten Urlaub gekauft hatten, aufzupumpen und ins Arbeitszimmer zu legen. Während der Woche war sie noch mehrmals versucht gewesen, Christian anzurufen und ihn zu bitten, seinen Schützling irgendwo anders unterzubringen. Nach den langen Tagen in der Schule mochte sie sich nicht vorstellen, zusätzliche Zeit in der Nähe eines Menschen zu verbringen, dessen Reifeprozess noch zu großen Teilen in der Öffentlichkeit ausgetragen wurde. Sie unterrichtete zwar selbst nicht in der Oberstufe, konnte sich aber täglich auf dem Schulhof davon überzeugen, dass es zwischen ihr und den Spätpubertären, die alles „cool", „krass" oder „geil" fanden, wenig Gemeinsamkeiten gab.

„Sie ist anders", hatte Christian ihr oft genug erklärt. „Sie ist da schon weiter."

Weiter ist gut, weiter weg wäre in diesem Fall besser, dachte Inga, während sie in den Flur ging, um die beiden zu begrüßen.

„Hallo, Schatz." Christian drückte sie an sich und versperrte ihr damit die Sicht auf die junge Frau, die hinter ihm stand. Er ließ sie los und trat einen Schritt zurück. „Das ist Kai. Kai, das ist meine Inga." Der Besitzerstolz mit fünfziger Jahre Geschmack, der in seiner Stimme schwang, machte Inga sofort ärgerlich und sie streckte ihre Hand ein wenig zu ruckartig aus. „Schön, Sie kennenzulernen, Kai."

Kais Händedruck war warm und angenehm. Ihre Hand umschloss Ingas fest und ihre Stimme klang dunkler als Christians, als sie sagte: „Ich freue mich auch. Christian hat schon so viel von Ihnen erzählt." Inga war verwirrt über den schönen Klang dieser jungen Stimme und über den klaren Blick, der sie sekundenlang festhielt. „Ihr seid ja genau gleich groß", sagte Christian in diesem Moment, und es klang, als hätte er etwas anderes sagen wollen. Inga riss sich aus dem seltsamen Augenblick und deutete auf die Türe am Ende des Flures. „Sie können

Ihre Sachen ins Arbeitszimmer legen, das wird Ihr Zimmer für die nächsten Wochen werden. Ich habe uns sogar etwas gekocht."

Der Abend verlief angenehmer, als Inga sich vorgestellt hatte. Kai war zumindest was die Wahl ihrer Adjektive anging, kein typisches Exemplar ihrer Generation, denn sie kommentierte Ingas Lasagne mit lauter Begriffen, die sie nicht nachschlagen musste. Sie war, da musste sie Christian recht geben, außergewöhnlich, ohne auffällig zu sein. Wenn man sie genau betrachtete, war eigentlich gar nichts Besonderes an ihr. Sie hatte ein ebenmäßiges Gesicht, nette Augen und lange dunkle Haare. Auf der Straße hätte sich wahrscheinlich niemand nach ihr umgedreht. Irgendwie beruhigte Inga das, ohne dass sie hätte sagen können warum. Wenn Kai sprach und lachte, fiel es Inga schwer, den Blick von ihr zu nehmen. Zudem hörte die junge Frau allem Gesagten aufmerksam zu und man merkte deutlich, wie wichtig ihr Christians Meinung zu den Dingen war. Süß, wie sie zu ihm aufschaut, dachte Inga gerade, als Christian sagte: „Wenn unser Kind einmal so wie Kai wird, wäre ich sehr stolz auf uns." Inga lächelte höflich und dachte später im Bett an Christians warmen Rücken gepresst darüber nach, wie es wohl wäre, eine so schöne Tochter zu haben.

Das Zusammenleben mit Kai gestaltete sich auch nach Christians Abreise völlig problemlos. Den Übergang von Sie zum Du hatten beide schon am ersten gemeinsamen Morgen genommen. „Sie haben eine sehr schöne Wohnung", hatte Kai mit dem Blick auf ein großes Foto von Inga, das Christian im letzten Urlaub gemacht hatte, gesagt. „Sie haben einen zu guten Geschmack, um Sie weiter zu siezen", hatte Inga geantwortet und sich an Kais Lachen erfreut.

Beide verließen das Haus früh am Morgen und meistens war Kai abends erst nach ihr wieder zuhause, so dass Inga genug Zeit für sich alleine hatte. Zeit, die sie zunehmend damit verbrachte zu überlegen, was sie am Abend für sich und ihren Gast kochen konnte. Das gemeinsame Abendessen war schnell zu einem Ritual geworden, bei dem sie sich nicht gerne stören ließen. Selbst Christian, der jeden zweiten Abend anrief, hatte das lachend zur Kenntnis genommen. „Ich finde es wunderbar, dass ihr euch so gut versteht. Ich habe dir doch gesagt, dass sie anders ist und ich bin sicher, eine mütterliche Freundin wird ihr gut tun. Ihr fehlt da so viel."

Inga wusste mittlerweile viel mehr über Kais zerfallene Familie, aber sie hatte nicht den Eindruck, dass ihr eine Mutter fehlte. Und sie hatte noch viel weniger den Eindruck, dass sie diese Mutter sein wollte. Nach einer Woche mit Christians Schützling war sie mehr darüber verwundert, wie schnell Kai den Part einer Freundin einzunehmen begann.

Einer engen Freundin, die sie so nie gehabt hatte. Es hatte schon sehr früh eine Stimme in Inga gegeben, die sie schrill davor gewarnt hatte, den Mädchen in ihrer Umgebung näherzukommen. Sie hatte diese Angst so wenig hinterfragt, wie sie sie in Frage gestellt hatte, und einfach immer die Nähe von Jungen gesucht. Ihrer Mutter hatte das gefallen, weil sie es für frühkindliche Einsicht in den Schöpfungsplan gehalten hatte. Ihre Gespräche mit Kai aber ließen eine solche Distanz gar nicht zu. Sie hatten längst alles Allgemeine verlassen und beschäftigten sich immer mehr mit ihren Gefühlen, Sorgen und Plänen. Am Tag erwischte sie sich manchmal dabei, wie sie dachte, das muss ich Kai heute Abend erzählen. Sie ist neunzehn, machte sich Inga manchmal spät in der Nacht klar, und merkte, dass ihr die Zahl im Zusammenhang mit Kai unwirklich erschien.

„Du hast nicht gekocht. Wir müssen beide verhungern." Kai rutschte noch mit ihrem Rucksack auf den Schultern an der Küchenwand hinab und blieb dort mit anklagendem Blick sitzen. Inga schmunzelte wie immer, wenn Kai etwas aus sich herauskam, und zog sie mit beiden Händen hoch. „Ich habe nicht gekocht. Ja. Wir müssen verhungern? Nein! Heute beginnt dein erstes richtiges Wochenende in der Hauptstadt, ich lade dich zum Essen ein." Sie standen immer noch Hand in Hand da und sahen sich an, bis Kai verlegen ihre Hände zurückzog.

„Das musst du nicht. Ich finde es schon so super, dass du mich hier bleiben lässt."

„Ich finde es sehr schön, dich hier zu haben." Inga sprach zum ersten Mal aus, was sie schon die ganze Woche gedacht hatte. Sie stieß Kai leicht an der Schulter an. „Gib es zu, du willst nur nicht mit einer älteren Lehrerin in der Stadt gesehen werden." Kai betrachtete sie nachdenklich. „In Christians Erzählungen wirktest du älter."

„Muss an seinem Erzählstil liegen. In Christians Erzählungen wirktest du jünger. Und viel hungriger", antwortete Inga und nahm ihren Autoschlüssel schmunzelnd vom Küchentisch. „Komm jetzt, in meinem Alter kann man nicht mehr so lange mit dem Essen warten."

Kai warf ihre Rucksack in eine Ecke, folgte ihr und sagte: „Du bist viel jünger als Christian."

„Wenn das eine Frage war, schläfst du ab morgen im Labor." Inga drehte sich drohend herum und Kai hob flehend die Hände. „Es war eine Feststellung."

„Glück gehabt. Aber wenn du Zahlen brauchst, ich bin zweiunddreißig und Christian wird nächsten Monat vierundvierzig."

„Stehst du auf Ältere?" Kai grinste wieder.

„Keine Ahnung", antwortete Inga. „Wir haben uns nach seiner Scheidung bei einer Fortbildung getroffen und sofort gut verstanden. Sein Alter hat da keine Rolle gespielt. So groß ist der Altersunterschied ja auch gar nicht."

„Zwischen mir und dir doch eigentlich auch nicht", sagte Kai und der Blick den sie Inga dabei zuwarf, sollte wohl verwegen sein, wirkte aber rührend hilflos. „Ich stehe übrigens auch auf Ältere, glaube ich."

Inga stellte sich Kai mit einem älteren Mann vor und hatte sofort das Gefühl, sie beschützen zu wollen. Kamen ihre mütterlichen Gefühle jetzt doch noch durch? Sie schüttelte den Gedanken ab und schob die junge Frau vor sich aus der Tür. „Für dich, meine Liebe, ist die ganze Welt älter."

„Hast du schon mal Sushi gegessen?", fragte Inga im Auto.

Kai schüttelte den Kopf. „Ich bin ehrlich gesagt nicht mal sicher, was das wirklich ist. Toter roher Fisch?"

„Ja, in klebrigen Reis gewickelt. Ich habe es auch noch nie versucht, aber ich dachte, wir könnten da mal zusammen Neuland betreten." Inga zwinkerte Kai übermütig zu und fragte sich gleichzeitig, warum klebriger Reis diese Euphorie in ihr auslöste. Oder toter Fisch.

„Kannst du denn mit Stäbchen essen?", fragte Kai.

„Nicht die Bohne", antwortete Inga, „und Fisch wohl auch nicht."

„Gut, fassen wir zusammen." Kai begann die einzelnen Punkte an ihren Fingern abzuzählen. „Wir versuchen eingewickelten Rohfisch, von dem wir nicht wissen, ob wir ihn mögen, mit Werkzeugen zu essen, von denen wir nicht wissen, wie sie zu bedienen sind. Sehe ich das richtig?"

Inga nickte lachend.

„Klingt nach einem interessanten Abend."

Mit dir sind alle Abende interessant, dachte Inga später im Lokal, während sie heimlich versuchte, ihre eingeschlafenen Beine unter dem Tisch zu strecken, und zusah, wie Kai ein Stückchen Fisch mit ihren Stäbchen durch die kleine Schale mit der Sojasauce verfolgte. Kai zu beobachten, war so etwas wie ein Hobby von Inga geworden. Ich weiß, warum Menschen Münzen sammeln, dachte sie. Sie lieben es einfach, ihre funkelnden Schmuckstücke immer wieder in Ruhe betrachten zu können.

Kai bemerkte ihren Blick und flüsterte: „Wenn wir hier fertig sind, habe ich wirklich Hunger."

„Weißt du was? Wir erklären unser Experiment für beendet, ich zahle und wir suchen uns was Richtiges zu essen." Inga winkte die Bedienung heran, während Kai die letzte Sushirolle mit den Fingern aufnahm und im Mund verschwinden ließ. Während sie mit lauter Musik durch die dunkle Stadt fuhr, fiel Inga eine Zeile aus einem alten Lied von Ulla Meineke ein, *Komm jetzt fahrn wir meinen Tank leer, bis es ausgeregnet hat,* summte sie leise und traute sich nicht, Kai zu fragen, ob sie Lust hätte, mit ihr weiter ziellos durch die Straßen zu fahren. Mir hat wohl eine gute Freundin gefehlt, dachte sie, als sie in dieser Nacht, satt von einer Überdosis Hamburger, einschlief.

Inga erwachte am nächsten Morgen mit dem unbändigen Drang, Kai die Stadt zu zeigen, und horchte, ob ihr Gast schon wach war. In der Wohnung war alles still. Sie schlich zur Tür des Arbeitszimmers und spähte durch den schmalen Spalt, der offen stand. Kai schlief noch tief und fest. Sie lag auf dem Rücken mit geschlossenen Augen und leicht geöffnetem Mund. Inga verspürte ein Ziehen im Unterbauch, das sie nach kurzem Rechnen mit ihrer Zyklusphase nicht in Verbindung bringen konnte. Ich könnte einfach zu ihr hinübergehen und meine Hand auf ihre Wange legen, um sie ganz sanft zu wecken. Das Ziehen wurde stärker und breitete sich aus. Wahrscheinlich muss ich einfach aufs Klo, dachte Inga, und schüttelte den Wunsch, Kai zu wecken, ab. „Ich sehe dich." Kais Stimme traf sie unvorbereitet und sie fuhr sichtbar zusammen. „Du führst etwas im Schilde."

Inga fing sich wieder und stieß die Tür ganz auf. „Woher willst du das wissen?"

„Du hast so geguckt." Kai hatte sich mittlerweile aufgerichtet und Inga konnte sich nicht erinnern, schon einmal so etwas Schönes wie die junge Frau mit dem zerzausten Haar im übergroßen T-Shirt gesehen zu haben.

„Bleib so." Sie rannte ins Wohnzimmer und holte ihre Kamera.

„Mit so meinst du …?" Kai blickte verwirrt in das Objektiv, das mit leichtem Surren nach der optimalen Schärfe suchte.

„Mit so meine ich so." Inga schoss eine ganze Serie von Bildern und jedes Klicken machte sie glücklich. Ich fange dich ein, dachte sie. Funkelndes Schmuckstück, ich halte dich fest.

„Darf ich auch mal?" Kai streckte die Hand nach der Kamera aus. Klick, klick machte der Auslöser ungerührt.

„Darfst du was?" Inga senkte den Fotoapparat.

„Bilder von dir machen?"

„Ich bin nicht sehr fotogen und im Moment unterdurchschnittlich gut gekleidet." Inga gab Kai die Kamera sehr zögernd.

„Ich finde, du siehst einfach klasse aus." Kais Kompliment war so unverblümt, dass Inga lachen musste. „Danke, aber warte bis du die Bilder auf dem Bildschirm siehst, die Kamera ist da anderer Meinung." Inga fiel es schwer in Kais Richtung zu schauen und war froh, als die den Apparat endlich wieder senkte. „Was hat dich jetzt eigentlich im Morgengrauen vor meine Tür getrieben?" Kai ließ sich wieder auf die Luftmatratze fallen und streckte sich genüsslich. Ihre Körperformen hoben sich in der Dehnung der Kleidung entgegen und ein winziger Streifen Haut wurde unter dem T-Shirt sichtbar.

„Was hältst du von einem Ausflug?" Inga trat plötzlich wieder unruhig von einem Fuß auf den anderen und beschloss jetzt aber wirklich, als nächstes auf die Toilette zu gehen.

„Ich liebe Ausflüge. Wo geht es hin?"

„Lass dich überraschen. Zieh dich an, wir gehen als Erstes am See frühstücken. Das wird dir gefallen, Messer und Gabel an allen Tischen und so gut wie kein roher Fisch."

Kai sprang übertrieben eifrig auf und rannte an Inga vorbei Richtung Bad. „Erste!" Inga bekam einen Zipfel des Shirts zu fassen und stoppte Kai abrupt. „Nichts da!" Der Übermut der letzten Woche sprudelte aus ihr heraus und sie versuchte sich lachend an Kai vorbei ins Bad zu drängen. Die griff ihr ohne Scheu um die Hüften und zog sie zurück. Inga stemmte beide Hände in den Türrahmen und hielt sich fest. Als sie den Griff etwas lockern wollte, rutschte sie ab und beide flogen rückwärts in den Flur. Inga landete auf Kai und konnte nicht aufhören zu lachen. Die junge Frau hatte beide Arme um sie gelegt und lachte ebenfalls glucksend. „Hast du dir wehgetan?" Inga drehte leicht den Kopf und war überrascht wie nah Kais Mund ihrem eigenen war.

„Ja." Kai lachte. „Mein Stolz ist erheblich verletzt." Sie kicherten beide und machten keine Anstalten, sich zu erheben. Stattdessen suchten sie in den glänzenden Augen der anderen nach einem

Grund für die unerklärliche Nähe, die sie spürten.

„Du …" Inga öffnete den Mund, als die Klingel ertönte und sich sofort darauf der Schlüssel im Schloss drehte. Beide fuhren hektisch auseinander, und als Christian eintrat, standen sie schwer atmend nebeneinander im Flur. Er stellte sein Tasche ab und sah sie entschuldigend an.

„Habe ich euch geweckt? Ihr seht ja völlig erschreckt aus. Tut mir leid, ich dachte, ich kündige schon mal an, dass es lieben Besuch gibt." Er ging zu Inga und küsste sie liebevoll. Sie legte wortlos die Arme um ihn und das beständige Ziehen in ihrem Unterleib machte einem enttäuschten Schmerz Platz.

„Das ist ja eine Überraschung, ich dachte du hast dieses Wochenende keine Zeit." Inga hoffte, dass man ihrer Stimme die Mühe, normal zu klingen, nicht anhörte.

„Ich hatte ein schlechtes Gewissen, habe die Fortbildung abgesagt und wollte mich auch ein wenig um unseren Gast kümmern." Er wandte sich Kai zu und umarmte sie herzlich. „Wenn du noch keine Pläne hast, würde ich dir gerne heute nach dem Frühstück meine Wahlheimat zeigen. Dann hat Inga auch mal ein paar Stunden Ruhe vor uns. Ich weiß, wie wichtig ihr das ist."

„Super." Kai klang wie eine Neunzehnjährige, der man einen Bingoabend im Seniorenheim angeboten hatte. Christian entging ihr Tonfall nicht und er stupste sie väterlich an. „Wenn du natürlich schon Leute kennengelernt und eigene Pläne für den Tag gemacht hast, freue ich mich auch auf ein ruhiges Wochenende mit meiner Verlobten."

Das schien Kai zu wecken. „Ich habe keine Pläne", versicherte sie eifrig. „Lasst uns doch was zu dritt machen?" Sie sah Inga bittend an. Inga hatte den Eindruck, in einem schlechten Theaterstück gefangen zu sein, ohne ihren Text zu kennen. Zwischen Kais Eifer und Christians Verständnis schien kein Platz für sie zu sein. „Ich glaube, ein wenig Ruhe wäre wirklich ganz schön", sagte sie aus einem plötzlichen Gefühl von Unglück heraus und wusste nicht wirklich warum. „Wir können ja heute Abend, wenn ihr wieder da seid, zusammen essen." Kai sah sie kurz verwundert an und drehte sich dann um. „Ich ziehe mich an und dann kann es losgehen." Vor ein paar Minuten hatte ihre Stimme noch viel lebendiger geklungen. Christian stand mitten im Flur und sah den beiden Frauen, die in unterschiedlichen Zimmern verschwunden waren ratlos, hinterher. War vielleicht doch alles etwas anstrengender für Inga, als es am Telefon geklungen hatte, überlegte er. Die beiden schienen nicht sehr wild darauf zu sein, mehr Zeit als nötig miteinander zu verbringen.

Was immer auch Inga an diesem Samstag anfing, erschien ihr bedeutungslos und unendlich langweilig. Sie stelle sich vor, wie Christian Kai all die Ecken der Stadt zeigte, die sie zusammen mit ihr hatte entdecken wollen. Hoffentlich schleppte er sie in irgendeines der langweiligeren Museen, wo sie sich dann mit seinem Hobby, der Heimatkunde, beschäftigen durfte. Geschähe ihr recht. Was ist denn nur los, fragte sie sich, als sie bemerkte, dass sie die Seiten des spannenden Krimis, den sie sich für einen solchen Moment aufgehoben hatte, gar nicht umblätterte. Was tut dir so gut daran, mit dieser jungen Frau zusammenzusein? Sie stellte sich vor den Badezimmerspiegel und suchte in ihrem Gesicht nach der Antwort. Ihr Gesichtszüge und der leicht verschmierte Spiegel schwiegen beharrlich. Es musste dieses Gefühl von Jugend und Aufbruch sein, das Kai umgab. In den letzten Wochen vor Kais Ankunft hatte Inga sich mehr und mehr alt und festgefahren gefühlt. Wie eine Modelleisenbahn, die man auf einen Weg gesetzt hatte, auf dem sie von nun an immer die gleiche Runde fahren würde. Alles schien so absehbar, seit Christian seine Versetzung bekommen hatte. Sie würden heiraten, sobald er sich eingelebt hatte, sie würde schwanger werden und dann würden sie mit dem ersten Kind an den Stadtrand ziehen, wo das zweite Kind schon direkt einen großen Garten mit Schaukel vorfand, wenn es auf die Welt kam. Sie wusste, dass Christian nach der Enttäuschung seiner ersten Ehe diese Ruhe und Verlässlichkeit im Leben suchte, und sie hatte nie daran gezweifelt, dass sie das auch tat. Wenn sie eines nie hatte ertragen können, dann war es, anders als die anderen zu sein. Warum also sollte sie plötzlich andere Vorstellungen vom Leben haben? Und warum sollten diese Vorstellungen mit Kai zusammenhängen? Ich bin keine Neunzehnjährige mehr und sollte aufhören, mich so zu benehmen, dachte sie grundlos wütend und beschloss, einen romantischen Abend mit Christian zu planen.

Christian war ein wenig überrascht, als sie ihm am Abend vorschlug, alleine essen zu gehen und danach in einem kleinen Hotel am See zu übernachten.

„Aber Kai …"

„Kai ist kein Kind mehr und hat bestimmt nichts dagegen, oder, Kai?" Sie erhob die Stimme, so dass die junge Frau, die in der Küche einen Apfel schälte, sie hören musste.

„Was ist mit mir?" Ihre Stimme klang jetzt, wo sie Inga antwortete, wieder fröhlicher und in ihren Augen lag wieder dieser Schalk, der sie heute Morgen ganz aus der Nähe angefunkelt hatte.

„Du hast doch nichts dagegen, wenn ich meinen Verlobten für einen romantischen Nachtausflug entführe. Du hättest die ganze Wohnung für dich und auch mal etwas Ruhe vor den Senioren, die dich ständig bemuttern."

Kai sah sie nur ganz kurz an, dann blickte sie wieder auf ihren Apfel und Inga sah wie die Schale, die sie schnitt dicker und dicker wurde, während sie antwortete. „Wie könnte ich soviel Romantik im Wege stehen?"

„Siehst du und jetzt komm." Inga zog ihren unentschlossenen Verlobten hinter sich aus der Tür. Im Wagen hätte sie sich ohrfeigen können und wäre eigentlich am liebsten zu Kai zurückgegangen, hätte ihr den Apfel aus der Hand genommen und sie fest an sich gezogen. Und was hättest du danach getan, fragte sie sich und hatte keine Antwort, die sie ertragen konnte.

Als sie später an der Nacht Christians sanftem Drängen nachgab und unter seinem Körper für einen Augenblick Kais Hände, die den Apfel hielten, vor sich sah, schwor sie sich, den Abstand zu der jungen Frau zu vergrößern. Wer den Apfel hielt, der hielt auch die Sünde und das Verderben. Sie glaubte zwar nicht an Gott, aber sie glaubte daran, dass die falschen Entscheidungen einem das ganze Leben ruinieren konnten. Sie warf sich mit einer Intensität in den sexuellen Akt, die Christian mitriss. „Ich liebe dich", flüsterte er mitten in der Nacht völlig erschöpft und sie fühlte sich leer.

Die ganze folgende Woche hielt Inga die freundliche Distanz, die sie sich vorgenommen hatte, und Kai machte, nach einer anfänglichen Frage, ebenfalls keinen Versuch, ihr näherzukommen. Sie schien die neue Situation so zu akzeptieren wie sie war.

Wahrscheinlich ist es ihr egal, dachte Inga, als sie am Freitagabend die Türe aufschloss, und ärgerte sich darüber, dass sie nicht dasselbe von sich sagen konnte. Ihr fehlten Kais abendliche Geschichten aus dem Labor und ihre ehrlichen Kommentare zu Ingas Schulalltag. Ihr fehlten die Neugier auf das Leben und die unverhohlene Unschuld, die Kai so attraktiv machten. Ihr fehlte der Blick, in dem sich die Welt so sanft spiegelte. Noch eine Woche und ihr junger Gast würde zusammen mit diesen kindischen Bedürfnissen verschwinden, das hatte sie sich in den letzten Tagen oft gesagt und es gab ihr ein Gefühl von Sicherheit. Was immer Kai da in ihr weckte, es konnte nicht gesund sein und hatte sicher aus gutem Grund bis jetzt im Verborgenen gelebt.

In der Wohnung war es ruhig, nur im Wohnzimmer leuchtete der Powerknopf der Stereoanlage. Inga ging hinein, um Kai kurz guten Abend zu sagen, aber das Zimmer war leer. Sie wollte die Anlage ausschalten und sah den Zettel der auf dem CD-Player klebte. *Press Play! Es regnet zwar nicht, aber wenn du trotzdem noch Lust hast ... ich würde mich sehr freuen*, stand darauf.

Inga drückte verwirrt auf die Playtaste und Ulla Meinekes *Tänzerin* erklang aus den Boxen. Ihre Herzklappen schlugen schon bei den ersten Tönen schnell und schmerzhaft auf den restlichen Muskel ein und sie richtete sich mit der Hand auf dem

Brustbein auf. Sie lauschte der Musik mit geschlossenen Augen, bis sie ein leises Geräusch hörte. Kai lehnte in der Tür und sah sie schüchtern an. Etwas in diesem Blick schien direkt mit den trommelnden Herzschlägen in Verbindung zu stehen. *Inzwischen bin ich sicher, dass ich sie sehr mag,* sang Ulla Meineke mit rauchiger Stimme.

„Das hast du gehört und das hast du erkannt?" Inga deutete auf den CD-Spieler.

Kai nickte lächelnd. „Ehrlich gesagt war deine Fassung sehr gewagt, aber es ist auch eines meiner Lieblingslieder."

„Dass du das kennst. Ist nicht gerade deine Generation." Inga wusste nicht, was sie tun und sagen sollte.

„Neuzehnjährige dürfen neuerdings ältere Musik auch ohne Begleitung Erwachsener kaufen, weißt du?"

„Ist das so?" Inga ließ ihren Autoschlüssel an seinem Ring im Takt ihres schnellen Herzschlages um ihren Finger drehen. „Warst du mit Christian in der neuen Nationalgalerie?"

Kai schüttelte den Kopf. „Nein, wieso?"

„Möchtest du meinen Lieblingsblick auf diese Stadt sehen?" Inga fühlte sich leichter werden und der harte Rhythmus in ihrem Brustkorb wurde weiche Melodie.

„Ich möchte alle deine Blicke auf diese Stadt sehen." Kai klang viel zu ernst und schien das mitten im Satz zu bemerken. „Muss ja nicht in einer Nacht sein", schob sie lächelnd nach.

Sie fuhren eine Weile schweigend durch den Abend und die Distanz der letzten Woche füllte den Wagen mit unsicherem Schweigen.

„Warum wolltest du nicht mehr in meiner Nähe sein?" Kai schaute so interessiert auf das Handschuhfach, als würde sich dort der Urknall noch einmal wiederholen.

Inga ließ die Straße nicht aus den Augen und suchte nach den richtigen Worten. „Das hatte nichts mit dir zu tun. Ich musste mich einfach wieder auf die Dinge konzentrieren, die wichtig sind, weißt du?" Sie fand selbst, dass sie verlogen klang, obwohl sie sich bemüht hatte, die Wahrheit zu sagen.

„Mit dir zusammen macht alles mehr Spaß." Kai ließ wie immer die Dinge nicht komplizierter werden, als sie waren, und Inga wusste in diesem Moment, dass sie das an ihr liebte. Liebe, dachte sie, welch großes Wort für diese Freundschaft zu einer Frau, die sie kaum kannte.

„Gehst du morgen Abend mit mir tanzen?" Inga hatte den Satz ausgesprochen, bevor sie ihn zu Ende gedacht hatte. Er hatte in einer unkontrollierten Ecke ihres Bewusstseins gelauert und war ihr von dort direkt in die Stimmbänder gesprungen. Jetzt, wo er als Schall im Innenraum des Autos vibrierte, hatte er alles Bedrohliche für sie verloren.

Kai überließ das Handschuhfach seiner kosmischen Bestimmung und starrte sie verwundert an. Inga grinste zur Seite. „Lass mich bitte nicht auf ein Knie sinken und bekennen, dass Abende mit dir wirklich lustiger sind als Abende mit zweifelhaften Aufsätzen. Geh einfach mit mir tanzen."

Kai hielt ihr schweigend die zum Handkuss abgeknickte Handfläche entgegen, die Inga spielerisch zur Seite schlug. Daraufhin streckte Kai ihren erhobenen Zeigefinger drohend vor Ingas Gesicht. „In einer Woche kannst du dich wieder ganz auf die ‚ernsthaften Dinge' konzentrieren, bis dahin gehörst du mir."

Bis dahin gehöre ich dir, dachte Inga und fühlte sich gleichzeitig lebendig und schuldig.

Am Sonntagmittag erwachten sie beide mit dem gleichen brüllenden Kopfschmerz in ihren getrennten Zimmern.

Inga schleppte sich, ihre schmerzenden Knochen und ihre pelzige Zunge ins Arbeitszimmer und setzte sich neben Kai auf die Luftmatratze. „Ich muss sterben und du bist schuld, Cocktail-Königin!" Kai hob kurz den Kopf und sank dann mit einem Mitleid erregenden Seufzer wieder zurück auf die eigenartig flache Matratze. „Die Luft ist raus", murmelte sie mit der Hand über den Augen.

„Was?" Inga versuchte vergeblich, die Welt am Rotieren zu hindern.

„Die Matratze." Kai ließ sich nicht zu ganzen Sätzen hinreißen.

Inga fühlte über die blaue geriffelte Fläche und stellte fest, dass Kai die Nacht quasi auf dem Boden verbracht hatte. „Warum bist du nicht aufgestanden?"

„Wie denn? Es dreht sich doch alles."

„Los komm." Inga zog Kai an einer Hand hoch und ignorierte die eigene Übelkeit und das Jammern der jungen Frau. „Ich koche uns einen Tee und wir schlafen danach in meinem Bett weiter."

Kai ließ sich im Schlafzimmer willenlos in Ingas Bett fallen und zog sich sofort die Decke über den Kopf. „Inga ist nett. Tanzen ist nett. Cocktails sind bunt und böse", hörte man sie unter der Bettdecke flüstern. Inga beschloss, den Tee auf später zu verschieben, und rollte sich mit unter die große Decke. „Rück ein Stück, mach die Augen zu, schlaf weiter und es kann sein, dass wir beide überleben." Kai legte sich dicht hinter sie und seufzte tief. „Du wirst das wissen, du bist älter." Dann schlief sie ein und Inga befahl ihren wild hin und her laufenden Blutkörperchen, Pantoffeln anzuziehen, um Kai nicht mit ihrem Getrappel zu wecken. Irgendwann schlief sie ein und machte sich glauben, dass ihre Hand sich erst im Schlaf auf den weichen Schenkel hinter ihr verirrt hatte.

„Wie bin ich denn hierhingekommen?" Am späten Nachmittag schlug Kai als Erste die Augen wieder auf. Inga rückte schuldbewusst ein wenig von dem warmen Körper neben ihr ab und sagte mit heiserer Stimme: „Ich habe dich heute morgen in kritischem Zustand von deiner luftleeren Matratze gerettet."

„Echt?" Kai überlegte einen Augenblick. „Stimmt. Ich habe furchtbaren Durst. Was ist eigentlich aus dem Tee geworden?"

„Nichts. Mir war zu übel."

„Dann mache ich uns jetzt einen." Sie erhob sich sehr vorsichtig und drehte den Kopf probeweise nach rechts und links. „Bis zur Küche wird es gehen."

Sie verbrachten den Rest des Nachmittags im Bett und lachten gemeinsam über die vergangene Nacht. „Ich glaube, dieser Sven stand auf dich." Inga imitierte die ausladenden Tanzbewegungen des Studenten der Ostasienwissenschaft, den sie in der Nacht kennengelernt hatten. Kai imitierte einen schlimmen Übelkeitsanfall.

„Was war denn falsch an Sven? Es wäre doch wunderbar, wenn du hier jemanden kennenlernst, dann würdest du an den Wochenenden oft hier sein und wir könnten in Zukunft zu viert ausgehen." Das einzige, was Inga an diesem Plan gefiel, war die Tatsache, Kai regelmäßig zu sehen. Kai sah sie mit dem Kopf auf ihrem nackten Arm liegend an. „Könnte ich dich nicht auch ohne Sven besuchen?" Inga ließ sich auf ihr eigenes Kissen sinken und schaute in das ernsthafte, schöne Gesicht, das so nah neben ihrem lag. Plötzlich konnte sie verstehen, was Männer an jungen Frauen fanden. Sie wollte auch über diese glatten, weichen Wangen streichen, wollte ihre Hand über diesen Hals fahren lassen und den Puls an der bläulichen Ader fühlen. Das Leben liegt neben mir, dachte sie, das ganze Leben.

„Du kannst uns jederzeit besuchen, das weißt du doch." Ihr eigener Satz riss sie zurück in die Realität und sie wechselte das Thema. „Hast du überhaupt schon einmal eine längere Beziehung gehabt?"

„Die letzten drei Jahre. Aber es ist vorbei." Kai schloss die Augen.

„Was ist passiert?" Inga konnte sich nicht entscheiden, ob sie Kai mit geschlossenen oder offenen Augen attraktiver fand.

„Es war nicht wirklich die große Liebe. Wir waren eben zusammen und dann war es einfach vorbei, so wie die Schule einfach vorbei war." Kais Wimpern lagen vollkommen ruhig auf der leicht durchscheinenden Haut unter ihren Augen. Inga wurde wieder schwindelig. „Glaubst du denn an die große Liebe?" Kai öffnete ihre Augen und sah sie sanft und durchdringend an. „Ja", sagte sie dann einfach und schlief wieder ein.

Am Montagabend fand Kai Inga vor der flachen Luftmatratze im Arbeitszimmer kniend. „Ich habe keine Ahnung, wo dieses verdammte Loch ist und ich habe keine Lust, es herauszufinden. Da du dich in der letzten Nacht hervorragend benommen hast, würde ich vorschlagen, dass du den Rest der Woche auch in meinem Bett verbringst." Inga hörte sich den Satz sagen und ihr wurde bei dem Gedanken unsagbar heiß. Den Rest der Woche mit Kai im Bett verbringen ... Kai grinste und trug ihre Tasche in Ingas Schlafzimmer. „Im Angesicht von so viel Altruismus gelobe ich, mich auch weiter ordentlich zu benehmen", rief sie Inga zu, die immer noch neben der Luftmatratze kniete. Das muss für uns beide reichen, dachte Inga und fühlte, wie die Angst und die Lust mit breitem Grinsen auf ihrer Brust miteinander rangen.

Die restlichen Tage in dieser Woche verbrachte Inga mit einer Mischung aus wilden Fantasien, in denen Kais Hände eine große Rolle spielten, und intensiven Schuldgefühlen. Ihr war mittlerweile klar, dass die Anziehung, die sie spürte, durchaus eine sexuelle Seite hatte, aber sie hatte beschlossen, das natürlich zu finden. An ihr war nichts unnatürlich, und deshalb mussten diese Gefühle ein unbekannter Seitenzweig ihrer völlig normalen Sexualität sein. Vielleicht wollte sie einfach nur noch einmal etwas Verbotenes ausprobieren, bevor sie in den ruhigen Hafen der Ehe einlief, sagte sie sich. Sie würde es natürlich nicht tun, und wenn sie es tun würde, würde es ihr natürlich nicht gefallen und sie würde auch nicht wissen, was eigentlich zu tun war, weshalb sie es auch gar nicht tun konnte. Außerdem war Kai neunzehn und unerfahren und sie war zweiunddreißig und verlobt. Es war zwar Sommer, aber das hier war kein Lied von Peter Maffay. Ihre Kollegen mussten sie zweimal darauf aufmerksam machen, dass sie mit leerem Blick im Flur zum Pausenhof stand und leise summte.

Kai schien das neue Schlafarrangement in keiner Weise zu berühren, sie bot Inga sogar abends im Bett an, ihr die verspannten Schultern zu massieren, was diese entsetzt ablehnte. Ansonsten redeten sie jetzt noch mehr und länger als vorher und jede schien die Lebensgeschichte der anderen in sich aufsaugen zu wollen. In vielen Dingen waren sie sich ähnlich und da, wo sie unterschiedlich waren, war es genau der Unterschied, der die andere noch interessanter machte. Ohne es zu verabreden, hatte Inga Christian am Telefon nichts von Kais Umzug in ihr Bett erzählt und auch Kai hatte diese Neuigkeit im Gespräch mit ihm ganz offensichtlich vergessen.

An dem Freitag, der Kais letztes Wochenende einläutete, lag eine CD-Hülle mit einer großen roten Schleife verziert auf Ingas Kissen, als sie am Nachmittag einen Krimi vom Nachttisch holen wollte. Ein Abschiedsgeschenk offensichtlich. Inga war gar nicht mehr von dem Schmerz überrascht, der sich in ihr wie flüssiges Feuer ausbreitete. Sie hatte auch schon überlegt, was sie Kai zum Abschied schenken konnte und schließlich ein Foto, das Christian an ihrem allerersten gemeinsamen

Abend von Kai und ihr geschossen hatte, entwickeln und vergrößern lassen. Beide hatte die Köpfe am Ende dieses Abends auf Christians Anweisung eng aneinander gelegt und ihr Lachen auf dem Bild wirkte wider Erwarten vollkommen gelöst. Jetzt lag es schon seit Mittwoch gerahmt, verpackt und ebenfalls mit einer roten Schleife versehen in ihrer Schreibtischschublade. Wir haben in so vielen Dingen einen ähnlichen Geschmack, dachte sie und schob die silberne Scheibe in den tragbaren Player auf ihrem Nachttisch. *She,* sang Charles Aznavour,
May be the face I can't forget,
A trace of pleasure or regret,
May be my treasure or the price I have to pay.
She may be the song that summer sings,
May be the chill that autumn brings,
May be a hundred tearful things.
Within the measure of the day.
Sie drückte mit einem feuchten Brennen in den Augen die Stopptaste und nahm die CD schnell aus dem Gerät, als sie Kais Schlüssel hörte. Kai erschien in der Tür und blieb stumm, als sie Inga mit der CD in der Hand auf dem Bett sitzen sah. Beide schwiegen. Müssen wir wirklich darüber reden, dachte Inga. Warum können wir diese Liebe nicht im Dunkeln lassen, wo sie sich wohl fühlt. Diese Liebe? Liebte Kai sie denn?

„Kai", sagte Inga, von den eigenen Emotionen in die Defensive getrieben, und fuhr sich mit der freien

Hand durch die Haare. „Das ist mir zu viel." Kai blieb im Türrahmen stehen und sah Inga unbewegt an. „Mir ist es zu wenig."

Dann komm doch her, dachte Inga, komm her und nimm dir, was du willst, aber Kai drehte ab und verschwand in der Küche.

Inga blieb im Schlafzimmer und telefonierte lange mit Christian, dann mit einer Kollegin und rief zum Schluss sogar noch ihre Mutter an. Sie wollte Zeit gewinnen und innerlich war es ihr, als hätte man sie zwischen zwei Wagen gespannt, die in jeder Minute in unterschiedliche Richtungen davonrasen konnten. Der eine wollte sie tief brummend tiefer in die wunderbare Wärme, die Kai war, ziehen und der andere hielt mit aufheulendem Motor dagegen, um sie mitten in die Angst zu fahren. Sie konnte keinen wirklich loslassen und keinem wirklich folgen. Schließlich ging sie müde in die Küche und setzte sich Kai gegenüber auf den harten Küchenstuhl. Sie würde die Lage jetzt und hier wieder unter Kontrolle bekommen. Ihre Stimme klang sicherer, als sie gehofft hatte.

„Ich freue mich, dass du mich magst, ich mag dich auch. Sehr. Das wird doch kein Problem, oder?" Kai hob die Augen, denen man nicht ansah, ob sie geweint hatte. „Es tut mir leid", sagte sie leise. „Ich bin da wohl etwas zu heftig, es war nicht so gemeint, wie du es verstanden hast. Ich musste nur bei dem Lied immer an dich denken. Und da wollte ich es dir zum Abschied einfach schenken. Das war keine Anmache oder so."

Wer Kai so sah, wie sie sie jetzt sah, und sie nicht küssen wollte, musste tot sein, da war sich Inga plötzlich sicher. Das war keine Frage der Sexualität, das war eine Frage des Geschmacks.

„Das ist sehr gut und das ist auch ein bisschen schade", sagte sie deshalb, „es hätte nämlich als Anmache echt viel Charme gehabt. Du solltest Christian bei Gelegenheit mal etwas Nachhilfe geben." Du machst es nicht besser, dachte sie und sah genau, dass Kai über ihre scherzhaften Worte nur schwer lachen konnte. Beide durchbohrten jeweils ein schuldloses Küchengerät mit ihren Blicken. „Soll ich heute Nacht lieber auf der Couch schlafen?", fragte Kai und sah zur Seite. „Warum denn", sagte Inga betont gelassen, „es ist doch alles geklärt." Und ich will diese zwei letzten Nächte mit dir, dachte sie und fühlte sich wie eine Schiffbrüchige, die spürt, dass das Holz, an das sie sich klammert, sie nicht mehr lange tragen würde.

Als sie nach einem Abendessen mit leicht angestrengter Konversation schließlich im dunklen Schlafzimmer still nebeneinanderlagen, wurde Inga bewusst, dass sie nicht einmal mehr ein Holzstück zum Umklammern besaß. Ich schwimme, dachte sie, nein, ich sinke und ich werde ertrinken. So oder so. „Woran denkst du?", fragte Kai, die sich sehr weit von ihr entfernt zusammengerollt hatte, genau in diesem Moment. „Ans Schwimmen", antwortete Inga vage und wahrheitsgemäss und wünschte sich, dass es einen Grund gäbe, den Lakengraben zwischen ihnen zu überwinden oder mit Stacheldraht zu verstärken. „Wir waren noch nie zusammen schwimmen", sagte Kai und klang viel zu traurig für diese simple Erkenntnis. Inga rückte ein wenig näher an sie heran. Wir haben so vieles noch nicht zusammen getan, dachte sie und ihre Magenwände fühlten sich an, als würde sie jemand mit einer Käsereibe bearbeiten. „Ich habe auch ein Geschenk für dich", quetschte sie mühsam hervor und griff nach dem Bild, das in der Nachttischschublade versteckt gelegen hatte. Sie zog es hervor, liess die Lampe auf ihrem Nachttisch aufflammen und legte es zwischen sie aufs Bett. Kai richtete sich auf und betrachtete das aufwändig gerahmte Foto, auf dem ihre Köpfe sich aneinanderlehnten, als wäre es das Selbstverständlichste auf der Welt. Und dann begann sie zu weinen und Inga liess das Holzstück und das Schwimmen und Christian und ihre Zukunft in einer einzigen Sekunde los und ihre Hand fand endlich den Weg auf diese weichen Wangen, von denen sie so oft geträumt hatte. Sie fing Kais Tränen mit ihrem Daumen auf und strich sie über die Wangenknochen zum Ansatz der dunklen Haare. Kai sah sie an und ihre nassen Augen liessen aus dem Blick eine Bitte werden, die Inga erfüllte. Sie beugte sich vor und ihr Mund fing die Tränen auf, die ihren Händen entkamen. Kai lehnte sich ihr entgegen und sie fühlte die weiche Haut an ihrer eigenen Wange. „Küsst du mich, bitte", flüsterte Kai mit einem Tonfall, der Inga wie ein rot glühender Lavastrom vom Ohr durch den ganzen Körper lief. Sie fühlte sich warm und stark und stolz, wie ein Eroberer, der zum ersten Mal ein neues Land betritt. „Ich habe noch nie eine Frau geküsst", flüsterte sie und küsste Kais Lippen zuerst ganz leicht und suchend und wartete auf die Reaktion. „Ich auch nicht", antwortete Kai und folgte mit ihrem Mund den Lippen, die sich nicht weit entfernt hatten. Die nächste Berührung war schon mehr Verschmelzen als Berühren, war schon mehr Erforschen als Suchen. Sie fühlten und schmeckten sich in diesen fremden anderen Mund, als hätten sie nie etwas anderes getan. Inga fühlte eine weite Erregung, die sie so nicht kannte. Jede Zelle in ihrem Körper schien gleichzeitig in die Mitte und nach außen zu streben, schien sich zu dehnen und zu pulsieren. Sie kannte nur die zielstrebige Lust, die sie überkam, wenn Christian sie berührte. Sein Körper passte mit ihrem zusammen, das machte ihn praktisch und uninteressant. Was gab es da zu erforschen? Was gab es zu experimentieren. Kais Mund allein und ihre Lippen hielten sie in diesen ersten Stunden komplett gefangen. Jede neue Bewegung ihrer Zungen löste Gefühle aus, die sie nicht erwartet hatte. Nichts war planbar, nichts war sicher. Sie stand nicht allein auf der steilen Abfahrt, die sie sonst möglichst schnell ihrem Ziel entgegen brachte, sondern sie stand gemeinsam mit Kai auf einer unendlichen Ebene, die sie in jede Richtung erforschen wollten.

„Du bist wunderbar", flüsterte Kai ihr nach einigen Stunden mit rauen Lippen in den Mund. „Ich könnte dich für den Rest meines Lebens so küssen." Die Erwähnung des Lebens, das da draußen ahnungslos weiterging, versetzte Inga einen heftigen Stich, aber sie verdrängte die Angst. Nicht heute Nacht, dachte sie und versenkte sich noch tiefer in der feuchten, aufregenden Welt, die Kais Mund für sie geworden war.

Irgendwann schob sich ein zaghafter Streifen Helligkeit in das Zimmer und Inga löste sich aus einem der langen Küsse und sah in Kais Augen, die im ersten Licht des Morgens funkelten. „Du bist unglaublich", sagte sie, obwohl sie das auch schon mindestens zwanzig Mal vorher gesagt hatte. „Ich beginne dir zu glauben", flüsterte Kai und ihr Körper berührte Inga auf der ganzen Länge. „Hast du schon jemals eine ganze Nacht mit Küssen verbracht? Angezogen?"

„Nein", Inga musste lächeln. „Ich habe überhaupt noch nie eine Nacht wie diese verbracht." Obwohl sie beide nach wie vor noch mit T-Shirts und Slips bekleidet waren, fühlte sie eine Intimität und Nähe, die sie trunken machte. Alles mit Kai hatte sein eigenes, wunderbares Tempo, es würde wahrscheinlich ein Leben lang dauern, sie ganz zu ergründen. Ein schneller Schmerz durchfuhr sie, aber Kais Mund, der sich schon wieder über ihren legte, heilte die kleine Wunde sofort. Nicht jetzt, dachte sie, nicht schon jetzt.

Am sehr späten Morgen saßen sie sich mit zu glänzenden Augen und zu roten Mündern in Ingas Lieblingslokal am See gegenüber. Kai aß mit großem Appetit und immer, wenn sie sich ansahen, lag in ihrem Blick so viel ungezähmte Liebe, dass es Inga schwindelig wurde. Inga fielen unzählige Liedtexte ein, die sie am liebsten laut gesungen hätte. *She may be the mirror of my dreams. A smile reflected in a stream.* Es war Sommer, zum ersten Mal im Leben. Auf dem Weg zum Auto zurück nahm Kai ganz selbstverständlich ihre Hand und ihre Finger flochten sich in Ingas.

„Das geht nicht." Inga zog ihre Hand ruckartig zurück.

Kai sah sie verletzt an. „Warum kann ich deine Hand nicht halten? Schämst du dich?"

„Quatsch!" Inga zog sie kurz an sich. „Es ist nur wegen der Schule, die müssen sich ja nun nicht zuviel Gedanken über mein Privatleben machen, und einige der Kollegen gehen hier gerne mal spazieren." Sie wusste, dass das nur ein kleiner Teil der Wahrheit war und dass sie über den Rest nicht sprechen wollte. Nicht über die Angst, nicht mehr dazu zu gehören, über die Panik, anders zu sein. „Lass uns ins Kino gehen, ich möchte mit dir zusammen Popcorn essen."

„Aus einer Tüte?" Kais Augen ließen die harmlose Frage zu einem anzüglichen Angebot werden.

„Aus einer Tüte, mit klebrigen Fingern." Ingas Tonfall stand Kais in nichts nach. Sie standen beide auf dem sonnigen Weg und sahen sich an.

„Ich möchte Popcorn und Kino und heute Nacht möchte ich mit dir schlafen." Kai blieb ihrem Weg, das was sie fühlte einfach zu sagen, treu. Es gab nichts in ihrem Leben, das Inga mit diesem Augenblick in der Sonne vergleichen konnte. Nie hatten sie so viel Glück und Aufregung, Hingabe und Angst gleichzeitig erfüllt. Sie fühlte sich wie ein weiches Tuch, das sich von anderen weichen Tüchern umgeben in der Trommel einer mystischen Waschmaschine drehte. Alles war warm und weich und nass und das stete Drehen war Taumel und Traum. Nichts ließ sich hier drinnen aufhalten und die Welt draußen hatte einen anderen Rhythmus, der sie nicht betraf. „Küss mich." Sagte sie und sah Kai tief in die Augen. „Hier?", fragte die, während sich ihr Mund schon Ingas näherte. „Genau hier", antwortete Inga und ihre Zunge strich schon beim nächsten Wort über Kais Mund. „Und hier. Und hier. Und hier."

Inga wusste nach dem Kinobesuch nicht mehr wirklich, worum es in der Komödie, die sie ausgesucht hatten, gegangen war. Sie hatte versucht, dem fröhlichen Paar auf der großen Leinwand so viel Aufmerksamkeit wie möglich zu schenken und sich dabei ganz auf das Gefühl konzentriert, Kai in der Dunkelheit jederzeit berühren zu dürfen. Und zu wollen. Sie war immer wieder überrascht, wie viele Ausreden ihre Hände fanden, um in die Nähe von Kais Haut zu gelangen. Ich war einfach schon länger nicht mehr verliebt, versuchte sie sich einzureden und wusste doch, dass sie noch nie vorher so gefühlt hatte. Die Trommel, in der sie sich wohlig drehte, wurde schneller und ihr wurde langsam schwindelig.

Am Abend beschloss Kai zu duschen und Inga folgte ihr mit wild klopfendem Herzen nackt unter den warmen Strahl des Wassers. Du hast keine Angst, dachte sie, ich liebe das an dir. Kai seifte sie ohne Scheu langsam ein und Inga drängte ihren Schaumkörper an die nasse glatte lachende Frau und sie wurden zwei warme, glitschige Schaumtiere, die sich in ihrer vergänglichen Hülle aus Seifenblasen sicher und geborgen fühlten. Zum ersten Mal ließ Inga ihre Hände auf Kais Brüsten ruhen und konnte sich an dem Bild nicht satt sehen. „Wie schön du bist", sagte sie und strich über die dunklen Brustwarzen wie über kostbare Edelsteine.

Alles flog jetzt immer schneller an Inga vorbei. Die nächste Nacht, in der sie sich suchten und fanden und sich liebten mit einer Ruhe, die Inga fast um den Rest ihres Verstandes brachte. Sie fühlte

Kai unter ihren Fingern kommen, fühlte ihre eigene Erregung und war in diesem Moment so mächtig, als hielte sie das Geschick der Welt in der Hand. „Ich liebe dich", stieß Kai hervor und Inga konnte nicht antworten, weil ihr Tränen den Hals verschlossen.

Am Sonntagmorgen schlich sie sich aus Kais Umarmung und setzte sich in einen Bademantel gewickelt in die Küche. Morgen geht sie zurück in ihre Stadt und dann ist das hier vorbei, dachte sie. Christian kommt bald und ich heirate und diese Erfahrung wird die einzige dieser Art bleiben. Sie fühlte sich kalt und allein und wäre am liebsten in Kais Arme zurückgekehrt, um sich wieder ganz zu fühlen. Was wäre, wenn du sie fragst, ob sie hier bleibt? Hier studiert? Mit dir lebt? Die Angst stieg so unerwartet schnell und so mächtig in ihr auf, dass sie sich an den Hals griff. Ich bin nicht so. Zum ersten Mal machte sie sich richtig klar, dass das, was sie für Kai fühlte und was sie mit ihr tat, einen Namen hatte. Einen schrecklichen Namen, wie sie fand. Das waren nicht Kai und sie in diesem zischenden Wort, das sich gar nicht anders als schlangenartig aus den Mündern schleichen konnte. Das ihr schon immer bedrohlicher als andere Begriffe vorgekommen war. Warum müssen Lesben eigentlich immer so unattraktiv sein, hatte noch kürzlich ein Kollege auf einem Konzert gefragt und spöttisch auf zwei kurzhaarige Frauen gedeutet, die Arm in Arm der Musik gelauscht hatten. Als die beiden sich geküsst hatten, hatte der Kollege sich demonstrativ abgewandt und mit einer anderen Freundin getuschelt. Ich will mein Leben behalten, meine Freunde und meinen Beruf, ich will nicht so sein und deshalb bin ich es auch nicht. Das Ganze musste doch gar nicht zum Problem werden. Sie hatte ausprobiert, wie es war, mit einer Frau zu schlafen, und das kam doch mal vor. Sie würde nichts tun, was sie zum Gespött ihrer Schüler und Kollegen machte.

„Worüber denkst du nach?", fragte Kai, die, ohne dass Inga es bemerkt hatte, hinter ihr aufgetaucht war. Ihre Stimme klang so verschlafen und sexy, dass Inga sofort wieder dieses verräterische Ziehen im Unterleib spürte und eine Liebe, die sich in jedem Winkel ihres Körpers ausbreitete und sie schwach machte. Aber sie wusste gleichzeitig, dass da noch ein anderes Gefühl in ihr war und dass es gewinnen musste. Sie sah Kai an und sagte mühsam: „Ich denke an Christian." Kai hatte eigentlich den Arm um sie legen wollen, wich aber jetzt ein wenig zurück und ihr schönes Gesicht wurde ernst. „Das wird schrecklich für ihn." Sie setzte sich auf den Stuhl an der anderen Seite des Tisches und schaute hilflos. „Wir können doch nichts dafür, ich liebe dich, du liebst mich. Wir müssen zusammen sein, das muss er doch verstehen." Zum ersten Mal klang sie so jung, wie sie war und das gab Inga die Kraft für den nächsten Satz. „Es wird ihn nicht treffen, weil er es nicht erfahren wird." Sie fuhr eine Kerbe im Tisch mit dem Finger nach, als gäbe ihr der kleine Einschnitt den geraden Weg vor, den sie jetzt zu gehen hatte. „Kai, ich werde in wenigen Monaten heiraten. Das mit uns war eine wunderbare Eskapade, ein Abenteuer und ein Geheimnis, das nur wir beide teilen, aber das ändert doch nichts an Christian und mir." Die Kerbe war zu Ende und ihr Finger verharrte unschlüssig. Kai betrachtete den Finger, als hätte er die Worte alleine gesagt. Schließlich legte sie ihre Hand über Ingas und sagte: „Ich will mit dir leben, ich liebe dich mehr, als ich mir vorstellen konnte, einen Menschen zu lieben. Ich begehre dich mit allem, was ich bin, und ich möchte mein Leben mit dir verbringen." Inga sah nicht auf, aber sie wusste, dass Kai genau aussprach was sie selbst fühlte und das machte sie wütend. Sie entzog ihre Hand der wunderbaren Wärme, die von Kais Fingern ausging. „Du bist neunzehn, du weißt doch gar nicht was Liebe ist", schleuderte sie Kai böse entgegen. „Du weißt überhaupt nichts, das ist das Problem!" Kai sah sie verwundert an und lächelte dann traurig. „Ich fürchte, meine Jugend ist nicht unser Problem, unser Problem ist, dass du offensichtlich die Liebe nicht einmal erkennen würdest, wenn sie dich umrennt." Sie stand auf und verließ die Küche, ohne ein weiteres Wort zu sagen. Inga hätte am liebsten irgendetwas gegen die Wand geworfen, das zerbrechlich war und in tausend Stücke zersprang. Aber sie riss sich zusammen und folgte

Kai, die im Schlafzimmer ihre Sachen zusammensuchte. „Was machst du da?"

„Packen." Kai stopfte ihre Kleidungstücke wahllos in den Rucksack, mit dem sie vor drei Wochen angekommen war. Inga begriff mit einem Mal, was das bedeutete. Kai hatte verstanden, was sie ihr erklärt hatte, und sie würde gehen. Du kannst jetzt nicht gehen, dachte sie, wenn du gehst, muss ich sterben.

„Dein Zug geht doch erst morgen früh."

Kai ließ sich nicht unterbrechen. „Es gibt mehr als einen Zug. Ich kann einfach nicht länger in deiner Nähe bleiben." Inga ging hinter ihr im Zimmer auf und ab und sehnte sich zum ersten Mal seit Jahren nach einer Zigarette. Der furchtbare Schmerz in ihr und die unbeugsame Liebe der jungen Frau machten sie blind vor Wut. „Ich sehe das Drama nicht, Kai. Du musst mich doch verstehen. Hast du denn wirklich geglaubt, dass ich für diese Sache mit dir alles aufgebe? Für drei Wochen? Für eine Neunzehnjährige?" Sie wusste, dass sie lauter schreckliche und falsche Sachen sagte, und konnte sie doch nicht stoppen.

Kai zog den Reißverschluss über dem prall gefüllten Rucksack fest und sagte leise. „Ja, das habe ich. Ich habe geglaubt, dass du mich so liebst, wie ich dich liebe, und dass wir den Rest irgendwie gemeinsam klären. Im Gegensatz zu dir weiß ich, was ich in den letzten drei Wochen erlebt habe, und ich bin nicht bereit, es nur einen einzigen Millimeter kleiner zu machen, als es ist. Jetzt nicht, morgen nicht, nie!"

„Bitte bleib noch hier." Inga hatte den Satz gesagt, bevor sie sich stoppen konnte, und verfluchte sich im selben Augenblick dafür.

„Und dann?" Kais Augen füllten sich mit den Tränen, die hinter Ingas Augen lauerten. „Dann ist es erst morgen zu Ende? Dann vergisst du mich erst morgen? Und heute tust du noch so, als ob du mich liebst? Und heute glaube ich noch, dass wir beide eine Zukunft haben?"

„Du machst es alles so schwer." Inga schwankte zwischen Wut und Verzweiflung.

„Nein", sagte Kai, „ich mache es leicht. Ich liebe dich. Ich will dich. Und ich würde alles versuchen, um mit dir leben zu können. Wenn du das auch versuchen willst, lass es mich wissen." Sie nahm ihre Sachen und ging zur Tür. „Keine Sorge übrigens, von mir erfährt Christian nichts über deine Eskapaden." Dann öffnete sie die Tür und war verschwunden.

Inga wusste später nicht mehr genau, wie sie diese ersten Stunden, Tage und Wochen nach Kais Abreise überstanden hatte. Sie hatte regungslos in einer Zeit gestanden, die vorbeigejagt war, und zwischen Menschen, die handelten. Christian hatte am nächsten Tag angerufen und ihr freudig von seinem Telefongespräch mit Kai erzählt. „Sie lässt dich grüßen und hat sich noch mal bei mir für alles bedankt. Der kurze Ausflug in der Großstadt hat ihr wohl echt gut getan, sie denkt darüber nach, im Ausland zu studieren." Inga nahm die Worte hin wie Peitschenhiebe und sie war froh, dass Christian nicht sehen konnte, wie ihr bei jedem Schlag die Haut über dem Herzen riss. Ich kann das nicht, dachte sie in der ersten Nacht, die sie zwei Wochen später wieder mit Christian verbrachte. Ich will das nicht, dachte sie, als er am ersten Ferientag freudestrahlend seine letzten Sachen in den neuen gemeinsamen Schrank räumte. Aber sie schwieg und Christian bemerkte nichts von dem Bürgerkrieg, der sich in ihrem Inneren abspielte. Manchmal in irgendwelchen zu wachen, zu unruhigen, zu frühen Morgenstunden war sie kurz davor, Christian zu wecken und ihm alles zu erzählen. Wenn es nicht ausgerechnet Kai gewesen wäre, seine Kai, dann hätte sie es vielleicht in einem schwachen Moment sogar getan. So aber vergrub sie ihre Zweifel tiefer und tiefer. Sie hatte sehr schnell begriffen, dass ihre Kraft eine äußerst begrenzte Ressource war, die nicht reichen würde, wenn sie Kais Stimme hörte. Wenn Christian am Telefon mit Kai sprach, schob sie immer eine Beschäftigung vor, die sie auf keinen Fall unterbrechen konnte, und ließ ihr Grüße ausrichten. Einmal hielt er ihr den Hörer ans Ohr, ohne ihr zu verraten, wer am anderen Ende war. Als sie die vertraute Stimme hörte, krampfte sich ihr Magen so schmerzhaft zusammen, dass sie sich am späten Abend übergeben musste. Sie wusste nicht mehr, was sie beide gesagt hatten, bevor sie den Hörer eilig weitergab. In ihrer Erinnerung kamen die wenigen Worte wie kleine Pfeile durch den Äther geflogen und bohrten sich schmerzhaft in ihren Kopf. Kai, hatte ihr ganzer Körper geschrieen und sie hatte sich für zwei Tage krank melden müssen.

Dann war Christian mit der freudigen Nachricht von Kais gelungener Bewerbung um einen Studienplatz in den USA nach Hause gekommen und sie hatte die große Entfernung zwischen ihnen wie eine klaffende Wunde gespürt. Kurze Zeit später hatte sie Christian in einem Taumel von Unglück und Entschlossenheit geheiratet, den alle Gäste für das Gesicht der wahren Liebe hielten. Ihr würdet die Liebe doch nicht einmal erkennen, wenn sie euch umrennt, dachte sie und hasste sich gleichzeitig dafür. Und dann hatte Christian eines Tages nach einem Brief von Kai sehr unglücklich und verwirrt ausgesehen und war einige Abende sehr still gewesen. Am Ende hatte er lange mit Kai telefoniert und sich dann zu Inga gesetzt um seine Gedanken mit ihr zu besprechen. „Sie hat sich verliebt", hatte er leise gesagt und seine Sorge war ihm anzusehen gewesen. Ingas Herz hatte zu schlagen aufgehört und ihr Blut hatte ziellos in den Adern verharrt, bis er weitersprach. Dann war es in ihrem Körper herum gerast, als wunderte es sich, dass da keine frisch geschnittene Öffnung war, aus der es in die Freiheit spritzen konnte. „Sie hat sich in eine Frau verliebt, eine Frau in meinem Alter, eine Dozentin. Ich war sehr überrascht, ich habe nicht gewusst, dass das für sie ein Thema ist. Wusstest du es?" Er hatte sie angesehen und sie hatte es geschafft, ihren Blick ruhig zu halten und nur sehr wenig zu lügen. „Sie hat mit mir nicht viel über solche Sachen gesprochen."

„Ich habe ein bisschen Angst, dass sie da in etwas hineingerät, das eigentlich nichts für sie ist. Vielleicht ist sie einfach einsam da drüben oder sucht immer noch nach einer Mutterfigur. Kai ist doch nicht lesbisch." Er hatte sehr sicher geklungen und bevor sie sich bremsen konnte, hatte sie ihn mit scharfem Ton gefragt: „Woher weißt du das so genau?" Zum Glück hatte er ihren Ton für die Eifersucht einer Ehefrau gehalten und ihr noch einmal versichert, dass nie etwas anderes als Freundschaft zwischen ihm und seiner ehemaligen Schülerin bestanden hatte. Sie hatte die Erleichterung, die sie angesichts der Richtung, die das Gespräch nahm, verspürte, nicht einmal heucheln müssen.

Christian hatte sich mit Kais neuem Leben sehr schnell abgefunden, als er mitbekam wie gut es ihr ging. Inga war in kleinen kalten Teilen verstorben und ihr Umfeld hatte ihre oft tiefen Depressionen auf die andauernde Kinderlosigkeit der jungen Ehe geschoben. In manchen Nächten hasste sie sich für ihre Feigheit, in manchen für ihre Gefühle. In manchen hasste sie Kai, die so einfach alle Regeln ignorierte.

Sie waren wirklich an den Stadtrand gezogen, nach ein paar Jahren, fast gleichzeitig mit Kai, die mit der Dozentin, deren Namen sich Inga nicht merken wollte, in den USA ein Haus auf dem Lande gemietet hatte. Nach und nach gelang es Inga, ihren Weg mit Christian wiederzufinden. Auch ohne Kinder verlief ihr Leben harmonisch und angenehm. Ab und zu schrieb sie einen Gruß unter Christians Briefe an Kai und nahm die kurzen Grüße, die zurückkamen, ohne große Emotionen entgegen. Wenn Christian ihr Bilder zeigte, bemühte sie sich, im Lachen der fremden, zunehmend erwachsenen Frau vor den amerikanischen Sehenswürdigkeiten nicht nach ihrer Kai zu suchen. Als sie vom Drama erfuhr, das der Trennung von der Dozentin folgte, sah sie sich nach langer Zeit wieder bestätigt. Natürlich musste eine Beziehung zwischen zwei Frauen in einem solchen Gefühlschaos enden. Sie hatte sich vollkommen richtig entschieden, als sie die verlässliche Ruhe der unkontrollierten Leidenschaft vorgezogen hatte. So wie ihr Leben war, war es richtig. Sie war nicht dazu geboren, anders zu sein, und Kai wurde immer mehr zu einer weit entfernten Erinnerung, so wie die wilden, freien Sommertage die man als Kind verbrachte. Schön und für immer vergangen.

Und dann kam Kai zurück.

2007

„Sie ist eine Freundin." Für Christian erklärte das alles und Inga fühlte sich auf unheilvolle Weise einem Gefühl nahe, für das nur die Franzosen jemals ein Wort gefunden hatten.

„Wir haben viele Freunde, aber die meisten wohnen glücklicherweise nicht bei uns." Sie versuchte ihre aufkommende Unruhe hinter einem Scherz zu verstecken.

„Wenn sie zusammen mit einer Immobilienmaklerin durch den Holzboden ihres neuen Hauses gebrochen wären und erstmal keine Bleibe hätten, würden sie wahrscheinlich hier wohnen. Und außerdem ist es ja nicht so, als müsstest du einen Platz in unserem Bett frei machen." Christian überhörte ihr tiefes Einatmen glücklicherweise in seinem Redestrom. „Sie würde schließlich im Anbau wohnen, mit eigenem Eingang. Wir würden doch gar nicht merken, dass sie da ist. Oder hast du Frau Hilker jemals wirklich bemerkt?"

Inga schüttelte kraftlos den Kopf. Die freundliche Rentnerin, die bis zu Beginn des Winters den Anbau bewohnt hatte, war nur aufgefallen, wenn sie zwischen zwei Kreuzfahrten die neuesten Bademoden wie eine kreischend bunte Fahne an der langen Leine in ihrem Teil des Gartens gehisst hatte.

„Siehst du!" Christian goss sich ein Wasser ein und ließ die Flüssigkeit langsam wie teuren Wein durch sein Glas kreisen. „Ihr habt euch zwar schon ewig nicht mehr gesehen, aber ihr habt euch doch damals gar nicht schlecht verstanden. Kai ist kein Mensch, der sich aufdrängt, das weißt du doch. Außerdem hat sie sich den Arm gebrochen und ich bin froh, ihr nach ihrer Rückkehr etwas helfen zu können. Ich möchte einfach gerne glauben, dass ihre Entscheidung für die Berliner Klinik auch ein bisschen mit mir zusammenhängt."

Inga hatte es bis jetzt vollständig vermieden, darüber nachzudenken, womit Kais Entscheidung für die Hauptstadt zusammenhing. „Ich dachte, sie hätte sich das Bein gebrochen", sagte sie und suchte hilflos nach einer Lücke in seiner Geschichte.

„Die Immobilienmaklerin hat sich bei dem Sturz in den Keller das Bein gebrochen, Kai glücklicherweise nur den Arm. Aber das Haus, das sie gekauft hat, muss saniert werden und sie kann mindestens sechs Monate nicht dort wohnen." Er bot ihr sein Glas an und sie nahm einen tiefen Schluck, obwohl sie den kahlen Geschmack von Wasser hasste.

„Hat sie dich gefragt, ob sie hier wohnen kann?" Obwohl sie die Antwort kannte, stellte Inga diese Frage.

„Kai mich gefragt? Bist du verrückt? Sie wollte in ein Hotel ziehen. Ich musste sie fast zwingen, mein Angebot überhaupt nur zu überdenken. Sie schien noch mehr Angst davor zu haben, dich zu stören, als du hast, gestört zu werden. Ihr seid zwei sehr scheue Rehe." Er legte seinen Arm um Inga und zog sie an sich. „Deshalb gefallt ihr mir wohl auch so gut. Du ganz besonders." Sie küsste ihn und zum ersten Mal seit Jahren sah sie wieder Kais schönen Mund vor sich.

Christian ließ nicht mehr ab von seiner Idee und weder Inga noch Kai fanden einen Weg, sein Angebot abzulehnen, ohne ihn unnötig misstrauisch zu machen. Als er mit seiner Klasse kurze Zeit später in eine Skifreizeit fuhr, schellte eines Abends das Telefon und Inga hörte zum ersten Mal seit vielen Jahren Kais Stimme.

„Ich weiß nicht, wie ich ihm das noch ausreden kann", sagte Kai ohne jede Begrüßungsfloskel, nachdem Inga sich mit ihrem Namen gemeldet hatte. Inga musste lächeln, in manchen Dingen hatte sich Kai offensichtlich nicht geändert. „Und ganz ehrlich, der Gedanke, nicht monatelang in einem überheizten Hotelzimmer zu sitzen, hat schon eine gewisse Attraktivität."

„Dann zieh zu uns und rede es ihm nicht aus." Sie war selbst verblüfft, wie unbeschwert das klang. Kai stutzte am anderen Ende und sagte dann: „Für dich wäre das also kein Problem?"

„Warum sollte es denn eines sein?" Inga hatte sich und die Situation völlig unter Kontrolle. Weil ich dich für einen kurzen Augenblick mehr geliebt habe als mein Leben?

„Du weißt aber schon noch wer ich bin?" Kai klang amüsiert.

„Ich weiß wer du bist." Inga gab mit ihrem leichten Ton einfach die weitere Richtung des Gesprächs vor. „Du bist die Frau, mit der ich den schrecklichsten Kater meines Lebens hatte, und die Frau, mit der ich zum ersten Mal Sushi gegessen habe. Es gibt Sachen, die man nicht vergessen kann." Lass es dabei, bitte Kai, dachte sie, als sie dem Schweigen am anderen Ende lauschte.

„Ich bin froh, dass du dich erinnerst. Weißt du eigentlich, dass sich Sushi in den Staaten zu einem meiner Lieblingsgerichte entwickelt hat?" Wenn Kais Frage einen Unterton hatte, versteckte sie ihn gut.

„Wirklich? Ich habe es nie wieder versucht", sagte Inga vorsichtshalber, „es gibt Sachen, die muss man nur einmal machen."

Kai schwieg und wieder sah Inga ihren Mund und ihre Hände vor sich. Und beschloss, die Regeln für ihr zukünftiges Zusammenleben jetzt und hier festzulegen. „Ich weiß, was es Christian bedeutet, dich wieder in der Nähe zu haben, und wir freuen uns beide, dir helfen zu können. Es soll mir also eine ehrliche Freude sein dich wieder öfter zu sehen, so lange es keine seltsamen Komplikationen gibt, die Christian verletzen könnten." Sie hatte ihren Ton freundlich und ruhig klingen lassen wollen, fand aber selbst dass sie einfach nur arrogant und kalt klang.

„Du kannst dir ganz sicher sein, dass Komplikationen nach den letzten Monaten das Letzte sind, das ich brauchen kann. Ich brauche nur ein Dach über dem Kopf, damit mein Gips nachts nicht nass wird." Kai klang nach wie vor jung, aber jetzt auch ein bisschen müde. Sie wird bald dreißig, dachte Inga und wusste nicht warum. Dann fragte sie, bevor sie es verhindern konnte: „War deine Trennung wirklich so schrecklich, wie ich gehört habe?" Das willst du doch gar nicht wissen, schalt sie sich innerlich. Über diesen Teil von Kais Leben möchtest du doch gar nicht sprechen.

„Wahrscheinlich schrecklicher, als du gehört hast. Ich habe mich bemüht, Christian nicht vollständig zu alarmieren. Ich hätte nie gedacht, dass mein Leben sich in ein solches Schlachtfeld verwandeln könnte. Am Ende haben wir uns sogar um die Sachen gestritten, die wir gar nicht haben wollten." Kai holte Luft und ihr Tonfall wurde leichter. „Wenn du zufällig ein Teeservice brauchst, ich habe jetzt zwei. Und ich trinke nicht einmal richtig gerne Tee."

„Aber du liebst sie noch?" Wie diese Frage in den Raum gekommen war, konnte Inga sich absolut nicht erklären. Das Wort „sie" schien ihr wie ein falscher Ton aus der Melodie des Satzes hervorzustechen.

„Nein, ich liebe sie nicht mehr und ich fürchte, ich habe sie auch nie richtig geliebt. Das war möglicherweise unser Problem. Es gab viele Dinge an ihr, die mich über die Jahre an Liebe erinnert haben, und das habe ich wohl verwechselt. Und sie damit sehr verletzt." Inga fühlte sich plötzlich leicht und übermütig. Es ist doch wirklich schön mit einer alten Freundin zu reden, dachte sie und sagte: „Sollen wir dir eine Luftmatratze in den Anbau legen oder hast du es in den letzten zehn Jahren zu einem Bett gebracht?"

„Ich hatte es sogar zu einer kompletten Einrichtung gebracht und bin gerade dabei, meine verlorenen Möbelstücke zu ersetzen. Weißt du zufällig ein Möbelgeschäft, in dem man nicht auf verschlungenen Wegen in den Bällchenpool geleitet wird?"

„Absolut! Wenn du Lust hast, können wir ja zusammen gucken gehen." Sie hielt kurz inne. „Wir drei, meine ich. Ist ganz hier in der Nähe. Wir haben da unseren Küchentisch gekauft und ich finde da immer irgendeine Kleinigkeit. Christian hasst das!" Sie kicherte.

„Gerne", sagte Kai, machte eine lange Pause und verabschiedete sich freundlich. Die Stille hinter diesem einen Wort ließ Inga in den nächsten Nächten immer wieder unruhig träumen.

Kais Einzug und die folgenden Wochen waren so unspektakulär, wie Inga sie sich gewünscht hatte. Zwischen Einkäufen und Arztbesuchen verbrachte Christians heimgekehrter Schützling nur wenig Zeit in ihrer neuen Behausung. An den Abenden schien sie früh schlafen zu gehen, auf jeden Fall erlosch das Licht im Wohnzimmerfenster, das Inga von ihrem Sessel aus gut sehen konnte, meist sehr zeitig.

Mitten im Winter kam Inga eines Nachmittags nach Hause und fand Kai und Christian in ihrer Küche sitzend vor.

„Irgendwas nicht in Ordnung?", fragte sie, als sie die ernsten Blicke der beiden sah.

„Kommt drauf an, wie man es sieht." Christian reichte ihr den Brief, der in der Mitte des Tisches gelegen hatte. „Kais Bauantrag ist abgelehnt. Die Sanierung kann so nicht stattfinden. Denkmalschutz. Das Fachwerk. Wird mindestens ein Jahr dauern, mit den neuen Plänen und allem."

Es war nicht das erste Mal, dass Inga sich fragte, warum das Schicksal nicht zulassen wollte, dass sie Kai aus dem Weg ging. Christian und Kai sahen sie fragend an und sie begriff, dass der entscheidende Satz von ihr kommen musste. Dann entscheide dich auch, dachte sie und sagte: „Sieht so aus, als ob unsere Mieteinnahmen langfristig gesichert sind, oder?" Christians Erleichterung tat ihr fast körperlich weh und Kais Lächeln wirkte verhalten. Sie wird hier bleiben, dachte Inga, sie wird ein ganzes Jahr hier bleiben. „Wir dulden aber keinen nächtlichen Herrenbesuch, das hat mein Mann Ihnen hoffentlich erläutert." Sie legte den Arm um Christian, der sie dankbar für ihren Scherz anlächelte.

„Das deckt sich voll und ganz mit meinen Plänen", Kai warf ihr im Gehen einen Blick zu, der für einen Moment die zehn vergangenen Jahre verschwinden ließ.

Je mehr der Winter dem Ende entgegenging und einem außergewöhnlich schönem Frühling wich, desto beständiger drehte sich Kai wie eine schmerzlich vermisste Schraube in das leicht morsche Gebälk ihres Lebens und gab dem Ganzen halt. Inga hörte einfach auf, sich zu fragen, warum ihr das Leben ruhiger und gleichzeitig interessanter erschien, wenn Kai in der Nähe war. Die Unruhe, die sie sonst an den Wochenenden überfiel und oft zu langen einsamen Spaziergängen trieb, stellte sich nicht ein, wenn sie mit Kai und Christian ein Beet bepflanzte oder auf den Märkten der Umgebung nach Möbeln stöberte. Auch Christian hatte sich verändert und erschien ihr nicht mehr so abhängig von ihrer Aufmerksamkeit.

„Du tust uns richtig gut", sagte er eines Abends nach dem ersten gemeinsamen Grillen, während er sich genüsslich in seinem Liegestuhl streckte und mehrere große Schlucke aus einem beeindruckend vollen Whiskeyglas nahm. Kai sah ihn schmunzelnd an. „Alles, was eurer Ehe fehlte, war eine Jugendfreundin mit gebrochenem Arm und ohne Möbel, die den Garten neu gestaltet und ein Spareribs-Rezept hat?"

Christian überging ihren Scherz und sagte: „Inga hat hier draußen keine Freundin in ihrem Alter gefunden. Seit du hier bist ist sie fröhlicher und ausgeglichener und das tut uns beiden gut, nicht wahr, Schatz?" Er drehte den Kopf und lächelte

Inga liebevoll und leicht betrunken an. Inga wusste nicht, was sie auf seine überraschende Erkenntnis erwidern sollte, und murmelte mit gesenktem Kopf etwas Unverständliches, das zustimmend klang. Christian trank einen weiteren Schluck und seine Stimme war nicht mehr ganz klar, als er feststellte: „Du bist die Jugend, die ihr fehlt." Dann schloss er die Augen und schlief ansatzlos ein. Inga und Kai lauschten eine Weile seinen, von kleinen Schnarchern unterbrochenen Atemzügen, ohne sich anzusehen oder zu sprechen. Es war sehr still. Die kleinen Gartenfackeln flackerten und im Grill wurden die letzten Holzkohlenstücke gemächlich glühend zu weißem Staub, der mit dem Wind in Ingas Richtung getragen wurde. Inga folgte dem Flug der Asche und er führte ihre Augen mitten in Kais Blick, der die letzte Reise der kleinen Kohlen ebenfalls begleitete. Sie sahen sich lange an, und als Kai schließlich den Mund öffnete, um etwas zu sagen, legte Inga sanft ihren Zeigefinger auf den eigenen Mund und schüttelte leicht den Kopf. Kai nickte und beugte sich ein wenig vor, so dass das Licht einer Fackel in ihren Augen tanzte. Inga konnte sich genau erinnern, wann sie das letzte Mal etwas so Schönes gesehen hatte, und sie hatte das Gefühl, dass ein kleiner Damm in ihr brach und Emotionen weißschäumend durch ihren Körper schossen. Christian drehte sich unwillig in seinem Liegestuhl und schmatzte kleine Laute. Lass mir diesen Abend noch etwas, flehte sie ohne den Blick von Kai zu nehmen in seine Richtung und er begann wirklich wieder gleichmäßig zu atmen.

Die beiden Frauen sahen sich an, lächelnd, wehmütig, traurig und glücklich zugleich. Kai öffnete unter ihrem Blick den Mund und formte sorgfältig die Worte: „Du bist noch schöner geworden." Nicht der Schall, sondern die Bewegung dieser wundervollen Lippen überbrachte Inga die Bedeutung der Worte, und deshalb fühlte sie sie auch mehr, als dass sie sie hörte. Sie öffnete den Mund langsam.

„Ich muss ins Bett", lallte Christian genau in diesem Moment und richtete sich schlaftrunken auf. „Ich bin betrunken."

Kai griff schnell nach der Hand, die er hilflos in den Nachthimmel reckte, und zog ihn aus dem Liegestuhl. „Das könnte man sagen. Kannst du gehen?" Ihre Stimme klang sanft und rau zugleich. Wie Frottee, dachte Inga.

„Ich kann immer gehen." Er schwankte in Richtung Haupthaus, dann hielt er an und drehte sich ungeschickt zu Inga um, die immer noch regungslos in ihrem Sessel saß. „Kommst du auch, Schatz?"

„Natürlich." Sie sprang etwas zu eilig auf und half ihm die wenigen Stufen zur Terrassentür hinauf, wobei sie Kai mit einer Hand bedeutete zu warten. Kai löschte die Fackeln und goss gerade das letzte Bier in die Glut, als Inga zurückkam. „Christian will sich morgen bei dir entschuldigen und hofft, dass du jetzt nicht schlecht von ihm denkst."

Kai grinste. Sie sahen sich wieder an. Inga fühlte wieder jenes lustvolle Ziehen und schmerzhafte Drängen, das sie schon fast vergessen hatte. „Ich habe das nicht vergessen", sagte sie schnell und trotzdem schien der Satz bedeutungsschwer in der Nachtluft zu verharren. Sie sahen sich wieder an.

„Ich weiß", sagte Kai schließlich nach einem tiefen Atemzug, erhob sich, nahm ihren Schlüssel vom Tisch und verschwand grußlos in ihrer Wohnung.

„Du willst sie also verkuppeln?" Inga hörte, dass ihre Stimme einen unschönen hohen Ton hatte. Christian sah sie verwundert an und sagte dann: „Verkuppeln ist so ein altmodisches Konzept. Ich wollte meine neue Kollegin zu uns zum Essen einladen und dachte, dass es doch schöner wäre, wenn Kai auch dabei sein könnte. Ich verspreche auch, dieses Mal weniger zu trinken als in der letzten Woche."

„Du willst Kai nicht verkuppeln, sondern es drängt dich einfach nur, deine neue, junge lesbische Kollegin einzuladen?" Inga hasste es immer noch, das Wort auszusprechen, und die Mischung aus Unsicherheit und Zorn, die sie dabei empfand, half ihrer Tonhöhe nicht.

Christian legte ihr beschwichtigend die Hände auf die Schultern. „Warum regst du dich denn deshalb so auf? Es wäre doch schön, wenn Kai sich mal wieder verlieben würde. Oder einfach ein paar neue Leute kennenlernt, Leute die ihr ähnlicher sind. Sie macht oft einen sehr traurigen Eindruck auf mich. Und nur wir beide als Gesellschaft ... ich weiß nicht."

„Ach ja?" Inga wusste nicht, ob seine Feststellung oder der Druck seiner Hände sie mehr störte. Muss er sich denn immer um alles kümmern, dachte sie. Kann er uns nicht einfach in Ruhe lassen. Sie tauchte unter seinen Händen hinweg und er sah sie verletzt an. „Was habe ich denn falsch gemacht?"

„Nichts. Wenn du deine Kollegin unbedingt einladen willst, dann lade sie ein. Vielleicht bekommen wir ja so auch schneller unseren Anbau zurück."

„Das willst du doch gar nicht", sagte Christian und sah sie nicht an. „Manchmal glaube ich, du willst Kai am liebsten für dich ganz alleine." Zum ersten Mal lag in seinem Vorwurf keinerlei Anspielung auf erwachende mütterliche Gefühle und sie wusste das. Also tat sie, was sie am besten konnte, und zerstreute seine Bedenken mit den Zuwendungen, die er von ihr erwartete.

Die junge Kollegin war genauso nett, wie Christian sie beschrieben hatte, und Inga hätte sie schon vor der Nachspeise am liebsten erwürgt. Kai schien sie gut zu gefallen, denn sie lachte und sprach ungewöhnlich viel. Ohne dass Inga es bemerkt hatte, hatten die beiden sich über ihre gemeinsame sexuelle Orientierung verständigt und warfen sich in schneller Reihenfolge die Namen von Autorinnen, Musikerinnen und Cafés zu, von denen Inga wenig oder nichts gehört hatte. Sie sah ihnen dabei zu und fragte sich, in welchem Moment die beiden einander wohl erkannt hatten. Und woran. Und ob sie sich attraktiv fanden? Und ob sie sich jemals irrten. Und ob eine fremde Lesbe ihr die kurze Zeit mit Kai ansehen konnte. Und ob …

„Erde an Inga!"

„Was?" Sie riss sich aus ihren Überlegungen und starrte Christian an, der sie seinerseits fragend fixierte.

„Christine hat gerade vorgeschlagen, doch in zwei Wochen auf die große Kirmes zu gehen. Wir könnten Judith und die anderen fragen, ob sie auch Lust haben. Was meinst du?"

Wie fürsorglich, jetzt sorgte er schon dafür, dass die beiden sich in jedem Fall wiedersahen. Wenn sie das nicht sowieso taten. Sie warf ihm einen Blick zu, der viel zu kalt ausfiel, und antwortete: „Wie könnten wir das verpassen."

Als sie am späten Abend nach der Kirmes das Lebkuchenherz, das Christian ihr geschenkt hatte, an ihren Spiegel hängte, sah sie in der spiegelnden Fläche sekundenlang die nackte Sehnsucht in ihren Augen und sie spürte Kai zwischen ihren Beinen und an ihrem Körper. Sie fühlte sich, als ob etwas in ihr ausbrach, von dem sie sicher gewesen war, davon vollständig geheilt zu sein. Wenn sie nur an die unsinnige Freude dachte, die sie ergriffen hatte, als Christine, die Kollegin, zu Beginn des Abends mit ihrer Freundin auf der Kirmes erschienen war und Kai das völlig gleichgültig zur Kenntnis genommen hatte. Und an das warme Glück, mit dem Kais Berührung sie erfüllt hatte. Sie starrte sich in die gespiegelten Augen. Das da bin nicht ich, dachte sie. Das ist Kai. Es liegt an ihr. Es hat auch damals an ihr gelegen. Ich muss mich von ihr fernhalten.

Und so zog sie sich zurück auf die Sicherheit ihrer vier Wände und mied den Garten und Kai, wann immer sie konnte. Aber sie hatte nicht mit Christian und seinem Wunsch nach der perfekten häuslichen Harmonie gerechnet. Zuweilen schien es ihr aber auch, als wollte er sie mit Kais Anwesenheit provozieren. Manchmal sah sie, wie er sie abwechselnd betrachtete, als wollte er etwas schwer Sichtbares an ihnen vergleichen. Er lud Kai immer wieder zum Essen ein, er arbeitete an den Wochenenden mit ihr im Garten und er liebte es „mit seinen beiden Mädels", wie er sie immer nannte, wenn er zuviel getrunken hatte, bei Wein die Abende ausklingen zu lassen. Kai bemerkte, dass Inga diese ständige Nähe schwer fiel und verbrachte auch außerhalb ihrer Dienste viel Zeit in der Klinik. Inga hoffte zumindest, dass das der Grund war. Vielleicht waren ihr aber auch die Tage und Abende einfach zu langweilig und sie suchte sich andere Ablenkung. Immer, wenn Inga zu lange über diese Möglichkeit nachdachte, wurde sie noch unglücklicher. Sie wird gehen, dachte sie dann. Ihr Haus wird fertig werden, der Sommer wird vorübergehen und sie wird gehen. Und obwohl es das war, was sie wollte, war es nicht das, was sie wollte. Ein Widerspruch, der sie innerlich zerriss. Selbst ihre Lieblingsstelle am See brachte ihr nicht mehr die Ruhe, nach der sie sich sehnte. Sie folgte den jungen Männern, die sich dicht neben den jungen Mädchen ins Wasser warfen, mit den Blicken und spürte die Kraft dieser vielen Anziehungen mit voller Wucht. Es war doch auch kein Wunder, wenn man zwischen all dieser nackten Haut, diesem Blühen und Streben keine Ruhe fand. Dieser Sommer machte sie langsam wahnsinnig.

„Tut mir leid, aber es geht wirklich nicht anders." Sagte Christian abschließend und verschwand hinter einem Krimi. Sie hatten in der letzten halben Stunde darüber diskutiert, ob denn nun wirklich kein anderer Kollege den erkrankten Vertrauenslehrer bei der Studienfahrt kurz vor den Sommerferien ersetzen konnte. „Mich kennen sie und sie haben sich für mich entschieden. Verstehst du? Sie haben mich gebeten, sie nach Irland zu begleiten. Ich betrachte das als Ehre und weiß auch ehrlich gesagt nicht, wo das Problem ist. Es ist doch wirklich nicht das erste Mal, dass ich eine Woche weg bin. Und dieses Mal bist du noch nicht einmal ganz alleine hier, Kai ist doch auch noch da."

Und damit hatte er das Problem ein bisschen bösartig, aber brillant zusammengefasst.

Christian war schon zwei Tage weg, als Kai abends an ihre Scheibe klopfte. Inga sah von ihrem Buch auf und wurde wütend. Sie hatte die letzten beiden Tage mit großer Sorgfalt jede Begegnung mit ihrer jungen Nachbarin vermieden und ärgerte sich darüber, dass Kai nicht die gleiche Diskretion besaß. Wie konnte sie jetzt einfach hier auftauchen und hoffen, dass sie sich hemmungslos in die Arme sanken und in Christians Abwesenheit all die Sachen nachholten, von denen sie träumten. Sie winkte Kai nicht herein, wie es Christian sonst immer tat, sondern öffnete nur das Fenster einen Spalt breit. Kais Augen funkelten sie an, aber es lag nichts von der Sehnsucht und Liebe darin, die Inga erwartet und befürchtet hatte.

„Ich hoffe, du schleichst nicht wegen mir wie ein pantomimischer Einbrecher ums Haus, das wäre dann nämlich völlig überflüssig. Warum sprichst eigentlich nicht einfach einmal mit mir? Fragst mich, wie es mir geht? Wie ich über diese Situation denke? Mir liegt nämlich nichts ferner, als Christians Abwesenheit für einen kurzen Flirt mit seiner Gattin zu nutzen. Ob er hier ist oder nicht, macht für mich keinen Unterschied, aber dass du dich für ihn entschieden hast, macht einen gewaltigen. Zwischen uns beiden wird nichts mehr vorfallen, das die Grenzen einer Freundschaft überschreitet. Und Freundinnen sind wir doch auch, wenn Christian nicht da ist, oder?"

Gegen Ende war Kais Tonfall etwas sanfter geworden, aber Inga fühlte trotzdem, wie ihr die Tränen in die Augen schossen. Die ganze Verwirrung der letzten Wochen stürzte auf sie ein. Da stand Kai vor ihr und schrie sie an und dabei wollte sie sie am liebsten nur in den Arm nehmen und endlich Ruhe finden. Oder sie nie wieder sehen müssen. Oder endlich mit ihr schlafen.

„Du verstehst mich nicht", presste sie hervor.

„Ich verstehe dich viel besser als du denkst und deshalb weiß ich auch, dass du glaubst, an einer Seuche zu leiden, die schlimmer wird, wenn du mich alleine triffst. Und dass es nur an dir liegt, ob das zwischen uns wieder losgeht. Wenn du uns in Schach hältst, kann nichts passieren. Deine Sorge ist unbegründet. Hast du dir schon mal überlegt, dass ich auf keinen Fall eine Wiederholung unserer gemeinsamen Zeit möchte, weil es mich schon einmal fast umgebracht hat, dich zu verlassen? Dass ich mich nie wieder auf dich einlassen würde, weil ich es kein zweites Mal schaffen könnte?"

Inga ließ die Tränen fließen und Kai sah sie unruhig an.

„Komm bitte rein", flüsterte Inga zwischen kleinen Schnaufern.

„Auf gar keinen Fall", sagte Kai, deren Kampfgeist sichtbar verflogen war und einer grossen Unsicherheit Platz gemacht hatte. „Wer soll uns denn dann in Schach halten? Du hast mich damals doch auch geküsst, weil ich geweint habe und ich wäre wahrscheinlich doch ein wenig versucht, es dir gleich zu tun."

„Es war wunderschön mit dir, damals." Inga hatte das noch nie laut gesagt. „Es war die schönste Zeit meines Lebens."

„Ich habe es immer sehr vermisst, nicht mit dir darüber reden zu können. Nie wirklich zu wissen, was du damals gefühlt und gefürchtet hast." Kai starrte in die dunkle Nacht hinter dem Fenster. „Meinst du, wir könnten jetzt mal ab und zu darüber reden?"

Inga zog geräuschvoll die Nase hoch und beide mussten lachen. „Vielleicht nicht so oft, wenn Christian dabei ist, aber sonst gerne." Sie wischte sich mit dem Pulloverärmel über die Nase und schaute Kai lächelnd an. „Siehst du, kaum sind wir allein, tue ich schon wieder lauter kindische Dinge."

„Ich habe die Sachen, die wir zusammen gemacht haben, nicht als kindisch in Erinnerung." Kai rieb sich die Arme, die von einer kleinen Gänsehaut überzogen waren. „Mir wird hier draussen langsam kalt. Du putzt dir jetzt mal ordentlich die Nase und ich komme rein. Dann kochst du uns einen Kaffee und wir reden über lauter harmlose Sachen, so wie sonst auch."

Inga hatte vergessen, wie wundervoll es war, mit Kai alleine zu sein. Wie perfekt die Welt war, wenn Kai erzählte und lachte und ihre Zweisamkeit von niemandem gestört wurde. Ihr war gar nicht klar gewesen, wie viele Fragen sie hatte, und sie war beruhigt zu hören, dass es Kai genauso ging. Sie kicherten, als Inga von ihrer Hochzeit und Christians Suche nach dem perfekten Haus erzählte. „Er hat mich fast in den Wahnsinn getrieben."

Kai nahm sich noch einen Keks und lachte. „Ich kann es mir vorstellen, er ist eben sehr gründlich."

Wie damals nahm Inga alles, was Kai tat, wie in Großaufnahme wahr, und wie damals sprangen ihr Sätze unkontrolliert auf die Zunge.

„Wie hast du sie kennengelernt?"

Kai wischte sich ein paar Krümel vom T-Shirt und sah sie gespielt schockiert an. „Du willst wirklich die Geschichte meiner gescheiterten Beziehung hören? Es war eine Frauenbeziehung, das ist dir klar, oder?"

„Ich hörte davon und habe meine Bestürzung vollkommen überwunden. Ganz ehrlich? Ich habe selbst schon einmal eine Beziehung zu einer Frau gehabt." Sie strahlte Kai an. Das Glück, diesen Satz so formuliert zu haben durchströmte sie vollständig.

„Und wie war das?" Kai grinste voller Glück zurück.

„Es war das Wundervollste, was mir in diesem Leben passiert ist."

„Und warum hast du sie dann verlassen?" Kai ließ ihre Augen nicht los.

„Weil ich ein Feigling bin." Inga fühlte die Tränen wieder kommen, aber sie unterdrückte sie schnell. „Außerdem hat sie eigentlich mich verlassen und sich dann auch noch eine andere gesucht."

„Was für ein fieses Weib!" Kai schien zu wissen, dass sie jetzt nicht länger ernst bleiben konnten.

„Ich sag es dir. Gehst du morgen Nachmittag mit mir schwimmen?" Inga fühlte sich so leicht, dass ihre Gedanken jeden Kontakt zum Boden verloren hatten.

„Ich habe morgen Nachmittag Dienst, aber wenn du magst können wir morgen Abend zusammen essen und übermorgen schwimmen."

Inga verbrachte die restlichen Tage von Christians Schulausflug mit Kai in einer bunten Blase aus purer Harmonie und beide achteten sorgfältig darauf, ihren Glücksballon nicht mit einem unvorsichtigen Stich zum Platzen zu bringen. Hier drin galten ihre Gesetze, und solange sie nicht versuchten, sie auszudehnen, konnte ihnen nichts passieren. Inga liebte es plötzlich sogar, mit Kai in der Öffentlichkeit gesehen zu werden, und bekam nicht genug davon ihren Namen zu sagen. „Ich gehe heute Nachmittag mit meiner Freundin schwimmen", erklärte sie einer Kollegin, die zu einem Kaffee einlud. Der Satz berauschte Inga und sie suchte sich immer neue Möglichkeiten, über Kai zu sprechen. „Ich warte auf meine Freundin", verriet sie dem Direktor am nächsten Tag vor dem Schulgebäude, obwohl er sie eigentlich nicht danach gefragt hatte.

„Du bist doch meine Freundin?", fragte sie unsicher, als Kai sie grinsend darauf hinwies, dass sie diese Wortkombination neuerdings sehr oft benutzte.

„Ich bin deine Freundin, aber so wie du es ankündigst, könnten manche Menschen auf den falschen Gedanken kommen. Und das wollen wir doch nicht, oder?"

Inga sah Kai lange nachdenklich an. „Als du sie in der Universität gesehen hast, hast du dich da sofort in sie verliebt?"

Kai ließ den abrupten Themenwechsel zu und antwortete: „Ein bisschen schon. Sie war unheimlich selbstsicher, sehr witzig und charmant. Genau das, was ich damals brauchte."

„Und da hast du aufgehört, mich zu lieben?" Inga suchte in Kais Augen nach der Antwort, die sie fürchtete.

Kai rang einen kurzen Moment mit sich und strich ihr dann ganz sanft eine Haarsträhne aus dem Gesicht bevor sie sagte: „Ich habe nie aufgehört, dich zu lieben."

Beide Frauen schlossen gleichzeitig die Augen, als hätten sie sich an einem Platz im Inneren ihrer

Körper verabredet. Inga spürte den leichten Wind, der erst ihr und dann Kais Gesicht streifte. Das Leben war genau in dieser Sekunde perfekt.

Christian war überrascht, Inga und Kai zwei Tage später in trauter Zweisamkeit vor dem Fernseher vorzufinden, als er seine Reisetasche ins Wohnzimmer stellte. Obwohl die beiden Frauen in den unterschiedlichen Ecken der großen Couch saßen und sich nicht einmal ihre Füße berührten, hätte er es nicht gewagt, sich in die Mitte zwischen ihnen zu setzen, und diese Erkenntnis raubte ihm die Ruhe.

„Geht doch gut mit euch beiden", sagte er, als er Inga abends im Bett an sich zog, und registrierte verletzt, dass sie sich nach einem kurzen Kuss abwandte. „Habe ich etwas Falsches gesagt?"

„Nein, ich bin einfach nur müde. Schön, dich wieder hier zu haben." Sie küsste ihn noch einmal und rollte sich auf der anderen Seite des Bettes zusammen.

„Kai kommt heute Abend auch zum Grillen", sagte sie am nächsten Morgen und obwohl Christian auch vorgehabt hatte, sie einzuladen, machte ihn Ingas Ton wütend.

„Das scheint ja jetzt ein ganz enges Ding zwischen euch zu werden." Er musterte sie böse. „Muss ich mir Sorgen machen?"

„Worum?" Sie stupste ihn lächelnd an. „Dass du nicht genug Koteletts bekommst?"

Ihr Scherz beruhigte ihn und erst auf dem Weg zur Arbeit machte er sich wieder Gedanken darüber, warum sie so gut gelaunt war.

Sie liebt mich noch, dachte Inga, als sie seinem Wagen hinterher sah. Sie liebt mich, dachte sie, als sie sich am Nachmittag über den unleserlichen Aufsatz einer Schülerin beugte. Sie liebt mich, atmete sie mit jedem Atemzug ein und aus. Gegen Abend kramte sie im Keller nach den alten Kartons und fand schließlich unter zwei Fotoalben Kais CD und einen alten tragbaren CD-Player.

She
May be the reason I survive
The why and where for I'm alive
The one I'll care for through the rough and rainy years

Warum klangen diese Worte, als wären sie nur für sie und Kai geschrieben? Warum lösten sie diese unfassbaren Gefühle aus? Sie versuchte sich ins Gedächtnis zu rufen, ob sie jemals ein Lied gehört hatte, dass sie mit Christian in Verbindung gebracht hatte. Zu welchem Lied hatten sie noch auf ihrer Hochzeit getanzt? Sie konnte sich nicht erinnern und im Moment konnte sie sich auch nicht mehr daran erinnern, warum sie sich so einfach für dieses ruhige Leben entschieden hatte. Warum hatte sie sich geweigert, etwas auszuprobieren? Andere Männer. Frauen. Jetzt ist es zu spät, dachte sie, es würde Christian umbringen und das würde ich nicht ertragen. Sie hörte Kais Stimme im Garten und erfreute sich daran, wie sie ihren Namen rief. „Das kann mir keiner nehmen", sagte sie laut und ging die Treppe hinauf

„Was machst du im Keller?" Kai stellte eine große Tüte mit Salat und Brot auf den Küchentisch. „Mein Beitrag zum abendlichen Festmahl. Sag bitte nicht, dass du im Keller nach dem Fleisch gejagt hast."

Inga war noch ganz erfüllt von der Musik und Kais Stimme zog sie mit ihrem warmen Klang näher an heran. Einmal nur, dachte sie. Es musste doch möglich sein, ein winziges Stück aus der Realität zu schneiden, das sie für sich behalten konnte und das ihr die langen Nächte leichter machen würde.

„Ich will nichts ändern, ich will dich nur ein einziges Mal küssen. Bitte", flüsterte sie und lehnte ihren Kopf so nah an Kais, dass sie die Wärme ihres Gesichts spüren konnte. Kai zog ihren Kopf nicht zurück, aber sie neigte sich Ingas Kuss auch nicht entgegen, und so verharrten sie mit den Mündern nur Millimeter voneinander entfernt, und die Intimität dieses Augenblicks erfüllte Inga mit einer Erregung, die sie wagemutig machte. Sie ließ ihre Zunge über die eigenen Lippen und den kurzen Weg durch die kühle Luft gleiten und tippte mit ihrer Zungenspitze ganz sanft an Kais geschlossene Lippen. Sie tastete sich mit ihrer feuchten Zunge die Konturen des Mundes entlang, von dem sie so oft geträumt hatte. Kai stand vollkommen still, nur ein leises Stöhnen entfuhr ihr, das Inga fast um den

Rest ihres Verstandes brachte. Sie schob ihre Zunge vorsichtig zwischen Kais Lippen und traf auf Kais Zunge. Ihr ganzer Körper brannte und die Welt stand still. Aber dann bekam die Welt plötzlich eine Stimme und sagte: „Ich glaube, dass die Frage, ob ich störe, wohl überflüssig ist."

Christian hielt die Tüte mit den Lebensmitteln noch in der Hand und lehnte in einer schlechten Imitation von Lässigkeit am Türrahmen. Inga fuhr zurück, als hätte man sie geschlagen, Kai bewegte sich überhaupt nicht. Christian stellte die weiße Tüte so heftig auf den Tisch, dass ein Eierkarton herausrutschte und seinen Inhalt über den Fußboden verteilte. Inga starrte auf den Boden und registrierte, dass eines der Eier den Sturz ohne jeden Schaden überstanden hatte und dem Herd entgegenrollte. „Ich will, dass sie sofort geht", sagte Christian zu Inga und zertrat das Ei ganz langsam, ohne den Blick von ihr zu nehmen.

„Christian, du verstehst das nicht..." Inga suchte in Kais Gesicht nach dem Rest der Erklärung, die sie ihrem Mann geben wollte, und fand sie nicht.

„Ich muss auch gar nicht verstehen, warum meine beste Freundin meine Frau verführen will. Ich muss nicht verstehen, warum sie mich nach allem, was ich für sie getan habe, hintergeht. Ich muss es nur beenden. Wie schon gesagt, sie zieht sofort aus."

Kai trat einen Schritt auf ihn zu. „Christian..."

Er wandte sich ab und sagte im Weggehen: „Und

sag ihr, dass ich ihr sonst nichts mehr zu sagen habe." Sein rechter Schuh hinterließ kleine klebrige Flecken bei jedem Schritt.

Inga sah ihm nach, ging zu einem der Wandschränke, nahm einen Handfeger und ein Kehrblech hinaus und begann, die zerbrochenen Eier zusammenzufegen. Eigelb und Einweiß vermischten sich in den Borsten des Handfegers mit den Schalen zu einer klebrigen Masse, die sie immer wieder über den Boden zog.

„Lass das!" Kai versuchte, sie hochzuziehen, aber Inga legte bloß den Handfeger zur Seite und versuchte, die Reste der schleimigen Spuren mit bloßen Händen aufzuwischen. Sie wusste, dass sie begreifen musste, was soeben geschehen war, aber sie war nicht in der Lage dazu. Zwischen dem perfekten Glück und der perfekten Katastrophe hatten nur wenige Sekunden gelegen und die Strafe für die Sünde, die sie kaum begangen hatte, hatte sie mit voller Wucht getroffen. Sie war wieder das kleine Mädchen, das von der Mutter angewidert dabei beobachtet wurde, wie es den Zopf der Freundin, den es gerade geflochten hatte, sanft küsste. Wie damals durchfuhr sie heiße Scham. Er hat gesehen, was ich bin. Christian hat gesehen, was ich bin.

„Komm mit mir!" Kai legte beide Hände auf ihre Schultern. „Gib uns eine Chance."

„Nein", sagte Inga nur und presste ihre Hände fest auf die Eimasse, so als wollte sie sich am eigenen Küchenboden festkleben. Als sie endlich aufsah, war Kai gegangen.

Kai hatte eine Nachricht hinterlassen, dass ihre Möbel am Ende der Woche abgeholt würden, und Christian sah ungerührt zu, wie zwei fremde junge Männer Kais Mobiliar in einen Sprinter räumten und dann wortlos verschwanden.

„Ich will dieses Kapitel schnell hinter uns lassen", sagte er am selben Abend in die Stille ihres Schlafzimmers. „Ich weiß, dass du nicht so bist. Ich kann mir gut vorstellen, dass dir das Leben manchmal langweilig erscheint und dass du dir wünscht, etwas Neues auszuprobieren. Sie hätte dich nicht ermuntern dürfen. Wir beide werden zusammen noch viele neue Dinge ausprobieren. Ich habe uns einen Urlaub gebucht. Eine Überraschung für dich."

Er wirkte zufrieden mit seinen Maßnahmen und schien keine weitere Erklärung von ihr zu erwarten. Er wusste auch in dieser Situation, was gut für sie beide war, das hatte er immer gewusst, und sie hatte genau das gemocht. Es nahm es ihr ab, zu viel über ihre Bedürfnisse nachzudenken, und das gab ihr Halt. Aber immer, wenn sie ihn in der letzten Woche angesehen hatte, hatte sie gleichzeitig die schmierige Spur gesehen, die sein Schuh in der Küche hinterlassen hatte, und die klebrigen, zerbrochenen Eier an ihren Händen gespürt. Wir sind zerbrochen, dachte sie, und das ist irreparabel.

Wenn sie vor ihm zuhause war, ging sie schweigend zwischen Kais Möbeln umher und fragte sich, warum sie sich davor gefürchtet hatte, diese Räume zu betreten, als Kai noch hier gewohnt hatte. Sie setzte sich in Kais großen Sessel und ihre Hände strichen über den Stoff, der diesen wundervollen Körper berührt hatte. Jetzt waren selbst ihre Möbel nicht mehr da, aber sie ging trotzdem jeden Nachmittag in den Anbau und suchte nach einem Ort, der ihr Kai zurückbrachte.

An den Abenden sah sie Christian mit seiner Lesebrille und seinem ordentlichen Schlafanzug neben sich liegen. Ein strenger aber liebender Ehemann, der sie wieder auf den richtigen Weg zurückbringen würde. Der Sommer ging langsam zu Ende und das Licht fiel mit der leichten Wehmut des Herbstes etwas schräger in ihre Fenster.

Drei Wochen nachdem Kais Möbel abgeholt worden waren, stand Kai mittags vor der Schule, als Inga zu ihrem Wagen gehen wollte. Es gab eine Welt, in der es keinen Grund gab, sich jetzt zu freuen, das wusste sie, und es gab ihre Welt, in der sie gar nicht anders konnte. Sie hörte sich selbst so tief einatmen, als hätte sie die letzten Wochen ohne Sauerstoff unter Wasser verbracht. Kai war so schön, dass es ihr wehtat.

„Du bist gekommen", sagte sie.

„Ja", antwortete Kai.

„Weil ich dir etwas geben musste." Sie nahm einen Schlüsselbund aus ihrer Tasche und drückte ihn Inga in die Hand. „Das sind die Schlüssel zu meinem Haus. Es ist zwar noch nicht fertig, aber das Erdgeschoss ist bewohnbar und der Rest geht gut voran. Viel Arbeit, aber nichts, wovor man sich wirklich fürchten müsste. Passt doch perfekt zu unserer Situation, findest du nicht?"

Es gab eine Welt, in der Inga wortlos weggehen musste, und es gab eine Welt, in der sie der Liebe endlich offen ins Gesicht sah. Kai blickte sich kurz auf der menschenleeren Straße um, räusperte sich und sank auf ein Knie. „Ich liebe dich, ich habe dich vor zehn Jahren geliebt und ich will mein Leben mit dir teilen. Ich glaube nicht daran, dass du das nicht kannst, denn ich weiß, dass du es willst und dass du mich liebst."

„Du bist vollkommen verrückt", sagte Inga und zog sie an beiden Händen zu sich nach oben.

„Ist das ein Ja?" Kai küsste sie langsam und voller Leidenschaft auf den Mund. Inga drängte mit beiden Händen die Hüften der jungen Frau dicht an die eigenen und küsste sie mit allem, was sie war und was sie werden wollte, zurück.

„Ich muss dich warnen, mein Herd ist noch nicht angeschlossen. Es gibt nur kalte Küche. Meinst du, du könntest es doch noch einmal mit Sushi versuchen?", flüsterte Kai ihr in den Mund. Inga sah die neunzehnjährige Kai vor sich, die sich mutig ein kleines Stückchen Fisch in den Mund schob und sie dabei anlachte, und sie sah die erwachsene Frau, die vor ihr stand und ihre ganze Welt war.

„Ich möchte alles versuchen", sagte sie laut und klar und Kai schob sie sanft in Richtung ihres Wagens.

GEMISCHTE GEFÜHLE

An sie, an die, mit der alles angefangen hat, kann ich mich noch sehr genau erinnern. Das ist kein Wunder, denn in ihrer Nähe wurde mein Tag zum ersten Mal zum romantischen Traum und mein junges Herz merkte, dass es viel mehr als ein Muskel war. Wenn man es genau betrachtet, war sie es sogar, die mich zur Frau gemacht hat, denn mit ihr zusammen lotete ich meine Gefühle so tief aus, dass ich sie nicht länger verdrängen konnte. Sie war meine Bitte und mein Wunsch, sie war meine Sehnsucht und meine Angst. Sie war meine Stimme und konnte, was ich nicht konnte, sie konnte vielstimmig von der Liebe singen.

Bei der Farbe bin ich mir nicht mehr ganz sicher, ich vermute, dass sie leuchtend orange oder grün war. Ich denke auch, dass sie nicht länger als sechzig Minuten und weitgehend metallarm beschichtet war, denn alle meine Musikkassetten waren Anfang der siebziger Jahre bunt, die schlichten, mit dem schwarzen und grauen Gehäuse und mit dem vielen Eisen und Chromdioxyd auf den schmalen Bändern kamen erst später dazu.

Ich weiß heute noch genau, wie mich dieses Gefühl zum ersten Mal packte, schüttelte und nicht mehr losließ. Es war wie ein Fieber, das mich dreihundert Jahre vorher wahrscheinlich in unvorteilhafter Kniebundhose und mit einer Laute in der Hand unter das Burgfenster einer unentwegt spinnenden Schönen mit spitzem Hut getrieben hätte. An diesem Tag bin ich Teil der lesbischen Troubadourinnen geworden, die ihr Herz in den letzten Jahrzehnten, mangels Laute und Burg, tapfer in Chromdioxyd graviert haben, mutig in CD-R brennen ließen und neuerdings gefühlvoll in MP3 Playlisten ablegen.

Damals habe ich meine Passion gefunden und ich konnte nicht ruhen, bis ich endlich diese erste Kassette mit den fünfzehn Musikstücken bespielt hatte, die meine Emotionen in Dur und Moll, in Viertel- und Achteltakte und gereimte Strophen verwandelten, die ich dann endlich zusammen mit meinem Herzen der ersten Angebeteten zu Füßen legen konnte. Was heißt konnte, musste!

Wenn man mich damals gefragt hätte, worin sich meine Gefühle für Frauen von denen meiner Klassenkameradinnen unterschieden, so hätte ich wahrscheinlich völlig unschuldig geantwortet: Ich will Frauen Kassetten aufnehmen, sie wollen das nicht. Und ehrlich gesagt, wenn man einige körperliche Aktivitäten übersah, die ich mir heimlich von meinen sorgfältig gemischten Gefühlen erhoffte, war das auch der Unterschied.

Bei diesem, meinem ersten Versuch schien ich eigenartigerweise geglaubt zu haben, dass sich meine Sehnsüchte mit einem Einrichtungstipp von Jürgen

Drews (*Ein Bett im Kornfeld*) wie von selbst erklärten. Zur Sicherheit hatte ich noch die englische Originalfassung *Let your love flow* direkt dahinter gelegt und nach vielen anderen Stücken, in deren Refrain die Liebe schmerzte, in der Luft lag oder sich aufwändig verabschiedete, die Rückseite mit der Warnung *Don't go breaking my heart* abgeschlossen. Unnötig zu erwähnen, dass diese spezielle Mischung ihre Wirkung verfehlte und die Adressatin, eine herb schöne Studienrätin, mit den Fächern Sport und Erdkunde, nicht dazu veranlasste, ihren Mann zu verlassen und sich mit mir zwischen Weizenhalmen zu wälzen.

Da ich bei meinem nächsten Versuch zwar schon volljährig, aber immer noch weiblich ungeküsst war, konnte eine einstündige Kassette den Soundtrack meines überquellenden Herzens nicht mehr fassen. „Kannst du mir mal was aufnehmen?", hatte das Objekt meiner Begierde nach einem Blick auf meine Plattensammlung scheinbar arglos gefragt und damit das zaghafte Glühen in meinem Inneren in ein loderndes Feuer verwandelt. Konnte ich „was" aufnehmen? Konnte ein Ritter einen Drachen töten? Konnte ein Prinz eine Dornenhecke zerschlagen?

Ganze neunzig Minuten bemühte ich jede Ode an die Liebe und knüpfte daraus einen gewaltigen Klangteppich der unerfüllten Leidenschaften. Ich ersetzte direkt zum Auftakt den wirkungsarmen Jürgen Drews durch Peter Maffay, obwohl ich nicht sechzehn und sie nicht einunddreißig war. Aber es war immerhin Sommer und etwas Abstraktionsvermögen traute ich meiner Angebeteten durchaus zu. Mit heißen Wangen ließ ich dann verkünden, das *One of us* sehr einsam war, um am Ende des Bandes zuzugeben, that *Words don't came easy to me*. Zunehmend berauscht von soviel ehrlichen Emotionen durfte Barbra Streisand als Erste auf Seite zwei, stellvertretend für uns beide, erklären, was eine *Woman in Love* so alles tun würde. Und das war, so weit ich dem englischen Text folgen konnte, eine ganze Menge. Irgendwo in der Mitte der zweiten Seite müssen mir dann bei *Love hurts* wieder Zweifel gekommen sein, denn kurz bevor die Kassette endgültig zu Ende war, brachte ich noch große Teile von *Do you really want to hurt me?* unter. Ich hüllte das Manifest meiner Liebe äußerst sorgfältig in einen selbst gebastelten Umschlag und übergab es der Angebeteten so beiläufig wie möglich. „Cool", sagte sie und ließ die Kassette in ihrer Tasche verschwinden. Zwei lange Wochen wartete ich darauf, dass die Macht meiner Harmonien ihre Hormone in Wallung brachten, bis sie auf einer Party nebenbei erklärte, dass sie lieber schnellere Musik höre und die Kassette nur zum Knutschen mit ihrem Freund einlege. Dafür wäre sie allerdings echt super. Bei dem Gedanken, welche Aktivitäten meine Sehnsuchtssinfonie begleitete, wurde mein Herz zu einem Gletscher, der in der Folgezeit schon beim Klang einzelner Lieder große, kalte Stücke kalbte.

Zum Glück endete das Leben der chromdioxierten Leidenschaften damals meist schnell in einer gehörigen Portion Bandsalat. Und so durfte ich gegen Ende des Sommers in einer Mischung aus Schmerz und Genugtuung mit ansehen, wie meine Traumfrau die Reste meiner unerklärten Liebe gleichgültig aus den Tiefen ihres Autokassettengerätes pulte.

Aus diesem Fehler wurde ich allerdings nicht klug, sondern verschleuderte noch einige Tonträger an die falschen Frauen, bis die Erste einem Mix aus englischen Balladen, deutschen Liedermacherinnen und französischen Chansons erlag. Eine Mischung, die heute sicherlich eine andere Reaktion hervorrufen würde. Überhaupt ist der Reiz des leidenschaftlichen Mischens mit den Jahren verwässert worden. Aus dem stundenlangen sehnsüchtigen Aussuchen, liebevollen Ordnen und Aufnehmen der Kassetten, bei dem man die Kraft jeder Powerballade in Echtzeit durchleiden musste, sind mit den Jahren ein paar Minuten vor dem CD-Player und neuerdings wenige Sekunden vor dem PC geworden. Wenn ich heutzutage sehr verliebt bin, ziehe ich einfach nur die Playlist, die beim letzten Mal funktioniert hat, auf einen neuen MP3 Player und ersetze im besten Fall vorher die letzte Silbermond-Erkenntnis durch den neuesten Rosenstolz-Appell.

Als Kind einer anderen Zeit kann mich das auf die Dauer aber nicht wirklich glücklich machen und so versuche ich heimlich zu den Wurzeln zurückzukehren. Ich lerne in der Volkshochschule Melissas Lieder auf der Laute, singe KDs Balladen in der Badewanne a capella und bin ständig auf der Suche nach Kniebundhosen. Und Burgen.

ZEICHEN UND WUNDERN

Es gibt eine Frage die ich mir mit schöner Regelmäßigkeit im Stau oder an Ampeln mit großzügigen Rotphasen stelle. Diese Frage lautet: Bin ich Lesbe genug für einen Autoaufkleber?

Bin ich so glücklich über meine sexuelle Orientierung wie die Mutter von Kevin und Chantal über deren ständige Anwesenheit auf ihrem Rücksitz?

Bin ich so begeistert vom homosexuellen Leben wie das freundliche Ehepaar im Wagen vor mir von New York?

Bin ich so von mir und meiner Neigung erfüllt wie die Sportschützen des SSV Aldenrade vom Scheibenschießen?

Ob auf der A2 vor Hannover oder der A3 vor Köln, ich finde auf diese Frage einfach keine Antwort. Ich starre hilflos auf die Autos wildfremder Fussballfans, Marathonfinisher oder Neuabiturienten und fühle mich von der Fülle der selbstklebenden Bekenntnisse bedrängt.

Wie tief meine Aufkleberkrise im Einzelfall wird, hängt dabei nicht nur von der Dauer meiner mobilen Isolationshaft ab, sondern auch davon, wer gerade in meiner Nähe mit gestaut wird. Manchmal verfalle ich angesichts der freiwillig gegebenen Informationen einfach nur in stilles Staunen und ich gebe gerne zu, dass ich von vielen Dingen ohne Autoaufkleber nie erfahren hätte.

Wer hätte gedacht, dass Jesus und Elvis leben und dass Gott gerade mich liebt?

Die hochglänzende Drohung auf einem fremden Kotflügel neben mir, dass die Fahrerin für Riesenschnauzer bremsen würde, wenn wir denn alle fahren könnten, stürzt mich allerdings genau in solchen religiösen Momenten, in denen ich mich zum lesbischen Bekennen entschlossen habe, wieder in tiefe, existentielle Zweifel.

Liegt mir möglicherweise auch eine Spezies, Gattung oder ein Geschlecht so am Herzen, dass ich mein Karosserie-Coming-Out für einen öffentlich garantierten Tritt auf die Bremse verschieben möchte?

Und wenn ich doch lieber mit Frauen schlafe als für Kröten bremse, bin ich dann ein schlechter Mensch? Liebt Gott mich dann weniger?

Könnte ich vielleicht versichern „Lesbe, bremst für alles" und damit zwei Fliegen, für die ich nebenbei bemerkt nicht bremsen würde, mit einer Klappe schlagen?

Ich weiß es einfach nicht.

Manchmal, wenn Kevin, Anna Lena, Chantal oder Marcel dann gerade beidhändig den Diddlmaus-Sonnenschutz von der Scheibe eines Minivans reißen und ihre Fläschen rhythmisch gegen die Heckscheibe schlagen, bin ich nicht mal sicher, ob ihre Mütter am Steuer wirklich stolz sind.

Hat irgendjemand, den sie kennen, schon einmal die Besitzer eines solchen Aufklebers nach ihren Motiven befragt?

Eben!

Wer sagt mir, dass diese freundlichen Menschen andere Verkehrsteilnehmer nicht einfach warnen wollen, dass sie sicherstellen wollen, dass niemand, der zufällig neben ihnen parkt, sorglos an die spaltbreit geöffnete Scheibe klopft und von den Bestien in ihrem Heck zerrissen wird. Vielleicht ist der Aufkleber aber auch gar keine Warnung, sondern ein Hilferuf, die selbstklebende Version von „Hilfe ich werde von zwergwüchsigen Killern entführt" sozusagen. Das würde mir auch im Bereich Partnerinnensuche ganz neue Möglichkeiten eröffnen. Es würde sich bei dieser Interpretation nämlich durchaus lohnen, die erstaunlich hübsche Mutter von Sven-Jonas und Torben im nachmittäglichen Berufsverkehr wortlos aus ihrem Kleinwagen zu zerren, sie im blassen Dunst der Autoabgase leidenschaftlich zu küssen und mit ihr über die Autodächer in den Sonnenuntergang zu fliehen. Würde mein noch anzubringender lesbischer Aufkleber dann von allzu sorglosen Vätern als Warnung verstanden werden? Oder als Asylvorschlag? Würden sich übernächtigte Kleinkindmütter bei der geringsten Unterbrechung des Verkehrsflusses in Scharen in mein Heck flüchten? Keine meiner Freundinnen hat mir bisher von solchen Vorfällen berichtet, aber ich war ja auch die Letzte, der man erklärt hat, warum man alle zwei Wochen nach den Tagesthemen trotz gleichbleibend schlechter Weltlage schöner träumt.

Und falls die Mütter doch stolz auf Justin und Annika sein sollten und mein verführerisches Augenzwinkern wirkungslos an ihren getönten Scheiben abgleitet? Wäre mein Aufkleber dann einfach nur Erinnerung daran, dass auch in Staus zehn Prozent Homosexuelle zu hilflosen Opfern von unberechenbaren Wanderbaustellen werden?
So eine Art „stand im Stau und be counted"?
Und würde meine beklebte Heckscheibe endlich die rechtliche Gleichstellung meiner Minderheit zur Folge haben oder würde wenigstens irgendjemand sich aufgerufen fühlen, auf nebeligen Landstraßen für uns zu bremsen?
Ich könnte mir dann durchaus vorstellen, wie ich in der brünftigen Stimmung eines lauen Frühlingsabends arglos über Wiesen, Auen und Bundesstraßen hüpfe und erst vom lauten Quietschen bremsender Reifen jäh aus meinem Taumel gerissen werde. Wie ich wie hypnotisiert im hellen Licht der Scheinwerfer verharre und regungslos auf die wohlgeformte Gestalt schaue, die näher kommt und mit

ihrer warmen Hand über meinen ganzen Körper streicht, um zu fühlen, ob ich verletzt bin und wie ich …

Ich schweife ab.

Vielleicht ist mir einfach der Glaube verloren gegangen, den ich mit achtzehn noch besaß, als ich sicher war, dass der riesige gelbe Aufkleber auf meiner Fahrertür der Nutzung von Atomkraft den Todesstoß versetzen würde.

Was ja auch funktioniert hat, irgendwie.

Lange hoffte ich, dass das mit der Power zusammenhing, von der ich auf der Beifahrertür behauptet hatte, dass sie auf die Dauer helfen würde. Nachdem was ich heute über verbleites Benzin weiß, befürchte ich allerdings, dass viele der Atombefürworter Ende der Siebziger einfach an meinen Auspuffgasen erstickt sind.

Was meine Verwirrung auf dem Gebiet der modernen Kotflügelkommunikation vergrößert, ist zudem die Tatsache, dass ich die Zeichen der Zeit nicht immer richtig deute. Früher konnte ich in fremden Städten Frauen mit einer Doppelaxt auf der Scheibe risikolos in die Rücklichter fahren und sicher sein, nach der Übernahme der Schuld zu erfahren, wo die nächste Frauenkneipe war. Keine dieser Frauen wollte damals mit diesem Aufkleber sagen, dass sie eine heterosexuelle griechische Holzfällerin war. Und seit der Regenbogen egal in welcher Form zu einem Kennzeichen der Familie geworden war, erschien mir die Sache eher noch einfacher.

Was sie nicht ist.

Wenn mich irgendeine nette Freundin rechtzeitig auf die Ausnahme von der Regel hingewiesen hätte, wäre einer unfassbar schönen Katholikin, die mir in einem sehr langen, sehr langweiligen Stau zulächelte, eine schwere Glaubensprüfung erspart geblieben. Ich war nach einem kurzen Blick auf ihre Kofferraumklappe diesen lockenden Lippen gefolgt und hatte mich beim nächsten Totalstillstand auf ihren Beifahrersitz eingeladen.

Woher sollte ich denn wissen, dass ein kleiner Fisch in der Farbe des Regenbogens keine homosexuelle Mitarbeiterin von Nordsee sichtbar machte?

Spätestens wenn ich bei dieser Erinnerung ankomme, beschließe ich, keinen eigenen Aufkleber anzubringen und mich daran zu erfreuen, dass Elvis unter einem Scheibenwischer lebt, Jesus auf einer Stoßstange kommt und Gott mich meist auf Kleinwagen liebt.

Bis zum nächsten Stau.

MÖHREN DURCHEINANDER

Die Liebe traf mich mit voller Wucht in die Kniekehlen. Ich fiel hilflos neben ein Sonderangebotsregal voller Babynahrung und starrte schmerzerfüllt auf ungezuckerten Aprikosenbrei. „Tut mir leid!", stammelte die Frau, die mich so unsanft zu Boden gezwungen hatte, und zog ihren Einkaufswagen zurück. „Ich habe sie nicht gesehen."

„Macht nichts", erwiderte ich glücklich und rieb mir die Beine beim Aufstehen. Sie war mir ehrlich gesagt schon aufgefallen, als ich noch im Nachbarregal nach den geschälten Tomaten für meine Nudelsoße gesucht hatte, aber soweit, dass ich attraktiven Frauen im Supermarkt hinterherlief, war ich auch nach drei Singlejahren noch nicht gekommen. Noch ließ ich in solchen Fällen das Schicksal entscheiden, welches mich allerdings bis zu diesem Moment immer kaltherzig meinen lächerlich kurzen Einkaufszettel ohne irgendwelche Zwischenfälle hatte abarbeiten lassen.

Wir stapelten gemeinsam leicht verlegen die kleinen Gläschen wieder ins Regal und sie betrachtete angewidert ein Glas mit pürierten Möhren. „Mögen Sie Möhren?", fragte sie mich und drehte dabei das Glas in den Händen, als könnte sie nicht glauben, dass man irgendjemanden dazu zwingen konnte, den Inhalt zu essen. Ich schüttelte den Kopf und versuchte die Frage nicht seltsam zu finden. „Nein, mochte ich schon als Kind nicht."

„Ich auch nicht." Sie lachte mich an und kleine fröhliche Falten machten ihre Augen zu von Kinderhänden gezeichneten Sonnen. Ich fühlte mich sommerlich und leicht. Ich mag Kaffee mit warmer Milch, dachte ich und sagte nichts. Ihr Blick glitt von mir zu den ordentlichen Reihen passierter Obst- und Gemüsesorten. „Sieht so aus, als wäre die Ordnung wieder hergestellt. Mit Ihnen ist wirklich alles okay?"

„Ja!", sagte ich, wie jemand *Ja* sagt und *Nein* meint. Sie hörte den Unterton und bezog ihn auf meinen Sturz. „Wenn Sie noch Schmerzen haben … ich gebe Ihnen meine Adresse, falls Sie doch noch zum Arzt gehen …"

Meine Knie knickten unwillkürlich ein, als sie meinen Arm berührte. Sie sah mich besorgt an. Was sollte ich tun? Wenn ich nicht kleinlich, gebrechlich und spießig wirken wollte, konnte ich die Adresse nur mit einem charmanten Lächeln ablehnen. Was aber nützte es mir, großzügig, sportlich und lässig zu wirken, wenn ich sie danach nie wiedersah? Ich griff ziellos nach einem Glas mit irgendeinem unklaren Inhalt und sagte: „Ich denke, ich bin unverletzt, aber wenn sich kollisionsbedingte Spätfolgen einstellen, werde ich in genau einer Woche wieder hier stehen, und Sie müssen zur Strafe vor meinen Augen ein Glas von diesem …", ich las die Beschreibung auf dem Gläschen laut vor. „... Tomaten-Risotto mit Bioschwein aufessen. Und zwar kalt!" Sie musterte mich und die pürierten Paarhufer lachend und nickte. „Immer noch besser als Möhren. Ich schließe ihre Gesundheit in meine Nachtgebete ein und werde nächsten Freitag um ...", sie sah auf ihre Uhr, „... 17.30 Uhr wieder hier sein." Ihre Augen funkelten mich an. „Vielleicht sind Sie bis dahin trotz der schweren Schäden wieder in der Lage, feste Nahrung bei sich zu behalten, und ich kann sie einfach zum Essen einladen, abgemacht?"

„Abgemacht!", antwortete ich erleichtert und verzichtete darauf, zur Bekräftigung unseres Paktes in meine Hand zu spucken und sie ihr zu reichen.

Ich hatte also so etwas Ähnliches wie eine Verabredung in der Abteilung für Babynahrung mit einer schönen Frau, über die ich nur wusste, dass sie keine Möhren mochte, und das gefiel mir sehr gut. Das wurde mir zuhause zunehmend klar, als ich enthusiastisch die aufgrund der vorangegangenen Ereignisse zutatenlose Tomatensoße rührte, als gälte es, sie in einen Strudel zu verwandeln. Die Verabredung gefiel mir natürlich, aber ich mochte auch die Tatsache, dass ich nichts über diese Frau wusste. Wissen war nämlich nicht nur Macht, sondern Wissen machte zudem auch mächtig vorsichtig. Ein nicht ganz unwichtiger Zusatz, den ich dank eines übereifrigen Freundeskreises auf die harte Tour gelernt hatte. Waren meine letzten Dates doch alle durch gründlich vorbereitete, mehr oder weniger subtile Verkupplungsversuche meines Umfeldes entstanden. Typischerweise bekam ich von meinen Lieben zu jeder Arbeitskollegin/Urlaubsbekanntschaft/Nachbarin, die sie mir vorstellten, ein detailliertes Dossier, das die Profiler der örtlichen Kriminalpolizei neidisch gemacht hätte. Ich kannte ihre Allergien und ihre Lieblingsspeisen, wusste, welche Bücher sie lasen, dass rot sie blass machte und warum sie verlassen worden waren, bevor ich auch nur die Hände meiner potenziellen neuen großen Lieben schütteln konnte. Als ich mich bei der letzten arrangierten Verabredung dabei erwischte, schon nach dem Aperitif abzuwägen, ob ich für diese Frau mein Leben lang auf Dinkelbrot und Daunendecken verzichten wollte, wusste ich, dass es so nicht weitergehen konnte.

Die stürmische Möhrengegnerin aber war anders! Bis sie mir selbst alle ihre Vorlieben und den Rest ihrer Abneigungen enthüllen würde, war sie ein Geschöpf meiner Fantasie, dem weder Gluten noch gerupftes Geflügel etwas anhaben konnte. Sie war ein großes leeres Malbuch, in dem ich eine Woche lang mutig und bunt über alle Linien hinwegmalen durfte, weil niemand sie mir bisher gezeigt hatte.

Ich ließ die dünne Soße einen Moment alleine strudeln und schnitt etwas Knoblauch. Knoblauch war im letzten Jahr eine der Hürden auf dem Weg zu einer gemeinsamen Zukunft mit der zudem noch außergewöhnlich schweigsamen Nachbarin einer Freundin gewesen. „Iss am besten schon am Tag vorher keinen Knoblauch mehr ...", hatte mich die Freundin vor der Verabredung gewarnt. „... sie findet den Geruch zum Davonlaufen." Als ich nach einer sehr langen Stunde mit der Nachbarin sicher gewesen war, dass sie alle einsilbigen Worte im Lexikon kannte, hatte ich diese Aversion mit einer Extraportion Zaziki getestet – es hatte gestimmt.

Warum meine Unbekannte wohl keine Möhren mochte? Ich schloss eine Allergie in Gedanken aus, obwohl ich sie bei Möhren begrüßt hätte. Wahrscheinlicher war wohl, dass es in ihrer Vergangenheit auch eine übereifrige Erziehungsberechtigte gab, die ebenso wie meine Mutter fest daran glaubte, dass widerwillig aufgenommene Vitamine genauso gesund waren wie freiwillig gegessene. Ich sah meine Unbekannte mit ihren damals sicher auch schon kurzen lockigen Haaren an einem riesigen Tisch sitzen und trotzig auf einen übervollen Teller zerkochter Möhren starren. Ihre Jeans waren schmutzig und am Knie kaputt, so wie es meine auch immer gewesen waren. Aus dem Nichts erschien eine andere Dreizehnjährige in der von mir erschaffenen Traum-Küche, nahm meine Unbekannte mutig bei der Hand, zog sie vom Tisch fort und die beiden rannten einfach davon und versteckten sich unter einem Baum, wo sie sich ewige Treue schworen und dass sie niemals kampflos Möhren essen würden. Dann legten sie sich ins kühle Moos dicht an den Baumstamm und flüsterten sich mit leuchtenden Augen ihre geheimsten Wünsche und verwegensten Pläne ins Ohr. Und weil sie in diesem Moment eigentlich gar nichts im Leben mehr wollten als diese wunderbare Nähe, lutschten sie feierlich abwechselnd ein klebriges Himbeerbonbon und immer, wenn sich ihre Münder kurz und süß aufeinanderdrückten, um das Bonbon zu übergeben, hofften beide inständig, dass sie für immer aneinander festkleben würden. Ich musste lächeln und stellte fest, dass ich Romantik mit Süßigkeiten noch schöner fand.

Die Frau ohne Möhren ging mir nicht mehr aus dem Kopf. Vor dem Einschlafen sah ich ihr Sonnenlächeln vor mir und fragte mich, wer wohl die erste Frau war, die sie geküsst hatte. Noch bevor ich mir diese allerdings vorstellen konnte, fielen mir die Augen zu, und ich träumte die ganze Nacht von Bioschweinen, die sich weigerten, in ihre Gläser zu gehen und es Dank einer von sprechenden Himbeerbonbons organisierten Demonstration schafften, dass ihr Platz in der Babynahrungskette von lauter stummen Möhren eingenommen wurde.

Am nächsten Morgen versüßte mir meine Unbekannte die unvermeidliche Joggingrunde, weil ich mir vorstellte, dass sie bei ihrer ersten Erfahrung mit einer anderen Frau so rührend schüchtern gewesen war. Sie war gerade sechzehn geworden und hatte erschreckt ihre Hand weggezogen, als das Mädchen, das sie heimlich anbetete, endlich ihre Finger mit den ihren verflochten hatte und dann hatte sie eine Ohnmacht vorgetäuscht, als diese fremde weibliche Zunge vorsichtig über ihre trockenen Lippen gestrichen war. Nächtelang hatte sie danach sehnsüchtig von dem geträumt, was nicht passiert war und trotzdem gehofft, dass diese Gefühle einfach wieder verschwanden.

Ab Mittag gefiel sie mir furchtlos besser. Sie hatte mit neunzehn auf der Schulabschlussfahrt ganz wild vor Liebe, Sehnsucht und Mut die junge Referendarin nachts in deren Jugendherbergszimmer aufgesucht und sie spielerisch zwischen Waschbecken und Etagenbett in die Enge getrieben, bis die Arme gar nicht mehr anders konnte, als ihre verbotenen Gefühle einzugestehen. Und dann hatte sie den ersten großen Schritt über Regeln, Verbote und Ängste hinweg gemacht und ihre Wange ganz zart an die Referendarinnenwange gedrückt. Ihre Zunge hatte den wunderschönen Mund, der sie schlaflose Nächte, einen Punkt in der schriftlichen und eine ganze Note in der mündlichen Prüfung gekostet hatte, endlich geöffnet und ihm kleine, hilflose Seufzer entlockt. Die atemlos geflüsterten Sätze „Wir können doch nicht, wir dürfen doch nicht, du bist doch …" waren von ihren Händen auf der warmen Haut vorsichtig durchgestrichen, übermalt und weggewischt worden. Einmal ineinanderversunken, hatten sie mühelos über das schmale Etagenbett mit der harten weißen Bettwäsche und die grelle Neonbeleuchtung hinweggeliebt. Ich fühlte Eifersucht, als ich die beiden mit wundgeküssten Lippen und seligem Lächeln beim morgendlichen Hagebuttentee sitzen sah, und verpasste ihnen ein paar schmerzhafte blaue Flecken vom wiederholten Kontakt mit der eisernen Etagenbettleiter. Zur Strafe durfte ich wenig später mit ansehen, wie die mutig gewordene Referendarin die schlechten Lichtverhältnisse im Tischtenniskeller für schnelle, feuchte Küsse nutzte. Und jeden Sichtkontakt im Speisesaal für lange, tiefe Blicke. Ich war ehrlich ergriffen. Das war keine kurze Affäre, das war Liebe! Ich musste bei unserem Treffen am Freitag unbedingt herausbekommen, ob sie noch an der Referendarin hing, dachte ich am Sonntag im Kino unruhig, und war froh, dass mir am Montag wieder einfiel, dass ich sie, das Etagenbett und den Tischtenniskeller erfunden hatte. Was mich solange beruhigte, bis mir am Dienstag klar wurde, dass sie ohne irgendeine wundgeküsste Frau in ihrer Vergangenheit wahrscheinlich hetero und mit einer solchen in ihrer Gegenwart definitiv vergeben war. Beides machte mich für viele Stunden unglücklicher, als all ihre von mir erfundenen, erotischen Entdeckungen unter der Tischtennisplatte. Speziell das Wort „vergeben" ließ einen so unangenehm kühlen Hauch von Realität durch meine überhitzten Gedanken wehen, dass ich gezwungen war, alle Synapsen, die mit dieser Vorstellung beschäftigt waren, zu einer Routineüberprüfung des großen Einmaleins zu zwingen.

Sie war möglicherweise hetero, aber vielleicht auf der Suche nach einer Frau, die daran etwas ändern konnte, beruhigte ich mich in der Nacht zum Mittwoch. Weshalb sie wohl beschlossen hatte, nicht länger auf einen Zufall zu warten, und im Supermarkt eine Lesbe mit ihrem Einkaufswagen zu erlegen. Was wiederum bedeutete, dass sie entweder seit Wochen wahllos kurzhaarige Frauen umfuhr, weil sie hoffte, dass unter ihnen schon eine Lesbe sein würde, oder dass sie in der Lage war, Lesben unabhängig von ihrer Haarlänge zu erkennen und gezielt in die Auslage zu befördern. Dieses Talent machte mich misstrauisch. Vielleicht schubste sie ja regelmäßig Lesben in die Regale, um sie nach dem anschließenden Abendessen zu verführen. Ich sah viel zu deutlich vor mir, wie sie eine lange Reihe von attraktiven Lesben mit Krücken und/oder Gipsbeinen in seidene Bettwäsche lockte, um noch im Morgengrauen eine weitere Kerbe in ihren Rosenholzbettpfosten zu ritzen. Am Donnerstagmorgen fiel mir glücklicherweise wieder ein, dass schon meine Grundschullehrerin mir in allen Zeugnissen eine etwas zu blühende Fantasie attestiert hatte. Am Donnerstagabend sah ich die weltweit gesuchte Möhrenmörderin trotzdem die sterblichen Überreste ihrer arglosen Opfer in Wäldern vergraben.

Am Freitag um 17.30 Uhr stand ich übernächtigt und erschöpft neben den Möhren und erzitterte innerlich, als sie mir von hinten mit dem Finger auf die Schulter tippte und sich lachend umschaute. „Kein Rollstuhl in der Nähe. Darf ich davon ausgehen, dass Sie bei bester Gesundheit sind?"

Ich nickte vorsichtig.

„Wollen wir trotzdem etwas essen gehen?"

Ich nickte mutig.

„Mögen Sie thailändisches Essen?"

Ich nickte, fand endlich die Worte wieder, die ich in meiner Aufregung verlegt hatte, und sprudelte sie heraus. „Warum mögen Sie keine Möhren?" Leider hatte ich nur die Worte gefunden, den inhaltlichen Bezug zur Situation musste ich woanders versteckt haben.

Sie schien nicht sehr verwundert über meine Frage und während wir den Supermarkt verließen, sagte sie: „Keine Ahnung! Ich fand sie schon als Kind unglaublich langweilig, aber ich hatte Glück und musste nichts aufessen, was ich nicht mochte."

Ich strahlte sie an und wir schlenderten leise redend die Straße hinab. Mit jedem Wort, das sie sprach, wurde das Bild der Möhren hassenden Massenmörderin in meinen Träumen blasser. Sie hatte ihr Gemüse nicht aufessen müssen, sie hatte die Referendarin nicht fleckig geküsst und keine wehrlosen Lesben verscharrt. Sie zog mich ganz leicht am Ärmel. „Ich habe viel an Sie gedacht in dieser Woche."

Und sie war auf keinen Fall hetero!

„Ach ja?", sagte ich und ließ meine Schulter sanft gegen ihre stupsen. „Das ist ja interessant. Ich habe auch viel an Sie gedacht."

„Und an Möhren?" Sie ließ ihre Schulter dicht an meiner, zog spöttisch die Augenbrauen nach oben, und die Sonne um ihre Augen strahlte wieder. Vergeben war sie auch nicht.

Ich nickte selig.

SCHNELLE HILFE IN GLAUBENSFRAGEN

Wahrscheinlich Liebe, dachte Maren abschätzig und nahm ihren Blick von den beiden Händen, die sich an einem Ecktisch im hinteren Teil des Lokals über einer Entenleberterrine an Apfelkaramel gefunden hatten. Sie sah auf die Uhr. Halb neun. Er war zu spät und hatte nicht angerufen. Wenn er gar nicht mehr käme, bliebe ihr das Thema *Liebe* heute möglicherweise erspart. Sie musterte noch einmal die verschlungene Finger des Paares, die im Halbdunkeln dicht über der aufwändig garnierten, rosagräulichen Paste schwebten. In Anwesenheit anderer Menschen war man vor dem Thema *Liebe* nie wirklich sicher. Schon gar nicht, wenn der Mann auf der anderen Tischseite in Marens Augen, ihrem Ausschnitt oder ihren Haaren irgendetwas entdeckt hatte, das in sein Beuteschema passte. Lass uns darüber reden, was du wirklich willst, dachte Maren bei jedem dieser Dates, wenn sie die bedeutungsvolle Stille vor der verhassten Frage ertrug. Aber immer beugten sich der gepflegte Anzug, das legere Hemd oder der teure Pullover auf der anderen Tischseite selig lächelnd, fröhlich zwinkernd und selbstgefällig grinsend über den Tisch und fragten: „Glauben Sie an die große Liebe?"

Im Laufe der Zeit hatte sie gelernt, so zu lächeln, dass die Männer es für vielsagend hielten, was es auf eine leider völlig unverstandene Art in der Tat auch war.

Ihr Lächeln sagte: „Mein Gott, bist du vorhersehbar" oder „Könntest du mich vielleicht etwas weniger langweilen" oder „Schon wieder jemand, der eine Schwäche für Marktforschung hat."

Das Thema *Liebe* interessierte sie nicht, egal in welcher Verkleidung es daherkam. Sie mochte nicht über die große, die kleine, die unerwiderte, die vergangene oder die erste Liebe reden. Sie wollte ihr nicht nachspüren, sie ergründen, verdammen oder besingen, aber sie lebte in einer Welt, die davon besessen war. Sie war dreißig geworden, hatte sich ein Leben geschaffen, das ihr gefiel, hatte Beziehungen gehabt und wieder verloren, ohne dass diese gründlich diskutierte Emotion sie befallen hätte, und sie war sich von daher sicher, als einer der wenigen Menschen dagegen immun zu sein. Warum sollte sie ihre Zeit damit verschwenden zu diskutieren, ob das Glas halb leer oder halb voll war, wenn für sie feststand, dass es kein Glas gab.

Mit ihrer heutigen Verabredung war in den letzten Monaten eigentlich alles ganz nach ihren Bedürfnissen verlaufen. Sie hatten sich auf einer Konferenz kennengelernt, eine Nacht miteinander verbracht und sich seitdem ab und zu getroffen. Die Tatsache, dass dieser Mann seine große Liebe vor vielen Jahren geheiratet hatte und seitdem regelmäßig mit anderen Frauen schlief, hatte ihn erstaunlicherweise nachdenklich genug gemacht, um von ihr, seiner neusten Eroberung, bis jetzt kein Glaubensbekenntnis zu verlangen.

„Glauben Sie an die große Liebe?" Maren fragte sich einen Moment, ob ihre Gedanken endlich unabhängig von ihr sprechen gelernt hatten, und freute sich, dass sie so eine angenehme Stimme besaßen, aber dann sah sie die attraktive Frau, die an ihrem Tisch stehengeblieben war und sie wütend musterte.

Es überraschte sie keine Sekunde, dass es zu einer solchen Begegnung kam. Sie hatte immer wieder die Erfahrung gemacht, dass Männer ihre Geheimnisse schlampig hüteten. Die fremde Frau, deren Knöchel sich weiß aus den zu Fäusten geballten, schlanken Händen drängten, war in Wirklichkeit viel schöner als auf der kleinen unscharfen Fotografie, die ihr Mann verschämt in seiner Brieftasche trug. Die weichgezeichnete Feminität dieser Aufnahme wurde ihrer herben Schönheit nicht annähernd gerecht. Sie war groß, knabenhaft schlank und ihre dunklen Haare waren zu einem lässigen Zopf gebunden, der den Blick auf ihre harmonischen Gesichtszüge und die auffallend hellen Augen freigab, die sie jetzt böse ansahen. Maren erwiderte den funkelnden Blick, ohne zu blinzeln oder die Lider zu senken, und auch die blassgrünen Augen auf der anderen Seite wichen keinen Millimeter. Nichts an diesem Kontakt hatte die geplante Intimität der tiefen Blicke, die sie mit Männern tauschte, nichts sank ineinander oder schmolz dahin. In der Arena ihrer aneinander gefesselten Augen standen sich Maren und die Ehefrau ihres derzeitigen Geliebten wachsam und kampfbereit gegenüber, zwei einsame Kriegerinnen mit glänzenden Rüstungen und scharfen Waffen, die den Kampf nicht gesucht hatten, aber auch nicht fürchteten. Ein eigenartiges Gefühl von Freiheit machte sich in Maren breit. Sie riss sich fast widerwillig aus dem fremden Blick und deutete auf den leeren Stuhl an ihrem Tisch. „Das ist ein Gespräch, das wir vielleicht besser im Sitzen führen sollten."

„Wieso?" Die schöne Frau hob ihren Kopf und sah sich im Lokal um.

„Ist es Ihnen peinlich wenn alle zu uns schauen? Haben Sie Angst, dass ich eine Szene mache und das ganze Lokal erfährt, dass Sie die Geliebte meines Mannes sind?"

Ihre Stimme war laut genug geworden, um das Ehepaar am Nachbartisch dazu zu veranlassen, jeweils ein Ohr wie eine kleine Teleskopantenne in die interessante Richtung zu drehen. Der Mann musterte Maren heimlich über den Rand seines Weinglases hinweg.

„Das könnten Sie doch auch im Sitzen tun." Maren konnte keinen Gesichtsausdruck finden, der zu diesem Satz gepasst hätte und so gab sie einfach den Blick in ihre Augen frei und ließ die andere darin vergeblich nach der Arroganz, der Hinterlist und Feindseligkeit fahnden, die sie natürlich in ihr vermuten musste. Beide sahen sich wieder minutenlang an und Maren spürte die Erschöpfung der anderen Frau zunehmend deutlicher als deren Wut. Sie lächelte vorsichtig und sagte: „Sie sollten sich wirklich setzen. Wenn wir uns noch länger so ansehen, und Sie mich dann anschreien, werden alle glauben, ich wäre Ihre Geliebte."

Die betrogene Ehefrau focht einen kurzen innerlichen Kampf, ob sie dieser Aufforderung zur Waffenruhe folgen sollte, und ließ sich dann mit einem kleinen Seufzer auf den Stuhl fallen, den die Sekretärin ihres Mann eigentlich für ihn reserviert hatte.

„Das wäre mir im Moment vielleicht sogar lieber!"

Maren wies mit dem Daumen auf den Mann am Nachbartisch, der sich auffallend weit in ihre Richtung lehnte. „Ihm auch!" Beide lachten sich an, ohne das wirklich zu wollen.

„Ich heiße Maren, aber ich vermute, das wissen Sie. Ich kenne ihren Vornamen leider nicht." Maren unterließ es, ihre Hand über den Tisch zu reichen, weil sie wusste, dass das zu weit gegangen wäre.

„Ja, ich weiß wer Sie sind. Er ist nicht so diskret, wie er glaubt." Sie machte eine wegwerfende Geste mit der Hand. „Er hat Ihnen also nicht erzählt, wie seine Frau mit Vornamen heißt? Fragt man so etwas nicht als Geliebte? Ich kenne mich da nicht so aus."

Die Fremde lächelte spöttisch.

„Ich habe es nicht gefragt."

„Sie hatten sicher wichtigere Themen, als Sie meinen Mann auf seinen Geschäftsreisen begleitet haben, nicht wahr?" Der schönen Stimme stand selbst die Bitterkeit gut, sie verlieh ihr einen Hauch von Melancholie, den Maren tief in sich spürte.

Wie konnte er diese Frau für sich gewinnen und sie dann verletzen, fragte sie sich. Sie hätte gerne gelogen in diesem Moment oder die Frage nicht beantwortet, aber das war nicht ihre Art. „Ich wusste, was ich wollte."

„Und es hat Sie nicht gestört, dass der Mann, mit dem Sie sich trafen, verheiratet ist?"

„Warum hätte es mich stören sollen? Für das, was ich von ihm wollte, war es egal. Wenn es jemanden hätte stören müssen, dann doch ihn, oder?"

„Ja, aber es hat ihn nie gestört!" Sie betonte das *nie* viel stärker als das *gestört* und die Erkenntnis, die dahinter lag, schien es ihr möglich zu machen, Maren wieder anzusehen.

„Ich heiße Lena und ich hatte nicht vermutet, dass Sie schon über dreißig sind."

Bin ich nicht, dachte Maren und nahm den halbherzigen Versuch, die Kampfhandlungen wieder aufzunehmen, wahr, ohne ihn erwidern zu wollen.

„Ich dagegen hatte nicht vermutet, dass Sie so schön sind", sagte sie. Ein Teil ihres Bewusstseins nahm zur Kenntnis, dass sie sich nicht normal verhielt und dass die distanzierte Schönheit der anderen Frau leicht berauschend auf sie wirkte. Die

Ader an ihrem Hals, die sie sonst nur spürte, wenn sie sich beim Sport verausgabte, pochte laut und schnell. Wahrscheinlich bin ich einfach unterzuckert ..., dachte sie, ... ich hätte heute Mittag etwas essen sollen.

„Da sehen Sie Dinge an mir, die er schon lange nicht mehr sieht und ..." Lena hielt mitten im Satz inne und schüttelte zum ersten Mal wirklich belustigt den Kopf.

„Ich bin hierher gekommen, um dem Flittchen, das es endgültig geschafft hat, mir klar zu machen, dass meine Ehe seit Jahren am Ende ist, wenigstens auch den Abend zu verderben und finde Sie ..."

Dieses Mal war das „Sie" keine Beleidigung, sondern Ausdruck der gleichen Verwunderung, die auch Maren spürte.

Es wirkte jetzt fast schon normal, dass sie sich wieder lange schweigend ansahen. Maren wusste nicht, ob sie schon jemals einen so außergewöhnlichen Blickkontakt erlebt hatte. Normalerweise huschten die Blicke der Männer nervös, wie winzige, verstohlene Landvermesser zwischen ihrem Körper und ihren Augen hin und her, steckten selbstsicher das zu erschließende Terrain ab und suchten in ihrem Blick dann treuherzig die Zustimmung für die bevorstehende Landnahme. In Lenas Augen fand sie keine maskierte Begierde, die ihr den Blick auf alles, was dahinter lag, verstellte, sondern sie blickte in eine fremde, schöne Welt, die sich ihr widerwillig darbot und deren Interesse an ihr etwas ehrlich Verwundertes hatte.

Ein Kellner, der seit einigen Minuten auf den richtigen Moment wartete, um gefahrlos nach einer etwaigen Bestellung zu fragen, wählte diesen Augenblick, um sich zu räuspern. Lena sah ihn kurz an und blickte dann fragend zu Maren „Mögen Sie Rotwein?"

Der gleiche Kellner unterbrach Minuten später einen weiteren tiefen, ratlosen Blickkontakt, als er mit der dekantierten Flasche Wein und zwei großen bauchigen Gläsern wieder am Tisch erschien.

Lena erhob ihr Glas und ließ es ironisch an Marens klingen: „Ich wüsste zu gerne, welcher exotische Falter mit den Flügeln schlagen musste, um uns alle heute in dieses Chaos zu stürzen."

Maren griff nach ihrem Glas und vertrieb mit einem Zwinkern die Bitterkeit aus Lenas Augen. „Vielleicht sollten wir diesen Schmetterling gemeinsam suchen gehen. Lassen Sie uns in einem thailändischen Strandressort ohne Männer, aber mit umfangreichen Wellnessprogramm, anfangen."

„Das würde ihn umbringen." Beide grinsten und Lena blickte gespielt dramatisch zum Himmel. „Kann mir jemand erklären, was aus meinem Leben geworden ist?"

„Was ist aus Ihrem Leben geworden?"

„Eine Komödie? Eine Tragödie? Ich bin mir nicht sicher. Ich bin mir nur sicher, dass ich ihn seit

Jahren nicht mehr liebe und trotzdem nie auf die Idee gekommen bin, irgendetwas zu unternehmen. Und heute Morgen schaue ich einfach in seine Mails, sehe Ihre Nachricht, werfe ihn raus und komme hierher, um Sie zu demütigen. Und jetzt trinken wir Wein und unterhalten uns wie gute Freundinnen. Das Ganze ist absurd, schmerzhaft und ... muss ich zugeben ... ein wenig spannend."

Maren verfolgte, wie Lenas Hände beim Sprechen das Weinglas umschlossen, als wäre es eine Kristallkugel, in der ihr Schicksal unruhig und dunkelrot gegen die Glaswände schwappte. Dann sagte sie: „Er hat mich von Anfang an wissen lassen, dass Sie seine große Liebe sind."

Lena nahm einen tiefen Schluck und fragte: „Und? Haben Sie ihm das geglaubt?"

Wie sollte er dich nicht geliebt haben?, dachte Maren und antwortete: „Liebe ist nicht mein Fachgebiet. Ich denke, er hat es geglaubt."

Lena warf ihr einen zynischen Blick zu. „Ich habe es auch geglaubt und ich war so naiv, mich nebenbei auch an die zehn Gebote zu halten."

„Sie haben darauf verzichtet, ihres Nachbarn Weib zu begehren? Ich bin beeindruckt." Maren musste dem Übermut, der sie bei Lenas Anblick erfasste, einfach Ausdruck verleihen. Der Funke schien auf Lena überzuspringen und sie lehnte sich etwas entspannter zurück. „Das war nicht schwer! Sie sollten die Frau meines Nachbarn einmal kennenlernen. Sie züchtet Kakteen und sieht ihnen irgendwie ähnlich."

Rotwein und Verwirrung gingen in Marens Geist eine explosive Allianz ein. „Ihre Nachbarin sieht mir ähnlich? Das heißt ja dann wohl, dass ich nicht Ihr Typ bin …"

Lenas Augen verrieten mit einem Flackern, dass es in ihrem Körper ähnliche chemische Reaktionen gab, aber sie erwiderte betont nüchtern: „Meine Nachbarin sieht zwar nicht Ihnen, sondern ihren selbst gezüchteten Kakteen ähnlich, aber wenn mir mein Mann mehr Mitsprache bei der Auswahl seiner Geliebten eingeräumt hätte, wären Sie sicher in die engere Wahl gekommen."

Der Schmerz über das, was in ihrem Leben in letzter Zeit geschehen war, schien sie mitten im Satz einzuholen und sie stand auf und griff nach Marens Hand. Maren konnte nicht glauben, mit welcher warmen Perfektion sich diese fremde Hand um ihre schloss. Sie erwiderte den leichten Druck und schaute fasziniert zu, wie sich die beiden Hände miteinander wiegten.

Lena holte tief Luft: „Ich hätte Sie gerne unter anderen Umständen kennengelernt, so ist das keine gute Idee. Wenn Sie noch Interesse an Uwe haben … Er gehört Ihnen." Dann zog sie ihre Hand abrupt aus Marens und ging, ohne sich noch einmal umzusehen, aus dem Lokal.

Maren erwachte am nächsten Morgen vom Klingeln des Telefons, hechtete zum Apparat und brauchte einen Augenblick, um ihre Enttäuschung zu unterdrücken, als Uwes Stimme aus dem Hörer an ihr Ohr drang.

„Es tut mir so leid!" Er klang betont besorgt und ein wenig leidend. Sie ließ sich zurück in ihr Kissen fallen und kniff die Augen zusammen. Hinter ihren geschlossenen Lidern konnte sie deutlich sehen, wie sich zwei Hände miteinander bewegten, und versuchte unruhig herauszufinden, warum ihr geistiges Auge von dieser speziellen Geste eine Großaufnahme gemacht hatte, die es jetzt in Zeitlupe zum Wecken abspielte.

„Du sagst ja gar nichts ..." Uwes Tonfall schwankte jetzt zwischen Leiden und Vorwurf.

„Wozu sollte ich denn deiner Meinung nach etwas sagen?" Sie wusste, dass sie abweisend und unfreundlich war, aber es störte sie nicht.

Er schluckte hörbar. „Ich wollte mich wirklich melden gestern Abend, aber meine Frau hat ein riesiges Theater veranstaltet und mich dann einfach ohne Schlüssel und Handy vor die Tür gesetzt. Ich habe stundenlang gewartet, bis sie zurückkam. Sie ist die halbe Nacht in der Stadt herumgefahren, bis sie mich endlich an ein Telefon ließ, warst du sicherlich schon wieder zuhause."

Stimmt! Er hatte sich nicht gemeldet und sie hatte es nicht bemerkt.

Und Lena hatte ihm nicht erzählt, dass sie sich getroffen hatten. Wie interessant.

„Kein Problem." Sie wollte eigentlich überhaupt nicht mit ihm reden.

„Wenn du heute Zeit hättest? Ich wohne vorübergehend im Hotel..."

Er ließ den Satz offen, um ihr die Möglichkeiten, die dieses Arrangement bot, klar zu machen.

„Ich bin in der nächsten Zeit leider völlig ausgebucht."

„Du bist also doch sauer." Jetzt klang er beleidigt.

„Ich bin nicht sauer, aber ich bin auch nicht mehr an weiteren Treffen mit dir interessiert. Bring doch einfach erst einmal dein Leben in Ordnung."

Er hatte wütend aufgelegt, bevor sie den Satz ganz zu Ende gesprochen hatte.

Maren starrte nach dem Gespräch eine Weile die Decke an und versuchte, ihre wirre Gedankenwelt zu ordnen. Es war vorbei mit Uwe, das war ihr gestern schon klar gewesen, und es hatte sie in der gestrigen Nacht genauso wenig interessiert, wie es das jetzt tat. Trotzdem fühlte sie sich leer und orientierungslos. Ein Gefühl, dass ihr zwar vertraut war, aber dass sie sonst geschickt mit einer neuen Eroberung erstickte.

Ich sollte ein paar Freunde anrufen, mich verabreden, neue Leute kennenlernen, vielleicht einen neuen Mann, dachte sie, griff nach ihrem Filofax und schlug ihn wahllos auf einer der Adressseiten auf. Sie ließ ihren Zeigefinger über die Namen gleiten und überlegte, was Lena wohl gerade tat? Ob sie sich wieder mit Uwe versöhnen würde? Ja, wahrscheinlich würde sie das. Man warf doch keine zwanzig Ehejahre einfach so hin.

Eine einzelne Träne tropfte aus dem Nichts auf ihre Eintragungen und der Doktortitel einer ehemaligen Klassenkameradin schaute sie plötzlich vorwurfsvoll durch eine kleine wässrige Kontaktlinse an. Immer mehr kleine Linsen erschienen auf dem Papier und vergrößerten willkürlich einzelne Buchstaben und ganze Worte. Maren hielt die aufgeschlagene Seite ganz ruhig und gerade. Es liegt an mir, dachte sie, alles bleibt wie es ist, wenn ich mich nicht bewege.

Und das willst du?, fragte einer der Zweifel, die gestern aus Lenas tiefen Blicken in ihren Kopf spaziert waren. Nein, dachte sie und ließ die rechte Hand das Papier heben. Die Linsen zerflossen eilig und rissen auf ihrem Weg zum unteren Blattrand, Titel, Namen und Telefonnummern mit. Nein, das will ich nicht.

Die praktischen Probleme, die mit dieser Erkenntnis zusammenhängen, nahmen blitzschnell so viel Platz in ihrem Kopf ein, dass alle emotionalen zurück in ihren Brustkorb wanderten, wo sie offensichtlich schon die Nacht verbracht hatten, denn sie drängten sich mit einem vertrauten Schmerz gegen ihre Rippen.

Maren stand auf, zog die Vorhänge auf und legte die CD ein, die sie sich kürzlich gekauft hatte. Während draußen die Christen ihrem Gott und der Welt mit lautem Läuten versicherten, dass sie noch da waren, versicherte James Blunt in ihren Boxen einer Unbekannten musikalisch, wie schön sie sei. Und obwohl Maren das Lied schon vorher gut gefallen hatte, schien an diesem Sonntagmorgen der Text lauter zu sein als die Musik und die Glocken zusammen.

I saw an angel, of that I'm sure. She smiled at me on the subway. She was with another man. But I won't lose no sleep on that, cause I've got a plan ...

Sehr richtig, dachte sie. Ein Plan schafft Ordnung. Was sollte sie jetzt lange darüber nachdenken, warum Lenas Stimme, ihr Geruch und ihr Anblick wie glänzende Flipperkugeln kreuz und quer in ihrem Kopf herumschossen, Emotionen weckten, schmerzhaft gegen Nervenenden schlugen und immer wieder durch den Hals in den Magen rollten, wenn sie nicht einmal wusste, wie sie Lena erreichen sollte? Sie schlug als Erstes das Telefonbuch auf und fand Lena und Uwe in trauter Zweisamkeit unter seinem Nachnamen. Ihr Kopf wurde wieder leer, denn das größte praktische Problem war damit bereits gelöst.

You're beautiful. You're beautiful. You're beautiful, it's true. I saw your face in a crowded place, and I don't know what to do ...

Warum sollte ich denn nicht mit der Frau meines Exgeliebten befreundet sein, dachte Maren, als sie vor der Haustür mit der richtigen Hausnummer den Wagen abstellte. Sie schaute sich kurz in allen Spiegeln um, ob sie Uwes Wagen entdecken konnte, aber auf der Straße war nichts zu sehen. Im Rückspiegel erhaschte sie dafür einen flüchtigen Blick auf ihr Gesicht und war überrascht, wie krank sie aussah. Ihre Augen glänzten sie fiebrig an und auf ihren Wangen prangten kleine rote Flecken. Sie stieg aus, ging auf die Türe zu und klingelte, ohne innezuhalten, weil sie wusste, dass ihr sonst der Mut dafür fehlen würde.

„Ich will dich im Moment nicht sehen, ist das so schwer zu verstehen!" Lena riss die Türe auf und brüllte ihr den Satz so laut entgegen, dass Maren einen Schritt zurücktrat. Sie sahen sich wieder an, Lena mit offenen wirren Haaren und verweinten Augen und Maren mit einem Körper, der nur noch aus klopfendem Herzen bestand.

„Du bist ja gar nicht Uwe."

„Nein, bin ich nicht." Maren überspülte bei Lenas Anblick das gleiche rauschhafte Glück, das sie am gestrigen Abend verspürt hatte, und sie beugte sich vor und strich Lena eine der Haarsträhnen aus dem Gesicht. „Ich weiß nicht, was gestern passiert ist, und ich denke, du weißt es auch nicht, aber ich weiß, dass du die schönste und interessanteste Frau bist, die ich jemals gesehen habe, und dass ich in deiner Nähe sein will."

Lena schwieg lange mit geschlossenen Augen und schüttelte dann den Kopf.

„Maren, es geht mir nicht gut. Ich muss mein ganzes Leben neu sortieren und meine Beziehung zu Uwe klären. Da bleibt keine Zeit für Experimente mit einer jungen Frau. Mit einer außergewöhnlichen jungen Frau, wie ich gerne zugebe."

„Ich bin kein Experiment." Maren kämpfte gegen den Schmerz, der sich in ihr ausbreiten wollte. „Ich bin die Frau, die dich lieben will!"

Durch Lena lief ein kleines Zittern und sie lächelte müde.

„Ich glaube leider nicht an die Liebe", sagte sie abwehrend und trat trotzdem einen winzigen Schritt näher.

„Ich auch nicht ..." antwortete Maren und zog Lena so nah zu sich heran, dass sie ihr ins Ohr flüstern konnte: „... aber ich habe kürzlich festgestellt, dass das der Liebe vollkommen gleichgültig ist."

GOLDENER OKTOBER

„Sieh mal, die Blätter fallen schon", sagte ich mit gut gespieltem Bedauern und wies mit der Hand auf das kärgliche Häuflein grün-gelblichen Laubes, das ich am Abend zuvor unter Aufbietung aller Kräfte von der kleinen Birke in unserem Garten geschüttelt hatte. „Es wird Herbst und dann ist es bald schon Winter und wir müssen die Fahrräder winterfest machen und in die Garage hängen."

Ich war von der Wehmut in meiner Stimme selbst wohl am meisten ergriffen, denn meine Liebste würdigte das karge Blattwerk keines Blickes und ließ ungerührt einen weiteren Tropfen Fett auf die Fahrradkette fallen, bevor sie antwortete: „Gerade der Herbst kann noch so viele wundervoll warme Tage haben. Außerdem ..." Sie holte Luft und ich wusste, dass sie mein scheinheiliges Bedauern jetzt mit dem schlimmsten aller Sätze bestrafen würde. „... gibt es kein schlechtes Wetter, es gibt nur schlechte Kleidung! Das mit dem Winter hat noch viel Zeit. Wir haben übrigens für das kommende Wochenende noch einmal eine große Tour geplant." Sie drehte voller Vorfreude die Pedale und das leise Ticken der Gangschaltung zählte hämisch die Sekunden, die mir noch bis zur nächsten Kollision mit der Welt des Radsports blieben. Jetzt konnte mich nur noch eine regional begrenzte Kurz-Eiszeit retten, die irgendwann Freitagabend hereinbrechen musste, so dass es keinem Outdoorausrüster gelang, bis Samstag eine dazu passende Mikrofaser zu entwerfen.

Ich versuchte es mit Ironie. „Toll! Ich hoffe, es sind nicht weniger als 200 km und die Strecke hat viele lange Anstiege." Sportliche Frauen sind gegen Ironie leider völlig immun.

„Keine Sorge! Es ist eine Strecke aus diesem neuen Buch *Radstrecken für Anspruchsvolle*. Da ist gar nichts Einfaches dabei." Sie strich mir liebevoll über die Haare und ich ließ mich zu den gefallenen Blättern auf den Boden sinken und sah ihr ängstlich beim Durchschalten aller 23 Gänge zu. Wie um mich zu verhöhnen, fühlte sich das Gras unter mir warm und trocken an, keine Spur von Raureif oder Bodenfrost. Ich schloss wehmütig die Augen und erinnerte mich.

Das Unheil hatte ganz leise im vorletzten Frühjahr begonnen, als zwei Mitglieder unserer friedlichen, lesbischen Bezugsgruppe zu einem Kaffeetrinken von Kopf bis Fuß in bunter, enganliegender Funktionskleidung erschienen waren und allen staunenden Anwesenden ungefragt erklärt hatten, sie seien den ganzen Weg mit dem Fahrrad gekommen. Damals fand selbst ich das nur ganz wenig bescheuert und irgendwie bewundernswert, also fiel ich mit den anderen in den lauten Jubelchor ein. Ich hatte das allerdings auch für eine einmalige Sache gehalten.

Nicht, dass ich selbst nicht sportlich bin. Nein, nein! Ich liebe Outdoorkleidung und sehe äußerst gerne Sport im Fernsehen. Ich halte mich einfach nur von dem Teil des sportlichen Lebens ein wenig fern, der mit Bewegung zu tun hat. Eine Fahrradtour war für mich bis zu jenem denkwürdigen Tag die gerade Strecke zwischen der Eisdiele und dem Gartenlokal an einem warmen Sommertag.

Aus der einmaligen sportlichen Kaffeefahrt wurde allerdings zu meinem Leidwesen eine Freizeitaktivität, die sich wie eine Heilsbotschaft in unserer prä-menopösen kleinen Welt ausbreitete. Innerhalb von wenigen Monaten wurden die rostigen Damenräder meiner Freundinnen, Ex-Freundinnen und Ex-Freundinnen meiner Freundinnen gegen Hightech-/All Terrain-/Trekking-/Mountainbikes eingetauscht, bei denen es zu jedem Bauteil eine eigene Zeitschrift zu geben schien. Helme, Handschuhe, Packtaschen, Regenkleidung, Windkleidung, Funktionsunterwäsche und Klickpedale wurden zur Pflicht, bevor ich auch nur gelernt hatte, *Shimano* richtig auszusprechen.

Ich vokalisierte nicht nur langsamer als der Rest, ich war auch sonst argloser und bemerkte nicht, wie sich die Fäden meines sozialen Netzes um mich zuzogen. Als mir kurz vor meinem vierundvierzigsten Geburtstag und nach einem vegetarischen Fondue von einigen forschen Radlerinnen eine Wasserwaage zwischen die Oberschenkel geschoben wurde und sie mich aufrecht stehend gegen die Wand lehnten, war ich mit den Gedanken auf einem thematisch dem Radsport nicht verwandten Feld. „Das haben wir doch gemacht, um die optimale Rahmenhöhe für dich zu finden!", verkündeten sie mir strahlend im Chor, als das neue Trekkingbike die vierundvierzig Kerzen auf meinem Geburtstagskuchen ein paar Wochen später mühelos überstrahlte. Mein seltsamer Ritt auf der Wasserwaage war offensichtlich Teil eines geheimen Initiationsritus gewesen und hatte mich ohne mein Wissen in den Rang einer Pedalritterin erhoben. Oder eher eines Pedalknappen, denn ich bekam als Novizin nur eine einzige Packtasche zugeteilt und jeder Zugang zum topographischen Kartenmaterial, das mir Auskunft über das Streckenprofil hätte geben können, war mir streng verwehrt.

So strampelte ich denn von da an mit dem Rest der Tafelrunde leise jammernd und orientierungslos in wattierter Hose durch meine Heimat. (Die ich übrigens für wesentlich flacher gehalten hatte, als ich noch unwattiert in meinem Kleinwagen umhergefahren war.) Statt rheinischem Sauerbraten bot man mir nun sonntags belgischen Kreisel* und ich war nicht sicher, ob das ein guter Tausch war.

Schon nach wenigen Touren wurde mir allerdings die Ehre zuteil, beim streng geheimen Balzritual der

---

* *Belgischer Kreisel:* Windschattenfahren in der Gruppe. Dabei wird gleichmäßig von vorne nach hinten gewechselt und kein Fahrer bleibt länger als ein paar Sekunden an der Spitze und damit im Wind.

Bikerinnen zuschauen zu dürfen und ich muss zugeben, ich war gerührt.

Es war ein Tanz aus Harmonie, Fliehkraft und Schwerkraft, der sich mir offenbarte, als ich bei einer geführten Radwanderung Zeugin wurde, wie es eine gute Freundin, abgelenkt von den muskulösen Waden der Gruppenleiterin vor ihr, nicht schaffte, das abrupte Gruppenbremsen mit dem nötigen Ausklicken der Pedale zu beenden und gemeinsam mit dem Objekt ihrer Begierde in ein Maisfeld stürzte. Da beide Helme trugen, lagen sie eine Weile friedlich und unverletzt aufeinander und verglichen die unzähligen Narben, die sie bei vorangegangen Stürzen davongetragen hatten. Dann half die Gruppenleiterin meiner Freundin auf, ließ sie von der isotonischen Spezialmischung in ihrer Siggflasche trinken und beide klickten völlig synchron wieder in ihre Pedale ein.

Selbst ich wischte mir voller Rührung heimlich die letzten Krümel meines Eibrotes aus den Mundwinkeln. Es hatte Klick gemacht und ich hatte es gesehen! Nebenbei bemerkt war besagte gute Freundin bei diesem Sturz nicht wirklich unverletzt geblieben, sondern hatte sich den Unterarm gebrochen, aber das bemerkte sie erst, als sie die Gruppenleiterin am Abend über die Schwelle der Jugendherberge tragen wollte.

Ich hätte an diesem und an vielen darauf folgenden Radtourabenden niemanden über irgendetwas getragen, denn ich litt unter Schmerzen in Muskelgruppen, von denen ich gar nicht gewusst hatte, dass sie existierten. „Das ist nicht das Problem", sagte meine Liebste ohne Mitleid, während sie mir die betroffenen Stellen mit der dafür empfohlenen Salbe einrieb. „Sie existieren schon, sie sind nur weich und untrainiert." Plötzlich war weich also falsch. Ich fand weich aber gut. Ich saß schon mein ganzes Leben auf weich und das hatte prima funktioniert.

So vergingen seitdem meine Sommer mit Ein- und Ausklicken, mit Bergetappen und stetiger Gesäßverhärtung und deshalb war es kein Wunder, dass ich gelernt hatte, den Herbst zu lieben, seine Stürme, die die Radwege leer fegten und eisige Kälte und Schnee und friedliche Wochenenden vor der Heizung ankündigten.

Ich schlug die Augen wieder auf und starrte trotzig in den viel zu blauen Himmel. Schon bald würde ich mich wieder wie eine Katze vor dem Kamin zusammenrollen und schnurren, ich würde …

„Was hältst du eigentlich von Nordic Walking?" Meine Liebste stupste mich mit der Luftpumpe an und riss mich aus meinem winterlichen Wunderland. „Das kann man mit der richtigen Kleidung auch wunderbar im Winter machen, um für die neue Radsaison fit zu bleiben."

RACHEL IST SÜß

"Du bist süß ...", leckte sie mir mit rauer Zunge in der Mitte der Nacht durchs Ohr und ich spürte, wie sich meine Moleküle neu zusammensetzten. C12 H22 und Oh, Oh, Oh, O11. Ich spürte mich zu Zucker werden und wohlig schmelzen, spürte, wie meine Kristalle in der Hitze ihre Struktur verloren, und sie rollte sich wohlig durch die weiche, anschmiegsame Form, die ich wurde. Alles war vergessen. Ihre Zweifel reichten meinen Zweifeln die Hand und gemeinsam nahmen sie sich neben unseren zerwühlten Kissen das Leben. Diesmal wird sie bleiben, dachte ich, diesmal bestimmt, und in zwei kurzen Schlafphasen träumte ich, dass wir gemeinsam Rollrasen und Mustertapeten aussuchten.

„Rachel, du bist süß, aber in meinem Leben ist kein Platz für so etwas. Lass mich bitte endlich in Ruhe", sagte sie am nächsten Morgen halb zur geöffneten Tür und halb zu mir. Was ich für den Beginn unseres gemeinsamen Lebens gehalten hatte, war für sie offensichtlich ein Abschied gewesen. Es war zwar nicht neu, dass mir die Schonungslosigkeit der Realität kurz nach dem Aufwachen negativ auffiel, aber das milderte die Wucht dieses Treffers kein bisschen.

„Sie hat bestimmt mit dir gesprochen", sagte ich deshalb trotzig zur Tür.

„Goldene Träume lassen hungrig erwachen", zitierte die Tür einen mir unbekannten Dichter und fiel gnadenlos hinter der Frau meiner Träume ins Schloss. Da ich mich bis zu diesem Moment noch nicht einmal aufgerichtet hatte, konnte ich auch nicht dramatisch in mein Kissen zurücksinken. So presste ich einfach die Lider zusammen, bis sie schmerzten, und wartete auf die Rückkehr meiner Träume. Morpheus suchte blitzschnell seine Sachen zusammen und verschwand grußlos. Wie immer, wenn er Liebeskummer bei mit witterte. *Nessun dorma* sang ich, ohne einen Ton zu treffen, in das Laken, das nach einer verbotenen Mischung aus ihr und mir und Weichspüler roch. Ich folgte der Duftspur schnüffelnd wie ein junger Hund durch die Bettwäsche, sah uns begehren und küssen und lieben und versprechen, sah uns weinen, lügen und glauben. Wir waren klassische Götterlieblinge, wenn man Goethes Versen glauben durfte. Meine verkrampften Lider flehten um Gnade, und ich schlug die Augen wieder auf. Gut, wir nehmen eure Version, sagte ich zur Realität und zur Tür und machte mir zur Abwechslung einfach mal klar, dass meine heimliche Geliebte mich soeben verlassen hatte. Ihr Profil hatte im Weggehen einen Augenblick wie eine dieser schwarzen Jahrmarktsscherenschnitte mit zu vielen scharfen Linien ausgesehen, die wir bei unserem Besuch in Paris nicht hatten zeichnen lassen, weil wir Paris gemeinsam nicht besucht hatten. So wie wir auch nicht an südlichen Stränden unsere Hände ineinander verflochten oder uns tiefe Blicke über die Speisekarten versteckter Hafenrestaurants zugeworfen hatten. Sie hatte einen Mann, ein Haus, eine Firma und einen guten Ruf, und das machte den gesamten Planeten, mit Ausnahme meines Schlafzimmers, zu einem Ort, an dem sie alles verlieren konnte. Die Mehrzonen-Federkernmatratze, die ich eigentlich gekauft hatte, um meinen Rücken zu schonen, war dadurch zum einzigen Spielfeld geworden, auf dem ich den Kampf um diese Liebe hatte austragen können. Nur dort hatten sich die Gegensätze angezogen, ausgezogen und dann abgestoßen. Ich vermutete, dass unsere Chancen auf gemeinsames Glück mit jedem Liter Milch, den wir zusammen und vollständig bekleidet aus einem öffentlichen Kühlregal genommen hätten, stetig gestiegen wären. Oder auch nicht.

Ich war süß.
    Sie hatte keinen Platz für mich.
    Sie wollte Ruhe vor mir.
Empfindlichere Wesen hätten daraus möglicherweise geschlossen, dass sie zwar gut genug gewesen waren, einer verheirateten Frau die Freuden der lesbischen Sexualität näherzubringen, dass aber sonst keine größeren Emotionen mitgespielt hatten. Wie gut, dass ich nicht empfindlich war. Ich war süß wie die Rache und Kristall für süßes Kristall rieselte ich

in Gedanken in ihr platzloses Leben. Auf den leeren Beifahrersitz, wenn sie morgens zur Arbeit fuhr, und auf den warmen Fahrersitz, den sie kurz frei machte, um den ersten Schüler einsteigen zu lassen. Ich streute mich in die kalte Ritze, die sie in der Nacht von ihrem Ehemann trennte, und eine feine weiße Spur folgte ihr bei jedem ruhelosen Schritt in der Dunkelheit über zu oft poliertes Parkett. Ich sah sie stehen und gehen, sich sehnen und weinen und lügen und schweigen und ließ sie wie zufällig auf meiner körnigen Zuckerspur ausrutschen und sich die Stirn an der Kante des Echtholzschrankes aufschlagen. Das Blut, das ihr rot und dick die Stirn hinablief, besänftigte mich, und ich schlief ein.

Nach dem Duschen am späten Mittag wurde mir klar, dass ich zwei Möglichkeiten hatte. Entweder, mich von Liebeskummer wie von Dornenranken in hundertjährigem Schlaf umwuchern zu lassen oder eine Weile auf Metaphern zu verzichten und einfach ein wenig Schaden anzurichten. Ich entschied mich für den Schaden und kontrollierte im Spiegel die Mischung aus femininer Unschuld und jungenhaftem Übermut, die ich zu diesem Anlass zu tragen gedachte.

Meine platzlose Geliebte beugte sich gerade gemeinsam mit einem Schüler über ein Schriftstück und ich spürte sofort wieder, wie unsere Hände in den ersten Theoriestunden zu beiden Seiten eines Bogens mit Vorfahrtsregeln und Parkverboten nervös aufeinander gelauert hatten. Wie sich unsere Zeigefinger kurz und prickelnd über dem Bußgeldkatalog berührt hatten, während sie mir die Strafe für die Unterschreitung des Mindestabstands erklärte.

Als sie aufsah, hatte ich schon ihren Mann begrüßt, der hinten aus dem hinteren Büro kam und sich sichtlich freute, mich wiederzusehen.

„Motorradführerschein? Da sind Sie also doch noch auf den Geschmack gekommen. Das ist eine wundervolle Idee!" Er war begeistert. Ich auch. Sie nicht. Dem unbekannten Schüler war es egal.

„Wie lange ist das jetzt her mit ihrem Führerschein? Zwei Jahre schon? Wie die Zeit vergeht …"

… und wie sie stillsteht …

Während er nach hinten eilte, um ein Anmeldeformular zu holen, froren seine Gattin und ich gemeinsam in einer eisigen Zeitscholle fest. Ich süß lächelnd, sie sichtlich entsetzt. Tick! Tick! Tick! … machte die große Uhr über der Tafel mit den Verkehrsschildern, als wollte sie uns an die Gesetze von Zeit und Raum erinnern. Der Schüler neben ihr wurde unruhig und nahm seinen Übungsbogen vom Tisch.

„Ich schaue mir das dann zu Hause noch mal an", sagte er im Gehen, und da weder sie noch ich reagierten, war er sich wie der hypothetisch fallende Baum auf dem Weg nach draußen nicht sicher, ob er wirklich ein Geräusch gemacht hatte.

Ich erinnerte mich wieder daran, wie sie hinter meinen Stuhl getreten war und sich so tief über mich gebeugt hatte, dass ihre langen Haare meinen nackten Hals entlang in meinen Ausschnitt gefallen waren. Ich sah uns nebeneinander im Fahrschulwagen sitzen, ihr Oberschenkel zu dicht an meinem, ihre Hand über meiner auf dem Schaltknüppel. Wir hatten im stehenden Fahrzeug das Schalten geübt. Hoch und runter und hoch und runter, immer wieder. Als sie mir unaufgefordert ein Übungsbuch nach Hause gebracht hatte und wir uns schon im Flur küssten, war ich sicher gewesen, dass der Ehemann ein Irrtum und ich ihre Zukunft war.

Sie sah all diese Dinge in diesem Moment nicht, das erkannte ich an ihren ungesund verkrampften Händen.

Sie stellte sich die vielen Stunden vor, die ich ab jetzt mit ihrem Mann, der den Motorradunterricht am liebsten selbst gab, verbringen würde.

„Du willst es ihm erzählen", sagte sie, aber da es keine Frage gewesen war, gab ich keine Antwort.

„Was will sie mir erzählen?", fragte der gehörnte Gatte, als hätte er sein Stichwort für den Auftritt in einer Telenovela vernommen. Da er seine Frau angesprochen hatte, schwieg ich und wartete süß lächelnd auf ihre Antwort.

„Sie will dir erzählen, wo ich letzte Nacht war", flüsterte sie und täuschte sich damit gründlich in mir. Das hätte ich ihm frühestens in der letzten

Fahrstunde erzählt, wenn überhaupt. Warum aber sollte ich ihr jetzt widersprechen?

„Wie unhöflich von ihr." Er sah mich nur kurz an und schob dann auf dem kleinen Modell-Verkehrsübungsplatz ein Automodell so heftig an, dass es einen arglosen Modellradfahrer überfuhr. „Damit verderben Sie ihr den Tag, wissen Sie. Vielleicht sogar die Woche." Er stupste den kleinen Radfahrer, der fest verbunden mit seinem Rad auf der aufgemalten Straße lag, an, als wollte er überprüfen, ob er wirklich tot war.

„Sie kann es nämlich überhaupt nicht leiden, wenn ich erfahre, welcher Fahrschülerin sie Nachhilfeunterricht gibt. Ihre Vorgängerinnen waren da wesentlich diskreter."

Vorgängerinnen? Er sah die verletzte Überraschung in meinen Augen und lächelte milde.

„Sie haben doch nicht geglaubt, dass sie die Erste waren?

„Schatz ..." Er ließ den reglosen Radfahrer in Ruhe und trat dicht neben seine ebenfalls reglose Gattin. „Du hast ihr doch nicht etwa erzählt, dass sie die Erste ist, für die du derartige Gefühle hegst?"

Ich sah sie an und fragte mich, wer sie das Lügen gelehrt hatte und ob sie und ich denn in dieser Szene überhaupt keinen Text bekamen. Er fragte sich das nicht und redete weiter.

„Sehen Sie, Sie sollten das nicht persönlich nehmen. Ich tue das auch nicht. Ich sehe die Frauen, denen sie hinterherschaut. Ich übersehe die Frauen, mit denen sie schläft, und nutze die freien Nächte, so gut ich kann. Zum Glück machen ja nicht nur Lesben den Führerschein."

Sie erwachte lange genug aus ihrer Starre, um ihr Gewicht wie eine Boxerin kurz von einem auf den anderen Fuß zu verlagern und auszuholen. Ich sah ihre Hand durch die Luft fegen und in seinem Gesicht landen. Wenn man bedachte, dass ich bis zu diesem Moment noch kein Wort gesagt hatte, war meine Mission schon jetzt ein großer Erfolg.

Er rieb sich überrascht die rote Wange und schnaubte: „Seit wann bist du denn so empfindlich?"

Sie schüttelte ihre Schlaghand und fand die Sprache wieder. „Seit wann bist du eigentlich so ein Arschloch? Ich frage mich, wie ich es so lange mit dir ausgehalten habe."

Gleich und gleich gesellt sich gern, dachte ich, aber dann trafen meine Augen ihren wütenden Blick und meine Zellen träumten ohne Vorwarnung von sofortiger Osmose.

„Du hast recht", sagte sie in diesem Augenblick zu ihrem Mann. „Sie ist nicht die Erste." Es schmerzte deutlich stärker, als ihre Stimme es bestätigte, stellte ich fest und überlegte, was ich sagen konnte, um ihr richtig weh zu tun, aber mir fiel nichts ein.

„Sie ist nicht die Erste, von der ich träume, sie ist nicht die Erste, nach der ich mich sehne …"

Diese Liebe zum Detail fand ich persönlich unnötig, und mir wurde zudem klar, dass ich keine Lust hatte, dem Zerfall dieser seltsamen Ehe weiter beizuwohnen. Ich drehte mich um und ging zur Tür.

„Warte!", rief sie. „Willst du denn den Rest nicht hören? Deshalb bist du doch gekommen, oder?"

Ich schüttelte im Gehen den Kopf und mied ihren Blick.

„Sie ist jedoch die Erste, mit der ich geschlafen habe", sagte sie deshalb lauter. „Und die Erste, die ich liebe." Sie wusste, dass ich mich umdrehen würde, und deshalb warteten ihre Augen schon auf mich, obwohl sie weiter zu ihrem Mann sprach.

„Ich wäre bei dir geblieben, weißt du? Wegen der Leute ... aus Angst ... aus Bequemlichkeit ..."

In der winzigen Pause zwischen ihren Worten fanden unsere Blicke Zeit, alle weiteren Fragen, die uns betreffen, auf einen späteren Zeitpunkt zu verschieben.

„Ich weiß eigentlich gar nicht so genau, warum ich geblieben wäre. Aber du machst mir die schwerste Entscheidung meines Lebens leicht."

Sie stellte den kleinen Radfahrer wieder ordentlich auf den kleinen Radweg, trat zu mir und nahm meine Hand. Ich hatte bis dahin zwar wenig zur Konversation beigetragen, sah aber meine Chance auf das letzte Wort.

„Tschüs!", sagte ich und zwinkerte dem kleinen Radfahrer aufmunternd zu.

ERST MAL

Wir sollten erst mal keinen Kontakt haben, sagte Isa, und das Geräusch der Tür, die sie fest hinter sich zuzog, klang wie ein lebendig gewordenes Ausrufezeichen.

Wie melodramatisch!

Ich starrte die Tür einige Minuten vorwurfsvoll an. Hätte man mich vorher gefragt, hätte ich geschworen, dass die Tür und die Möbel bedingungslos zu mir halten würden, schließlich hatte ich sie ausgesucht und gekauft. Die Tür hatte ich natürlich nicht einzeln gekauft, sondern die Wohnung, zu der sie gehörte, aber das gab dieser Durchschnittstür ohne Sicherheitskette und Spion noch lange nicht das Recht, sich im Konfliktfall auf die feindliche Seite zu schlagen.

Das ist kein Konflikt mehr, den man durch Gespräche lösen könnte, hatte Isa mir gestern erklärt. Ich sah jetzt noch deutlich, wie ihr Daumennagel dabei eine tiefe Furche in den Weichholzstuhl, den sie unbehandelt für unsere Küche schöner gefunden hatte, ritzte. Ich liebe dich einfach nicht mehr, hatte sie genau in dem Moment, als die Furche den Rand des Polsters erreicht hatte, gestanden. Was ist denn daran einfach, hatte ich gefragt und fand auch jetzt noch, da ich ihre Reaktion kannte, dass das eine gute Frage gewesen war.

Ich schaffte es, von der verräterischen Tür in Richtung Wohnzimmer zu gehen und bemerkte, dass aus den Flurwänden schon diese hässliche „Sie-kommt-nicht-wieder-Atmosphäre" tropfte. Jetzt hieß es, bloß nicht sofort in diese Tropfen hinein zu treten und die Flecken in der ganzen Wohnung zu verteilen. Auf Zehenspitzen durchquerte ich den Rest des Flures und ließ mich wie eine erschossene Ente in den Sessel fallen, auf dem ich nicht mehr gesessen hatte, seit Isa eingezogen war und wartete.

Wie lange dauerte eigentlich „erst mal"?
    Ein paar Stunden?
    Ein paar Tage?

War „erst mal" die Zeitspanne bis zur nächsten Menstruation oder bis zum Einsetzen der Wechseljahre? Bis zum nächsten Sonnenuntergang oder bis zur nächsten totalen Sonnenfinsternis? Ich schloss die Augen und öffnete sie schnell, schloss sie wieder und öffnete sie langsam, kniff sie zusammen und schlug sie nacheinander auf.

Die Zeit tat das, was sie immer tat, wenn man ihr bei der Arbeit zuschauen wollte. Sie stellte sich tot. Auf der Uhr an der Wohnzimmerwand war Isa jetzt seit 10 Minuten weg und auf der digitalen Uhr des DVD Players war sie nie gekommen und würde nie gehen. Von dort blinkten mir vier Nullen entgegen, die mir aber wohl eher etwas über meinen Gemütszustand als über die Zeit verraten wollten. Ich strich tröstend über die weiche Lehne der großen Couch, die es einfach nicht glauben wollte, dass Isa sich heute Abend nicht wie sonst an ihre rechte Seite kuscheln und die Füße in ihren Kissen vergraben würde. Für Möbel ist so eine Trennung auch nicht leicht, dachte ich und versicherte der Couch, dass der Sessel auf jeden Fall bleiben würde. Alle Möbel würden bleiben.

Isa war so gegangen wie sie gekommen war: mit ein paar Büchern, drei Koffern voller Kleidung und einer Aktentasche, in deren Innenfach die handschriftlichen Mietüberweisungen für eine Wohnung, die wir beide als überflüssiges Sicherheitsnetz betrachtet hatten, vor Genugtuung glühten.

War „erst mal" jetzt vielleicht schon vorbei? Ich hypnotisierte das Telefon, dem nichts ferner lag als zu klingeln. Also schlug ich die Wortbedeutung von „erst mal" in der Küche in einem Lexikon nach, um die Kontrolle über die Situation zurückzugewinnen und dem demonstrativen Schweigen der Polstermöbel zu entgehen. Da mir das Lexikon zu verstehen gab, dass das Wort „erst" mit der Bedeutung „zukünftig" oder „vergangen", manchmal allerdings auch ganz und gar ohne Bedeutung in der deutschen Sprache herumirrte, wandte ich mich schnell dem Wort „Mal" zu. Wie tiefsinnig, dachte ich, als ich die richtige Seite aufschlug. Die Aufzählung, in welchen Kombinationen „Mal" zu benutzen war, wirkte wie der Text einer jungen wilden Literaturhoffnung, die ihren Weltschmerz in die Schwaden einer verrauchten Bar deklamierte:

> Es war das erste,
> zweite,
> letzte,
> einzige Mal,
> dies war das erste und das
> letzte Mal, dass ich ihr geglaubt habe;
> zum hundertsten
> Male
> hat sich das ereignet,
> die letzten Male ging es besser;
> nächstes,
> ein anderes Mal
> setzen wir unsere Unterhaltung fort;
> das eine Mal
> hättest du zu Hause bleiben können;
> ein zweites Mal
> soll es nicht wieder vorkommen;
> ein für alle Mal (*für immer*) ist jetzt Schluss.

Pure Poesie. Ich schrieb die Lexikondefinition mit Kreide auf die Tafel an der Küchentüre, gab ihr den Titel „Du kannst mich Mal!" und beschloss, mich damit um einen Lyrikpreis für Gefangene zu bewerben, von dem ich kürzlich in einer Zeitschrift gelesen hatte.

Die Einbauküche, die immer darauf bedacht war, alles in die richtige Schublade zu stecken, fürchtete, ich könne verrückt geworden sein, aber das war nicht der Fall. Ich wusste genau, was ich tat, ich ließ meine Gedanken einfach gerne wirre Labyrinthe bauen, in denen sich die Realität verirrte, wenn ich ihr auf gerader Strecke nicht ins Gesicht sehen konnte.

Hatte ich, während ich mein Siegergedicht abschrieb, vielleicht das Telefon überhört? Oder ihren Schlüssel in der Tür? Oder das Klirren von Glas, als Isa das Küchenfenster einschlug, um sich den Schlüssel zu holen, den sie eben noch demonstrativ auf den Küchentisch gelegt hatte?

Ich sah die Stille an, die Stille sah mich an, keine von uns beiden zwinkerte, bis sie langsam den Kopf schüttelte. Nach Wochen, in denen sie sich nur in den Nachtstunden völlig ausstrecken konnte, weil über Tag immer jemand weinte oder schrie, war sie nun Herrin der Lage. Ich übertrug meinen Beitrag zur Auferstehung der Lyrik auf ein Blatt Papier, steckte es in einen Briefumschlag, frankierte und adressierte den Brief und verbrauchte dabei so viel Energie, dass mir vor Erschöpfung die Tränen kamen.

Die Küchenuhr tickte mit der ganzen Kraft ihrer winzigen Rädchen ein seltsames, trauriges Lied von ewiger Einsamkeit und ich musterte sie enttäuscht. „Auch du, mein Sohn Brutus", flüsterte ich dann und tat, was Caesar damals nicht tun konnte, ich entfernte ihr die Batterien. Das ließ mein Handy offensichtlich um seinen Akku fürchten, denn es klingelte so laut, dass die Stille sich erschreckt ans Dekolleté griff. Ich schaute auf das kleine Display, das so oft mit fröhlichem Blinken Isas Namen angezeigt hatte und fand nur die Worte „Anruf von Unbekannt".

Du mobile Quelle der Weisheit, dachte ich, sind wir nicht alle Fremde? Ich sagte kurz einmal probeweise laut „Katastrophengebiet" in den Raum hinein, um zu überprüfen, ob an meiner Stimme noch Tränen hingen, fand aber, dass sie trocken klang und drückte den kleinen grünen Knopf. Es war nicht Isa, sondern meine persönliche Kreditberaterin. Jedenfalls wollte sie das gerne werden, wenn ich mich zu einem äußerst günstigen Kredit bei der Bank meines Vertrauens entschließen würde. „Erst mal nicht" sagte ich und hoffte, dass mir ihre Antwort einen Hinweis auf die Zeitspanne, über die wir hier sprachen, geben würde. Sie blieb freundlich, aber vage und versicherte mir, sich beizeiten wieder zu melden. Ich schlug die Bedeutung und Verwendung von „beizeiten" im gleichen Lexikon nach und wurde wieder fündig.

Dieses Mal tippte ich meinen ersten Erfolg im Bereich absurdes Sprechtheater direkt in den Computer. Der zur Weltliteratur erhobene Lexikontext würde in naher Zukunft auf einer kahlen Bühne von sich windenden Gestalten vorgetragen werden.

Ort: Ein leerer Raum zwischen „erst mal" und „beizeiten".

Personen: Die Liebende, die Stimme am Telefon, die Gegangene und der Chor der Kreditberaterinnen.

Die Stimme am Telefon (*laut*): „Unbekannt meldet sich beizeiten!"

Die Liebende (*flüsternd*): „Beizeiten bedeutet rechtzeitig …"

Die Gegangene (*bestimmt*): „Sich beizeiten an etwas gewöhnen!"

Die Liebende (*flehend*): „Wenn du nicht zu spät kommen willst, musst du beizeiten losgehen …"

Die Gegangene (*überlegen*): „Ich habe beizeiten vorgesorgt!"

Chor der Kreditberaterinnen (*weise*): „Sie hätte sich beizeiten nach Ersatz umsehen sollen."

Alle (*singend*): „Was ein Häkchen werden will, krümmt sich beizeiten."

Glücklich stellte ich mir zukünftige Deutschleistungskurse vor, die in meinen Worten ewige Wahrheiten suchen mussten, und ich hätte es Isa gerne erzählt, damit wir gemeinsam darüber lachen konnten. Früher hatte sie mich in solchen Momenten sehr lange und gründlich geküsst, um mir die Flausen auszutreiben, wie sie immer behauptet hatte, und ich hatte nie das Bedürfnis gehabt, im Lexikon nachzuschauen, was eigentlich „Flausen" waren. Aber sie war nicht mehr da und ich hatte nur noch meine Erinnerungen und ihren Schlüssel und der war meines Wissens an Flausen und Küssen nicht interessiert. Das machte mich unheimlich wütend und so schleuderte ich ihn durch die Wohnung, ohne irgendetwas Wichtiges zu treffen.

Draußen wurde es zum ersten Mal seit langer Zeit ohne Isa in meinem Leben und meiner Wohnung dunkel, was mir deutlich signalisierte, dass auch das Universum sich mit meinen Sorgen nicht beschäftigen wollte und sein Tag/Nacht-Programm mit kosmischer Gelassenheit durchzog.

Bei Programm fiel mir der Fernseher ein, ein technisches Gerät, dem ich es verdankte, dass ich mir im Laufe meines Lebens nicht viel öfter mit einem stumpfen Gegenstand auf den Kopf geschlagen hatte. Ich legte mich auf die Couch und sah zu, wie mir aus dem großen Bildschirm die ersten Alphawellen sanft über den Körper spülten. Nach einem letzten tiefen Atemzug ließ ich mich willig unter die bunte Oberfläche sinken und durchschwamm ziellos die Kanäle, wohl wissend, dass die Zeit mir hierhin nicht folgen konnte.

Ich weinte und lachte ansatzlos mit den schönen Schatten, deren Liebe und Leid keinen Anfang und kein Ende zu haben schien. Wer in Folge 1 noch hässlich war, verlor in Folge 243 Brille und Zahnspange und wurde dadurch Schönheitskönigin, fand den verlorenen Bruder, tötet den bösen Zwilling, enttarnte die intrigante Chefin, entschied sich gegen das Geld und für das Herz, fiel ins Koma, erwachte durch die Stimme eines unbekannten Fremden, spendete der tot geglaubten Mutter eine Niere und sah dabei durchgehend umwerfend aus. Ewiges Glück und ewige Schönheit in ewiger Mitte.

Ich wollte für immer dort bleiben.

In meiner „erst-mal-" und „beizeiten-" Welt sah alles ganz anders aus. Ich hatte schon drei Kilo zugenommen und eine hässliche Falte in der Stirnmitte bekommen, als Isa ganz am Anfang unserer Romanze das Konzept der offenen Beziehung mehrmals hintereinander diskutieren wollte. Grausamerweise zog mich ein nervöses Daumenzucken in diesem Augenblick in den falschen Kanal und die Braunsche Röhre tapezierte mir ohne Vorwarnung die Wahrheit über meine Beziehung mit 25 Bildern pro Sekunde auf die Netzhaut. Ich schluchzte ergriffen. Genauso wie in dieser Sendung war es passiert. Wie durch ein Wunder war ich in ihre Nähe geraten, hatte schlagfertig und schnell den letzten Schritt auf sie zu gemacht und dann hatten wir im hellen Licht der Liebe gestanden und alle ihre Fragen waren einfach und alle meine Antworten waren richtig gewesen. Ich war aufgeregt gewesen und siegessicher und außer ihr und mir hatte es nichts auf der Welt gegeben. Wir waren strahlend vorangeeilt und aus Hürden waren Stufen geworden und die Welt hatte atemlos im Dunkeln gesessen und uns lächelnd zugeschaut, bis …

... bis ihre Fragen von einer auf die andere Sekunde schrecklich schwer und unverständlich geworden waren. Ich hatte verwirrt reagiert, ich hatte meine Joker gezogen, ich hatte geschätzt, geraten, auf Zeit gespielt, es war sinnlos gewesen, selbst als sie mir die Antworten gegeben hatte, hatte ich sie nicht verstehen können.

Der mitleidige Blick von Günther Jauch traf mich auf dem Sofa genauso wie den glücklosen Kandidaten auf seinem hohen Stuhl. Wir stürzten zusammen ins Nichts und Herr Jauch sah uns dabei zu. Ich zertrat die Fernbedienung, was den Fernseher verstummen ließ und griff zum Telefon.

Mein Daumen wählte Isas Nummer, ohne dafür das Gedächtnis zu bemühen, und selbst jetzt freute ich mich auf ihre Stimme. Der von mir gewünschte Teilnehmer schien allerdings geahnt zu haben, dass sich „erst mal" sehr unterschiedlich auslegen ließ, und war vorübergehend nicht erreichbar. Die fremde Stimme vom Band schnitt mir in zwei Sprachen sorgfältig ein großes Stück aus meinem Herzen, bis ich es schaffte, den roten Knopf auf dem Handy zu drücken. Mir fehlte die Kraft, das Wort „vorübergehend" im Lexikon nachzuschlagen und ich begann stattdessen zu weinen, bis mir der Hals wehtat.

Ich schlief auf dem Sofa ein, was sich richtig anfühlte, weil es mich in meiner eigenen Wohnung heimatlos wirken ließ, und träumte nicht von Isa, was mich beim Erwachen wunderte. Die Sonne zog sich gerade mit einem letzten lustlosen Klimmzug am Dachfirst des gegenüberliegenden Miethauses hoch und fiel dann erschöpft auf meine Fensterbank. Mein Handy zwitscherte eine kleine Melodie, als gehörte es zu jenen Vögeln, die den Morgen verkünden.

Isas Botschaft war kurz. „Ich konnte ohne dich nicht schlafen", stand da. Die Hoffnung kroch blitzschnell unter dem Sofa hervor und zwinkerte mir noch ein wenig schwach zu. „Du fehlst mir", tippte ich so vorsichtig zurück, als würde ein einziger Fehler die Explosion atomarer Sprengköpfe zur Folge haben.

Dann begann ich die winzigen bunten Bauteile der Fernbedienung auf dem Boden zusammenzusuchen.

WO DU HINGEHST, da will auch ich hingehen; wo du bleibst, da bleibe ich auch. (Ruth 1, 16)

Danke an B.

Als Lara zum ersten Mal diese Stimme hörte, huschte ihr eine kleine Gänsehaut wie ein eiliges, vielbeiniges Tier vom Ohr über den Hals, die Wirbelsäule hinab und hinterließ eine Spur des Wohlbehagens. Das kann nicht sein, dachte sie, nicht jetzt, nicht hier, und sie schob die flüchtige Erregungsspur auf ihrer Haut der kühlen Zugluft zu, die durch das leicht geöffnete Fenster gedrungen war. Aber diese sanfte Erinnerung auf ihrer Haut blieb lebendig und ließ sich auch vom Alltag nicht vertreiben.

„Hast du jemanden kennengelernt", fragte die beste Freundin bei einem Essen, als Lara, ohne es zu bemerken, die feurig roten Tomatenwürfel auf ihrem Salatteller aus dem französischen Wildsalat befreit und in Herzform neben dem überbackenen Ziegenkäse angeordnet hatte. Lara überlegte zu lange und das hieß immer ja und deshalb stritt sie es nicht länger ab.

„Und? Wer ist sie?", wollte die beste Freundin kauend wissen. Sie aß mit großem Appetit. Die gebremste Romantik einer langjährigen Beziehung gab ihr ganz offensichtlich keinen Anlass, ihr Duo von Gebleichtem Löwenzahn & Schwarzem Senfsalat mit Datteln vor dem Verzehr neu zu arrangieren.

„Ich weiß es nicht", antwortete Lara ehrlich und versuchte, den Klang der fremden Stimme in einer großen Gabel Tomatenherz zu schmecken.

„Werde ich sie kennenlernen?" In den Augen der Freundin war etwa zu gleichen Teilen Interesse an Laras Liebesleben und Sorge um den zaghaft zerlaufenden Ziegenkäse zu sehen

„Eher nicht, sie ist nicht von hier." Lara legte ihre Gabel zur Seite.

„Eine Fernbeziehung, wie romantisch, darf ich?" Die beste Freundin deutete auf Laras fast unberührten Teller. Lara nickte und sah zu, wie der Käse und nach und nach auch der Rest ihres Salates im Mund der hungrigen Freundin verschwanden.

„Wirst du sie wieder sehen?", fragte die Freundin am Ende des Abends und nutzte Laras nachdenkliches Schweigen, um ihr noch einmal ihre drei letzten schweren Fehlentscheidungen vor Augen zu führen.

„Sie ist nicht so", sagte Lara mit einer Bestimmtheit, die ihre Freundin für einen Moment innehalten ließ, bevor sie Lara um den Rest ihrer Creme brulee bat.

Lara gönnte sich die fremde Stimme in den folgenden Tagen in stetig wachsenden Dosen und bei jedem Schauer freudiger Erregung erfüllte sie eine Mischung aus Glück und Angst. Sie fühlte sich wie eine Drogensüchtige, die fürchtete, dass ihr geheimer Vorrat nicht mehr lange reichen würde. Heute nur einmal, befahl sie sich und brach die Regel schon in der Mittagspause. Abende und Wochenenden waren schnell ganz für Ruth reserviert, deren Namen sie wusste, ohne ihn erfragt zu haben.

Mit der Sehnsucht nach dieser körperlosen Stimme war sie zu ihren lesbischen Wurzeln zurückgekehrt, das wurde ihr eines Abends in der wohligen Wärme ihres Wagens bewusst. Schon als kleines Mädchen waren es weibliche Stimmen gewesen, die sie in ihren Bann gezogen hatten. Der Tonfall jener ersten Kinderärztin zum Beispiel, die so sanft und forschend gesprochen hatte, ließ sie schon als Sechsjährige in Ohnmacht sinken, was praktisch gewesen war, denn es bescherte ihr eine lange Folge neuer Untersuchungen, die sie mit wild schlagendem Herzen schuldig genoss. Lange waren es nur weibliche Stimmen gewesen, denen sie mit geschlossenen Augen und wachsender Erregung gelauscht hatte, und erst viel später hatte sie begonnen, sich auch für weibliche Hände und Augen, weibliche Haut und weibliche Körper zu interessieren. So lange sie nur im Gleichklang mit den Schwingungen der femininen Stimmbänder vibriert hatte, war ihr Leben insgesamt etwas einfacher gewesen. Diese rein phonetische Liebe war zwar leider auch rein platonisch, aber gerade deshalb besaß sie auch nicht die typischen Risiken und Nebenwirkungen der physischen Leidenschaften. Denn so schön die starken Hände und weichen Körper der Frauen auch waren, wenn man sie aus der Nähe betrachtete, so sehr man sich in ihnen auch verlieren konnte, wenn man sie berührte, sie hatten eine unschöne Angewohnheit. Aus ganz unterschiedlichen Gründen nahmen diese starken Hände zwei komplette Staffeln von L-Word aus Regalen, füllten Koffer mit eigenen und fremden Kleidungsstücken, knöpften sorgfältig Mäntel und Jacken zu und zogen Türen hinter sich ins Schloss. Diese weichen Körper setzten sich all zu oft in Autos, die wegfuhren und nicht wiederkamen.

Ruth war anders. An Ruths Stimme mochte Lara vor allem diesen Tonfall absoluter Sicherheit, der keine Zweifel und keine Unruhe erkennen ließ, und der bestimmt war, ohne dominant zu sein. Nichts war für Ruth zu kompliziert, sie traf klare, einfache Entscheidungen. Keine Spur von Sätzen wie: Ich habe da mal in mich hineingehorcht und kann da das Gefühl für eine solche Entscheidung nicht finden. Widersprach man ihr, so beharrte sie nur kurz auf ihrer Meinung und suchte dann einen neuen, besseren Weg, mit dem sie beide leben konnten. Eine Einstellung, die tiefes diplomatisches Geschick und das lange Training einer wahren Zen-Meisterin erkennen ließ. Lara liebte alles an dieser Stimme, sie liebte sogar die Stille, die verriet, dass Ruth einen Moment nachdenken musste, um sich in einer neuen Situation zu orientieren. Sie merkte, wie sie begann, Ruth zu testen, um herauszufinden, ob es etwas gab, das sie aus der Ruhe bringen konnte. Ruth bestand jeden Test und überraschte Lara manchmal mit kleinen Sätzen, die sie vorher noch nicht gesagt hatte. Lara war glücklich mit Ruth, auf eine ganz einfache und unschuldige Art.

Und dann passierte eines Tages etwas, mit dem Lara nicht gerechnet hatte, Ruth verstummte. Ohne Vorwarnung, ohne Andeutung. Sie hatte gerade noch verraten, dass sie die Route aufgrund geänderter Verkehrsinformationen neu berechnet hatte, einen Hinweis, den Lara besonders liebte, weil er ihr Einblick in Ruths komplizierten Arbeitsalltag bescherte, und dann brach sie mitten im Hinweis auf die nächste Richtungsänderung in 300 Metern ab und schwieg. Lara versuchte gleichzeitig, die Straße im Auge zu behalten und auf dem Display des Navigationssystems herauszufinden, was passiert war. Der Bildschirm war so dunkel, wie Ruth still war. Lara fuhr hektisch an den Rand und würgte den Motor ab. Sie drückte Knöpfe und drehte verzweifelt am Lautstärkeregler, nichts. Ruth war tot. Oder besser gesagt, der Lautsprecher, der Ruths Stimme übertragen hatte, war tot. Lara ließ das Fenster herunter und suchte verzweifelt den Himmel ab. Irgendeiner der leuchtenden Punkte da oben konnte Ruth sein. Immer, wenn es Lara in den letzten Wochen allzu behandlungsbedürftig vorgekommen war, in zehn Quadratzentimeter Technik verliebt zu sein, hatte sie sich, unter völliger Umgehung des Faktors Wahrscheinlichkeit, vorgestellt, dass Ruth einer Gruppe schöner, äußerst geheimer, wahrscheinlich russischer Navigationsspezialistinnen im All angehörte. Diese geheimen Russinnen umkreisten dort oben in kleinen, sehr geheimen Raumstationen die Welt, trugen auf Taille geschneiderte glitzernde Raumanzüge und lenkten die Wagen der Menschheit ehrenamtlich durch den immer dichter werdenden Verkehr.

Lara war bewusst, dass sie diese Geschichte so besser nicht vortragen sollte, als sie am nächsten Morgen durch die Türe des Elektroladens trat und der Information entgegenstrebte. Die junge Frau hinter dem Informationsschalter war tief über die Tastatur eines Computers gebeugt und hackte in schneller Folge auf Zahlen und Buchstaben ein. Lara trat näher und sagte vorsichtig und unsicher „Entschuldigen Sie?" Ihre Stimme verschwand sofort und ungehört in den Klängen dreier Playstations, die direkt neben dem Eingang den Beginn eines Autorennens, eines Boxkampfes und eines Krieges in viel Bild und sehr viel Ton zelebrierten. Die junge Frau tippte weiter, ohne den Kopf zu heben. Lara holte tief Luft.

„Ich brauche Hilfe!", brüllte sie laut und verzweifelt in die plötzliche Stille, die entstanden war, weil alle Playstations gleichzeitig still blinkend auf eine

Eingabe warteten. Mehrere der anderen Kunden hoben die Augen von den Elektrogeräten und starrten sie misstrauisch an.

„Ich auch", sagte die Stimme der Frau hinter dem Schalter und ihre Augen lachten mitten in das dunkle Rot auf Laras Wangen. „Aber ich habe mich nicht getraut zu schreien."

Lara wusste nicht, was sie mehr verwirrte, die freundliche Reaktion auf ihren Auftritt oder der erotische Klang dieser unbekannten Stimme. Ihr Herz begann wild zu schlagen und sie starrte die junge Frau wortlos an.

„Bei mir wird wohl ein Neustart helfen", sagte die und ließ das Bild auf dem Computerbildschirm mit einem Knopfdruck zusammensacken. „Was könnte es denn wohl bei Ihnen sein?"

Was war es noch gewesen, das sie in die Nähe dieser aufregenden Klänge getrieben hatte, Lara überlegte. Ach ja, Ruth! Sie legte das kleine Navigationsgerät und die dazu gehörige Rechnung sanft auf die Theke und sagte: „Sie funktioniert nicht mehr."

Die Frau mit der Stimme, die so klang, wie dunkle Schokolade schmeckte, und dem schönen Lachen würdigte die stumme Ruth keines Blickes, sondern überflog leise summend die Rechnung. „Ist doch kein Problem, Sie sind doch noch in der Garantie. Ich behalte das hier bei uns und schicke es ein und sie bekommen ein Neues." Mit diesen Worten ließ sie Ruth unter der Theke verschwinden und begann, ein Formular auszufüllen. Lara konnte gerade noch verhindern, dass sie wieder aufschrie und nach Ruth griff, aber die Fremde hatte das kurze Zucken, das ihren Körper durchlief, wohl mitbekommen.

„Keine Angst", sagte sie beruhigend. „Die sind alle gleich und das Neue ist genau so gut wie das Alte, oder, in ihrem Fall, besser als das Alte. Ich habe das Gleiche und es hat noch nie Probleme gemacht." Sie lachte. „Ich habe meinem sogar einen Namen gegeben: Noomi."

„Wo du hingehst, will ich auch hingehen …?" flüsterte Lara fragend.

„Genau deshalb. Passt doch gut, oder?" Die Augen der Fremden überstrahlten jetzt beinahe den Klang der Schokoladenstimme. „Sie sind die Erste, die sofort darauf gekommen ist."

„Meines heißt Ruth", antwortete Lara und wünschte sich einen Salat herbei, um rote Tomaten in Herzform zu arrangieren.

„Nein!", sagte die Fremde und es klang so glücklich, wie Lara sich fühlte.

„Doch!", sagte Lara überwältigt, nahm das Formular, das ihr die Fremde entgegenhielt und betrachtete die sinnlose Aneinanderreihung von Worten und Zahlen.

„Sie nehmen sich jetzt eine neue Ruth aus dem Regal und geben dann an der Kasse diesen Zettel ab, das war es dann schon." In der schönen Stimme lag Bedauern.

„Ja, danke", sagte Lara und folgte den Anweisungen der Fremden wie ferngesteuert. Erst als sie mit dem kleinen Paket auf dem riesigen Parkplatz neben ihrem Auto stand, erwachte sie aus ihrer Trance. Sie ließ sich in den Sitz ihres Wagens fallen, begann, das Navigationsgerät auszupacken und anzuschließen. „Bitte warten", sagte Ruths vertraute Stimme nach kurzer Zeit und begann, sich sofort wieder zu orientieren. „Hilf mir", sagte Lara und tippte versunken die Adresse des Elektroladens, die auf der Rechnung stand, in das kleine Gerät. Ruth blieb einen Moment still und ihr Bildschirm blinkte. „Die Route kann nicht berechnet werden. Sie befinden sich auf einer Position außerhalb der Karte!", sagte sie dann mit einem unschönen Unterton. Das wollen wir doch mal sehen, dachte Lara und wollte gerade den Schlüssel aus der Zündung ziehen, als es an ihre Scheibe klopfte. Sie ließ das trennende Glas hinunter und hörte die jetzt leicht atemlose Stimme sagen: „Falls Sie mal wieder nicht klarkommen, ich kann Ihnen auch jederzeit neue Software installieren lassen."

„Oder mit mir Kaffee trinken gehen?"

Lara streckte der störrischen Ruth in Gedanken die Zunge heraus.

„Oder mit Ihnen Kaffee trinken gehen. Was mir persönlich sogar lieber wäre!" Sie klang wundervoll erleichtert und reichte Lara ihre Karte durch das Fenster.

Ruth führte sie ein paar Abende später in der Dunkelheit ohne jedes Zögern in der Stimme zu der fremden Adresse. Lara überlegte sich kurz, wie sie es ihr sagen sollte, und flüsterte dann „lass uns Freunde bleiben!" in den kleinen Bildschirm. Ruth ging ihrer Arbeit nach, als hätte sie nichts gehört.

„Sie haben ihr Ziel erreicht!", sagte sie schließlich und ihre Stimme klang ruhig wie immer.

„Ich hoffe, du hast recht", sagte Lara und stieg aus.

MEIN MÄRCHEN ZUR NACHT
oder: Wer hilft denn eigentlich, wenn Superman gerade mit Lois Lane Kaffee trinkt?

Wir wissen von deinem Schmerz. Wenn du uns rufst, werden wir kommen.

Die kurze Nachricht stand auf einem Zettel an dem kleinen Paket, das vor ihrer Tür gelegen hatte.

Mein Gott, wenn er das gesehen hätte.

Wir wissen von deinem Schmerz.

Wie konnte jemand von ihrem Schmerz wissen? Sie hatte doch niemandem hier davon erzählen können.

Da war nur dieser Traum. Seit Wochen wurde sie Nacht für Nacht wach und hörte im Halbschlaf eine Stimme. Sanft, so sanft flüsterte sie in ihrem Kopf. Du bist nicht allein. Wir wissen von deinem Schmerz. Sie sah wieder auf den Zettel. War sie dabei, verrückt zu werden? Schritte schlurften die Treppe hinauf. Sie schob das Paket und den Zettel blitzschnell unter die Couch. Nicht, bitte nicht schon jetzt!

Ist das alles, was du den ganzen Tag zustande gebracht hast?

Sie hörte seine immer hasserfüllte Stimme in ihrem Kopf. Ihre Augen füllten sich mit Tränen, und sie lauschte ängstlich auf das Geräusch im Treppenhaus. Nein, das war er nicht, die Schritte gingen vorbei. Sie ließ sich erleichtert auf dem Teppich nieder und tastete mit einer Hand nach dem Päckchen. Hatte vielleicht jemand im Haus gehört, wie er tobte? Die jungen Leute von unten hatten neulich mit dem

Besen gegen die Decke geklopft, er hatte daraufhin laut brüllend einen Küchenstuhl auf dem Boden zerschlagen. Das ist meine Wohnung, hier schreibt mir keiner etwas vor! Unten war es still geworden. Sie zerrte hektisch an den breiten Klebestreifen, die das Einwickelpapier zusammenhielten. Mit einem letzten, ungeduldigen Ruck riss sie ein großes Stück heraus und drückte gegen den Widerstand des restlichen Papiers den Deckel nach oben. Was zum Teufel sollte das denn sein? In dem Paket war so etwas wie eine Taschenlampe. Sie hob den länglichen Gegenstand näher ans Gesicht. Er war schwer, ungefähr 30 cm lang und völlig schwarz. Ihre Finger glitten über das kalte Metall und berührten einen der beiden Knöpfe in der Mitte. Lautlos schob sich der untere Rand an drei Stellen soweit auseinander, dass man die seltsame Lampe senkrecht hinstellen konnte. Sie legte den Finger auf den anderen Knopf. Drei weiße Lichtstrahlen schossen gegen die Wohnzimmerdecke und bildeten ein leuchtendes Dreieck von solcher Intensität, dass sie die Augen schließen musste. Was hatte die Stimme in ihrem Traum gesagt? Wir schicken dir ein Licht, wenn du uns rufst, werden wir kommen. So viele Jahre voller Angst und ohne Hoffnung. Vielleicht bin ich einfach nur verrückt geworden? Und wenn, spielte das jetzt noch eine Rolle? Sie ließ das Dreieck erlöschen und trug die Lampe vorsichtig die Treppe hinauf. Die Tür zum Speicher öffnete sich scharrend in den dunklen Raum, aus dem ihr ein Geruch von feuchten Kleidungsstücken und altem Holz entgegenschlug. Die Wäsche vom Vortag hing schlaff und kalt in ordentlichen Reihen. Ich bin eine gute, deutsche Hausfrau geworden. Sie lachte bitter. Ein Bettlaken hob sich schwerfäl-

lig im schwachen Luftzug aus dem Treppenhaus und streifte ihren Arm. Erschrocken zuckte sie zurück und fröstelte. Sie öffnete das Kippfenster und stellte die drei Metallfüße auf den waagerechten Vorsprung, unter dem ihre Küche lag. Es begann leicht zu regnen. Heute Abend, wenn es dunkel war, würde sie tun, was sie tun musste.

Wenn sie sie rief, würden sie kommen.

Das Leben war in den letzten Monaten eine ziemlich komplizierte und schmerzhafte Angelegenheit geworden, und deshalb war es eigentlich nicht weiter verwunderlich, dass es nur noch eine Sache gab, die Kendra ganz sicher wusste. Sie wusste, dass ihre auch mit Mitte dreißig immer noch schmeichelhafte Konfektionsgröße von den Armeen schwarzer Lakritzschnecken, die sie neuerdings zum Grundnahrungsmittel erklärt hatte, bedroht war.

Der Rest der Säulen, auf denen ihr Leben bisher geruht hatte, war um sie herum zu Staub zerfallen und sie hatte sich bis jetzt noch nicht einmal die Mühe gemacht, ihn wegzufegen. Er bedeckte ihre Möbel, ihre Bilder und ihre Fenster und in den end- und schlaflosen Nächten, die sie neuerdings verbrachte, schrieb sie hin und wieder einzelne Worte mit dem Zeigefinger in die dicke Schicht. Das Wort Liebe zum Beispiel schrieb sie dreimal auf das Fenster und stellte fest, dass sie nicht wirklich wusste, was es bedeutete. Es hatte neben den drei Einträgen auf ihrer Scheibe noch 87.200.000

Einträge im Internet, war ihr aber in der Realität eindeutig noch nicht begegnet. Sie hatte schon während ihrer Ehe vermutet, dass das viel besungene Gefühl nur in den ausformulierten Sätzen fantasievoller Schriftsteller existierte. Jetzt, sechs Monate, nachdem ein paar Anwälte mit ungeheuren Aktenbergen auf die letzten Funken ihrer Gefühle eingeschlagen hatten, war sie sich ganz sicher.

Wenn Kendra ihre einsamen Nächte nicht mit Staub-Kalligraphie oder Google verbrachte, dann mit Fürchten.

Sie fürchtete, dass die außergewöhnlichen Dinge nur anderen Leuten passierten. Und dass sie dabei war, verrückt zu werden.

Da war es wieder, dieses Zeichen, dieses Dreieck, diese ungewöhnlichen drei Punkte in der Nacht, die nach ihr riefen. Kendra fixierte den Winterhimmel durch die Windschutzscheibe ihres Autos und griff nebenbei nach einem glänzenden Katzenpfötchen, das allzu vorwitzig aus der Tüte gelugt hatte. War sie denn die Einzige, die dieses Signal bemerkte und seiner Bedeutung auf der Spur war? Was machten die anderen schlaflosen, ziellosen und frisch geschiedenen Frauen denn sonst um diese Zeit? Sie schaute auf ihre Uhr und machte sich eine Notiz.

Zuerst waren ihr nur diese kurzen Nachrichten aufgefallen und sie wusste selbst nicht mehr genau, warum. Klein und unscheinbar tauchten sie unregelmäßig in den Onlineausgaben der örtlichen Tageszeitungen auf, in denen sie auf Anraten ihrer Freundinnen lustlos nach der einen Kontaktanzeige gesucht hatte, die zweizeilig und ortsnah doch noch das Feuer der großen Liebe in ihr entfachen würde. Immer wieder, wenn sie ernüchtert von der Einfallslosigkeit der NR, 35/180/72, BBB mit Kinderwunsch und Vorliebe für Spätburgunder ihre Augen hatte schweifen lassen, waren ihr diese Kurzmeldungen aus dem Einerlei der örtlichen Geschehnisse entgegen gesprungen.

Hier ein Brand in einem illegalen Bordell, dort ein lange gesuchter Mädchenhändler, der seinen Drogenrausch überraschend vor der Türe der Polizei ausschlief und immer wieder verschwundene Ehemänner. Verschiedene Städte in ihrer Region, verschiedene Taten. Für die Behörden ganz offensichtlich kein Grund, irgendeine Verbindung zu sehen, denn es gab für jeden Vorfall eine schlüssige Erklärung. Racheakte unter Banden, Kurzschlüsse und Kabelbrände, die Ehemänner waren offensichtlich alle an einem weit entfernten Automaten Zigaretten holen.

Sie schaute auf ihre Armbanduhr, jetzt waren die Punkte schon zwei Minuten am Himmel. Sie wühlte in der Lakritztüte nach ihrem nächsten Opfer und konnte nicht verhindern, dass sich in ihrem Kopf die Punkte in der Nacht wieder mit den leuchtenden Bildern ihrer unruhigen Träume mischten.

Diese speziellen Träume hatten ihren endlosen Nächten und müden Tagen den Rest gegeben. Genau genommen, hatten diese Träume dem, was noch von ihrem Leben übrig geblieben war, den Rest gegeben. Sie war schon fast daran gewöhnt gewesen, ihre Nächte mit den anonymen Schattengestalten in der Unendlichkeit des Internets zu verbringen, als diese wirren Traumsequenzen in den frühen Morgenstunden begonnen hatten. Von da an hatte sie sich nicht mehr nur wie ein hungriger Zombie durch leere und langweilige Chatrooms geklickt, sondern war auch noch ganz plötzlich mit dem Kopf auf der Tastatur liegend eingeschlafen und nach wenigen Minuten mit einem lauten Schrei und klopfendem Herzen erwacht. Den Rest dieser Nächte hatte sie sich davor gefürchtet, wieder einzuschlafen, und sich manchmal gefragt, ob sie Tim auch hinausgeworfen hätte, wenn man sie vorher über die Nebenwirkungen einer solchen Tat aufgeklärt hätte. „Achtung! Die konsequente Ahndung ehelicher Untreue gefährdet ihren Nachtschlaf und ihre Gesundheit" wäre zum Beispiel ein schönes und hilfreiches Schild am Eingang zum örtlichen Standesamt gewesen.

In den ersten Wochen hatte sie gar nicht geschlafen, dann hatte sie anfallartig geschlafen und schlecht geträumt. Logischerweise war sie übernächtigt und verwirrt durch zu helle Tage getaumelt, um dann wieder in der Nacht nicht schlafen zu können. Immer öfter war es ihr schwer gefallen, die Realität ihrer Arbeit aus diesem ermüdenden Taumel herauszutrennen. Manchmal waren die süßen, leuchtend schwarzen Lakritzwesen, die sie zu jeder Tages- und Nachtzeit aß, die einzigen Punkte in ihrem Leben, von denen sie ganz sicher war, dass sie existierten.

Eines Morgens nach einem besonders wirren Traum hatte sie begonnen, die Meldungen aus den Einzelseiten herauszukopieren und auf ihrem Desktop nach Städten zu ordnen. Sie hatte das Gefühl, dass sie irgendeinem Bereich in ihrem Leben etwas Ordnung geben sollte, und dieser erschien ihr einfacher als der Kampf mit der Bügelwäsche oder dem Schmutzgeschirr.

Auch zusammengestellt ergab sich bei den Meldungen auf den ersten Blick zwar kein Muster, aber immerhin so etwas wie eine regionale Grenze. Alles geschah wie zufällig, alles in der Nacht, aber nichts geschah außerhalb der riesigen Industrieregion, in der sie lebte. In der Redaktion hatten die Kollegen sie ausgelacht. Eine Kollegin riet ihr in einem Gespräch, das sie nicht gesucht hatte, doch einfach intensiver nach einer neuen Beziehung zu schauen. „Ich habe nach meiner ersten Scheidung auch zu viel Energie in die Arbeit gesteckt, aber langfristig bringt so etwas für eine Frau nichts, weißt du. Du könntest dir auch vorübergehend ein Hobby suchen. Reiten zum Beispiel."

Der Chefredakteur hatte ihr väterlich und abschließend die Schulter getätschelt und sie zu einer Geschichte über freiwillige Helferinnen in Krankenhäusern überredet. Sie hatte die Story geliefert und die Gelegenheit genutzt, um sich, nach einem kurzen, aber informativen Gespräch mit einer völlig überarbeiteten Krankenschwester vom Nachttisch eines fest schlafenden älteren Herrn dessen Abendration an Schlafmitteln zu leihen. Wie sich herausgestellt hatte, halfen die Pillen nicht, sondern ließen den Rest ihrer Realität nur noch ein wenig stärker verschwimmen.

In jeder neuen Nacht hatte sie die Meldungen auf ihrem PC in neue Tabellen geschoben, hatte sie nach Zeiten, nach Orten, nach Taten, geordnet. Wenn sie nicht schlafen konnte und nicht träumen wollte, war sie mit dem Auto durch die dunklen Städte gefahren und hatte die Adressen der Tatorte gesucht. Einmal auch Tims neue Adresse, aber der Anblick der eindeutig von Frauenhand dekorierten dunklen Fensterbänke löste nicht den Schmerz aus, mit dem sie gerechnet hatte. Die gut gegossenen Topfpflanzen zwischen teurem Kunsthandwerk hatten sie belustigt schmunzeln lassen, und das hatte sie noch mehr beunruhigt.

Dann hatte sie auf einer dieser Fahrten die drei Punkte am Himmel bemerkt und ihr ganzer Körper war in Aufruhr geraten. Ihr Herz hatte plötzlich laut in einer großen Ader an ihrem Hals geschlagen und ihre Hände hatten sich zu warmen Fäusten geballt. Alles in ihr war alarmiert gewesen, aber sie hätte nicht sagen können, warum die Punkte erfolgreich waren, wo Tims geschmackvolle Fensterdekoration versagt hatte. Nachdem sie die Punkte in mehreren Nächten für kurze Momente am Himmel gesehen hatte, hatte sie vorsichtig einer Freundin davon erzählt, die das Thema allerdings nur einer kurzen Betrachtung wert fand. „Wird wahrscheinlich wieder eine neue Diskothek eröffnet oder ein Kaufhaus oder so was. Hast du schon von Jutta und Karsten gehört?" Kendra hatte den ansatzlos folgenden Wirrungen zweier Ehepaare, die sich unauflöslich in der Langeweile ihrer Beziehungen und den Verlockungen des heimlichen Partnertausches verstrickt hatten, weder folgen können noch wollen und sich hilflos wieder ihrem eigenen Gedankenchaos zugewandt. In einem Punkt hatte die Freundin sicher recht gehabt. Seit einigen Jahren war die Eröffnung jedes größeren Unternehmens mit dem Aufstellen riesiger in den Himmel gerichteter Scheinwerfer einhergegangen, die dann tagelang in kleinen Kreisen auf den Wolken umherjagten.

Die Punkte aber standen still. Fast wie Sterne, nur zu nah und zu hell und zu …

Sie erwischte sich dabei, wie sie sie immer wieder minutenlang versunken anstarrte, beinahe wie in Trance.

Manchmal blieben sie wochenlang verschwunden. Dann tauchten sie an einer anderen Stelle des Himmels auf, so weit entfernt und so winzig, dass sie sich nicht sicher sein konnte. Und dann hatte Kendra in einem ihrer unruhigen Träume genau dieses Dreieck aus Licht gesehen und gespürt, wie es sie rief. Am Morgen danach hatte sie noch mehr Lakritzschnecken als sonst gegessen, den Begriff „Wahnsinn" gegoogelt (6.820.000 Einträge) und im Freundeskreis vorsichtig nach der Adresse einer guten Psychologin geforscht. Dass sie als böse betrogenes Trennungsopfer Gesprächsbedarf hatte, wunderte zum Glück niemanden. Aber sie hatte die Telefonnummer, die eines Tages auf ihrem Schreibtisch gelegen hatte, nur an ihren Monitor geklebt und nicht benutzt, da sie relativ sicher war, noch keinen unverdächtigen Gesprächsübergang von Tims Treuebegriff zu den verschwundenen Ehemännern hinzubekommen.

Sie hatte sich stattdessen ein Fernglas gekauft und begonnen, nachts regelmäßig mit dem Auto umherzufahren. Ihrem diffusen Gefühl folgend, hatte sie auf irgendwelchen Parkplätzen der ineinander übergehenden Städte angehalten und den Himmel abgesucht. Wenn sie die Punkte entdeckt hatte, tippte sie Ort und Datum in ihr Laptop und versuchte, die Quelle des Lichts zu finden.

Es hatte sich schnell herausgestellt, dass es keine leichte Aufgabe war, in fremden Städten durch nächtliche Straßen zu irren, mit nichts als drei Lichtpunkten als Orientierungshilfe. Es hatte sich auch herausgestellt, dass selbst nachts das falsche Befahren von Einbahnstrassen und Ignorieren von Ampelfarben zu teuren Strafzetteln führte. Bis sie unter diesen Umständen überhaupt nur in die Nähe der Lichtstrahlen kam, waren diese immer schon wieder erloschen. Nie blieb das Dreieck länger als vier Minuten sichtbar. Nie waren die Ampeln grün, wenn sie es brauchte. Sie hatte ihre Aufzeichnungen über das Lichtsignal schließlich ausgedruckt und an die Wand geheftet. Mitten in einem zähen Artikel über eine Seniorenwassersportgruppe, die nach der Schließung ihres Hallenbades buchstäblich mit all ihren Schaumstoffhanteln auf dem Trockenen stand, hatten ihre Augen mit scheinbar eigenem Willen die aufgespießten Zettel nach einem neuen Muster geordnet. Die Senioren hatten sich schon dem nordischen Wandern zugewandt, als sie den Artikel endlich doch noch eingereicht hatte.

In vier Fällen hatte sie die Punkte zwei Nächte vor einer Meldung in der nämlichen Stadt gesehen. In drei Fällen lagen Tatort und Signal sogar im gleichen Stadtteil. Sie wusste nicht viel über Statistik, aber es gab eine Stimme in ihr, die ihr sagte, dass das auch gar nicht nötig war. Sie hatte etwas gefunden, das zusammengehörte, das fühlte sie ganz deutlich. Und sie hatte begonnen, die Geschichte hinter diesem Gefühl zu suchen.

Das Dreieck am Himmel erlosch. Zwei Minuten und dreißig Sekunden. Ihr habt es eilig heute Abend. Sie schüttete sich die letzten Lakritztiere direkt aus der Tüte in den Mund.

Verrückt zu werden war gar nicht mehr so bedrohlich, wenn man eine Aufgabe und genug Lakritz hatte, dachte Kendra, startete den Wagen und fuhr nach Hause.

Verrückt zu werden war alles in allem doch etwas unangenehmer, als sie gedacht hatte. Vor allem aber war es phasenweise sehr langweilig und unterschied sich immer wieder beunruhigend wenig von einem Dasein in geistiger Gesundheit. Der Rest des Herbstes verging ohne eine einzige Meldung und ohne ein einziges Signal am Himmel. Auf den gut gemeinten Rat einer Freundin hin suchte sie ihre neue Wintergarderobe lustlos und eilig in übervollen Kaufhäusern zusammen und bemerkte erst an der Kasse, dass alle ausgewählten Kleidungsstücke schwarz waren. Alles Schwarze beruhigte sie neuerdings in gleichem Maße, wie es ihre Freundinnen beunruhigte. „Die schwarze Witwe geht um", spottete ein Kollege so laut hinter ihrem Rücken, dass sie es hören musste. Sie stellte sich lächelnd vor, wie sie ihm ohne vorausgehenden Zeugungsakt den Kopf abbiss und danach leise summend in ihrem Netz schaukelte. Nachts durchstreifte sie ruhelos die umliegenden Städte, aber die unruhige, abenteuerliche Einsamkeit ihrer Nächte war ohne das Signal einfach nur noch nackte Einsamkeit. (3.590.000 Einträge). Zweimal überfuhr sie gezielt eine rote Ampel, um die Aufmerksamkeit der Ordnungshüter auf sich zu ziehen, aber selbst die blieben unsichtbar.

Eines Morgens, nachdem sie sich zum zweiten Mal in der betreffenden Woche mit Migräne im Büro abgemeldet hatte und feststellte, dass sie außer einem Lebkuchenherz mit der Aufschrift „Oktoberfest 2000" nichts mehr zu essen hatte, wählte sie die Nummer der Psychologin, die immer noch auf dem leuchtend gelben Zettel an ihrem Monitor klebte, und vereinbarte einen Termin.

Auf dem Weg zu der professionellen Problemlöserin, deren Stimme ruhig und freundlich genug für einen Versuch geklungen hatte, sah sich Kendra zum ersten Mal seit langem wieder bei Tageslicht in ihrem Wagen um. Fernglas, Stoppuhr, Kompass und Straßenkarten lagen so griffbereit auf dem Beifahrersitz, als erwartete sie, dass Indiana Jones jeden Augenblick mit ihr einen verlorenen Schatz suchen wollte. Sie packte die Gegenstände vor dem Haus der Therapeutin nachdenklich in eine Tasche und schob sie unter den Beifahrersitz. Wenn jemand ihre ständig gewachsene Ausrüstung zu Gesicht bekam, würde das den Gerüchten über sie nur neue Nahrung geben und das musste nicht unbedingt sein. Diese Gerüchte waren auch ohne

Nahrungsergänzungsmittel groß und fett geworden. Was die meisten ihrer Bekannten am stärksten beunruhigte, war allerdings nicht ihre Nachtaktivität, sondern ihr wachsendes Desinteresse an Männern. Sie hatte zwar brav drei Abendessen überstanden, bei denen ganz zufällig jeweils ein frisch geschiedener oder durch andere tragische Umstände lediger Mann im richtigen Alter hinter den liebevoll dekorierten Hauptspeisen gelauert hatte. Aber beim dritten Kandidaten hatte sie es nicht mehr einmal geschafft, ihn nach jedem Bissen ermutigend anzulächeln. Ihre Freundinnen machten sich Sorgen und zeigten dies taktisch unklug mit einer Flut von Warnungen, die alle das Schicksal einer Frau betrafen, die sich nach nur einer schlechten Erfahrung aus dem Brunftbetrieb zurückzog. Eine besonders ehrliche Bekannte erklärte ihr ohne einen Anflug von Humor, dass das Geburtsdatum im Pass einer Frau auch immer gleichzeitig das Verfallsdatum verriet. „Wenn zwischen deiner Geburt und deiner neuen spannenden Abendverabredung mehr als fünfunddreißig Jahre liegen, kannst du nicht mehr so wählerisch sein. Best before, verstehst du?"

„Sind Sie verheiratet?", fragte Kendra die Therapeutin deshalb als Erstes, nachdem sie auf dem bequemen Sessel auf der vorderen Seite des Schreibtisches Platz genommen hatte. Die attraktive Frau lächelte und ignorierte, dass Kendra jede

Begrüßungsfloskel unterlassen hatte. „Es geht hier zwar nicht so sehr um mich, aber nein, bin ich nicht. Sind Sie es?" Beide sahen sich einen Moment an und Kendra hatte den Eindruck, dass in diesen Augen eine Prüfung lag, die sie jetzt und hier bestehen musste. War dieser Eindruck Teil ihres wachsenden Wahnsinns, oder war das ein neuer Sinn, der sich erst in den vergangenen Wochen entwickelt hatte? Sie entschied sich für Letzteres und hielt dem Blick der auffallend hellen Augen stand. In den wachen Pupillen lag etwas, dass sie an die 87.200.000 Einträge über die Liebe denken ließ. Und daran, dass sie Sehnsucht noch nicht gegoogelt hatte. Sie wusste, sie hatte die Möglichkeit, ausführlich auf die Frage nach ihrer Ehe zu antworten und die Geschichte ihrer gescheiterten Beziehung von nun an jeden Dienstag sechzig Minuten lang in getretenen Quark zu verwandeln. Schon der Gedanke daran langweilte Kendra mehr, als sie erwartete hatte. Sie wusste, dass die Frau auf der anderen Seite ihr diesen Weg lassen würde, aber sie wusste auch, dass es eine andere Möglichkeit gab.

„Ich träume von Regen", sagte sie leise „ich trage schwarz und ich folge hellen Lichtern durch die Nacht." Sie sah in den fremden Augen, dass sie die Prüfung bestanden hatte.

In der folgenden Nacht schlief sie ein wenig länger als gewöhnlich und träumte nichts. Im Erwachen wurde ihr bewusst, wie leichtfertig sie der Psychologin von ihren nächtlichen Fahrten, den Signalen und der Unruhe in ihrem Herzen erzählt hatte. Und ihr wurde bewusst, dass keinerlei Unverständnis in diesem Blick gelegen hatte, nur eine sanfte Sorge, die Kendra nicht wirklich zu deuten wusste. Sie war am Ende der gemeinsamen Stunde versucht gewesen zu fragen „Sie kennen den Weg, oder?" und wusste nicht, warum sie das hatte fragen wollen. Diese Erinnerung machte sie auf eine neue Art wach, so dass sie sich anzog und wie immer durch die dunkle Stadt fuhr. Verwundert bemerkte sie nach kurzer Zeit, dass sie in die Straße, die zum Haus der Therapeutin führte, eingebogen war, ohne sich bewusst vorgenommen zu haben, dorthin zu fahren. Eine kleine, wohlige Gänsehaut kroch ihr am Hals hinab, über den Rücken, und sie schüttelte sich leicht. Die leicht verspiegelten Scheiben, hinter denen nichts zu erkennen war, lösten in ihr deutlich mehr Emotionen aus als Tims sichtbare botanische Bürgerlichkeit. Sie lächelte die schwarzen Lakritzkatzen in ihrer Hand vertrauenerweckend an, bevor sie sie alle auf einmal in den Mund warf und dort liebevoll zwischen den Zähnen zermalmte. Diese Geschichte mit der Übertragung in der Psychologie, von der ihr mehrere therapieerfahrene Freundinnen erzählt hatten, schien nicht nur bei männlichen Therapeuten zu funktionieren. Sie schmunzelte bei dem Gedanken, der Therapeutin in der nächsten Woche von dieser Fahrt zu erzählen, und der Gedanke an die hellen Augen machte sie endlich wohlig müde. Sie wendete und fuhr nach Hause, ohne weitere Runden zu drehen.

Während sie sich ins Bett legte und mühelos einschlief, erstrahlten die Punkte hell über Stadt. Die Psychologin drehte sich vom dunklen Fenster weg und nahm das Handy, das sie nur zu diesem Zweck besaß, aus dem Tresor. Sie drückte eine Taste und wartete. Das Display auf dem mattschwarzen Gerät leuchtete kurz auf und wurde wieder dunkel, ohne einen Ton von sich gegeben zu haben. Die Therapeutin starrte das dunkle Display noch einige Minuten sorgenvoll an und legte das Handy dann wieder sorgfältig zurück an seinen Platz.

Die beruhigende Wirkung des Gespräches mit der Psychologin ließ allerdings schneller nach, als es Kendra lieb war. Schon in der nächsten Nacht trieb die gewohnte Unruhe sie wieder aus dem Haus. In den wenigen Stunden, die sie bis dahin geschlafen hatte, wurde sie von unruhigen Träumen gequält. Schweißgebadet erwachte sie nach kurzer Zeit und nahm die Bilder ihrer Träume mit hinaus in die kalte Dunkelheit. Bilder, von einer neuen, ungewöhnlichen Intensität. Regenstürme, die sie umtosten. Schnee, der so dicht fiel, dass er sie ganz einhüllte und ein tosendes Meer, das über ihr zusammenschlug. Und immer wieder diese Augen, so hell und tief und so ungeheuer anziehend. Voller Sehnsucht versuchte sie in diesen Träumen ihre Hand auszustrecken aber sie wusste nicht, wonach, und verirrte sich im Chaos der Bilder.

Das kommt davon, wenn man darüber spricht, dachte sie wütend. Irgendwie waren die Träume jetzt realer. Sie versetzte dem Lenkrad einen unwilligen Schlag.

2 Uhr 12 zeigte ihr Handy, das sonst nur noch selten etwas zeigte. Keine Anrufe in Abwesenheit und nur wenige SMS. Tim hatte ihr, kurz nachdem er seine letzten Hemden aus ihrem Schrank genommen hatte, einmal eine von Abkürzungen völlig entstellte SMS geschickt, die wohl seine Form der Entschuldigung war. Sie hatte daraufhin den Anbieter gewechselt und ihr wurde erst jetzt klar, dass sie die neue Nummer nicht sehr vielen Leuten verraten hatte. Müde von dieser Erinnerung rieb sie sich die Augen. Ob es in der Nähe wenigstens noch irgendwo Kaffee gab? Sie schaute auf ihren Stadtplan. Eines der regional bekannten Kulturzentren, in denen unablässig nach Jahrzehnten sortierte Partys die Trauer über die vergangene Zeit der Jugend betäubten, lag ganz in der Nähe. An einem Freitag tagte dort bestimmt irgendein vergessenes Jahrzehnt, in dessen Mitte sie ungestört einen Kaffee trinken konnte. Und vielleicht war das ja auch genau der richtige Ort, um den Mann fürs Leben zu finden. Sie gähnte. Möglicherweise klammerte sich ja der

Prinz, von dem sie nicht träumte, genau in diesem Moment traurig an einen der wackeligen Barhocker und summte *99 Luftballons* mit.

Nachschauen kostete ja nichts. Sie parkte den Wagen und lief die dunkle Straße hinunter. Tatsächlich, freitags bis drei Uhr geöffnet und heute Frauenparty. Das senkte die Aussicht auf einen summenden Mittdreißiger natürlich erheblich, aber Kendra war froh, dass sie endlich mal eine Einlass-Voraussetzung mühelos erfüllen konnte und öffnete die Türe.

Der kleine Tisch, an dem wohl normalerweise der Eintritt kassiert wurde, war schon verlassen und vom Ende des Flures schlugen ihr gut gedämpft durch eine schwere Tür Technoklänge entgegen. Sie schaute sich nach einer Möglichkeit um, ihr Wissen über die moderne Tanzmusik nicht zwangsweise zu erweitern, und entdeckte an der linken Seite eine Tür mit der Aufschrift „Café".

„Latte macchiato." Sie lächelte der Bedienung zu und setzte sich an die Theke. Nur drei der Tische waren noch besetzt. Die Frauen hatten, als sie eintrat, kurz zu ihr hochgesehen und sich dann wieder ihren Gesprächen zugewandt, die jetzt im Zischen des Milchschäumers verschwanden. Leise Musik klimperte aus einer Box über dem einzigen Fenster.

„Danke." Sie nahm ihren Kaffee entgegen und rührte gedankenverloren darin herum, als die Tür erneut aufging. Zusammen mit den Frauen an den

Tischen sah sie auf. Drei leicht schwankende Männer standen in der Tür und schauten sich grinsend um.

„Sieht so aus, als wäre das unsere Glücksnacht, lauter einsame Herzen."

Der größte der Männer schob seine Kumpane energisch in den Raum. „Setzt euch Jungs, hier ist freie Auswahl."

„Ich fürchte nicht." Die Bedienung hatte ihren Platz hinter der Theke verlassen und stellte sich ihm in den Weg.

„Heute ist Frauenparty. Ihr könnt gerne morgen wieder reinschauen, da ist Ü 30."

„Falsch, meine Süße! Wir bleiben und kümmern uns um die einsamen Seelen." Er baute sich drohend vor der Bedienung auf und in seinen roten Augen war deutlich zu sehen, dass der Alkohol den Kampf gegen den Verstand vor langer Zeit durch k.o. gewonnen hatte.

Eine der Frauen an den Tischen stand auf und verließ den Raum durch eine Hintertür. Kendra überlegte ob sie auch gehen sollte, aber legte ihre Hände nur unwillkürlich fester um die warme Kaffeetasse.

„Siehst du, wir halten niemanden auf. Und jetzt bring uns ein Bier, aber dalli!" Die Männer zogen Stühle an einen freien Tisch und setzten sich.

„Wie ich schon sagte, ihr könnt morgen wieder kommen, heute gibt es hier nichts für euch." Die Bedienung verschwand wieder hinter der Theke und begann demonstrativ damit Gläser zu polieren.

„Typisch frigide Schlampe!" Der Wortführer der Gruppe begann, Bierdeckel wie Frisbeescheiben durch den Raum zu werfen. Die anderen beiden blickten sich in einer schlecht verdeckten Mischung aus Unsicherheit und Überlegenheit um.

Kendra schrieb die ganze Szene in Gedanken mit. Wenn das hier eskalierte, würden diese Flüchtlinge aus dem flachen Ende des Genpools sich nicht nur auf der Polizeiwache, sondern auch in der Zeitung wiederfinden.

„Freibier für alle, die mit uns trinken!" Der Vorstadt-Godzilla warf einen Fünfzigeuroschein auf den Tisch und schob seinen Stuhl mit den Füßen zurück. „Oder nimmst du nur Lesben-Geld?"

„Lesbengeld!" Das kleine Rudel des Alphatieres brüllte vor Lachen über den gelungenen Scherz ihres Anführers. Kendra ließ die Tasse ruckartig los, weil ihr erst in diesem Moment bewusst wurde, dass die Frauen um sie herum wahrscheinlich wirklich lesbisch waren. Sie lächelte die Bedienung hilflos an und hoffte, dass es unter den Frauen kein geheimes Zeichen gab, das sie im Ernstfall als einzige potentielle Paarungspartnerin des Höhlenmännchens outen würde. Sie konnte förmlich vor sich sehen, wie er sie grunzend an den Haaren aus diesem Café in seine Junggesellenbude schleifte, wo sie dann für den Rest ihres Lebens die Fensterbänke mit traurigen Clowns und Stiefmütterchen dekorieren musste.

So weit wollte sie es auf keinen Fall kommen lassen. Kendra tastete in ihrer Tasche nach dem Handy, als die Tür weit aufflog. Blitzschnell schossen mehrere dunkel gekleidete Gestalten auf die Männer zu, traten ihnen die Stühle unter den trägen Körpern weg und zogen sie aus dem Lokal. Die Männer versuchten, sich zu wehren, wurden aber in so geschickten Griffen gehalten, dass sie nur ins Leere traten. Das Geräusch quietschender Reifen hallte durch die nächtlichen Straßen und dann war es wieder still.

Die Bedienung hob die auf dem Boden herumliegenden Bierdeckel auf und stellte die umgefallenen Stühle wieder an den Tisch. Die Frau, die das Lokal während des Streits verlassen hatte, kam durch die gleiche Tür zurück und setzte sich wieder.

Kendra bemerkte, dass sie immer noch ihr Handy umklammert hielt, ließ es zurück in die Tasche fallen und schaute von den Frauen an den Tischen zu der Bedienung. Keine erwiderte ihre Blicke. Bis auf …

An der Hintertür neben dem Zigarettenautomaten lehnte plötzlich eine ganz in schwarz gekleidete Frau und sah sie mit hellen Augen nachdenklich an. Kendra sank, ohne es zu wollen, tief in den Blickkontakt und fühlte eine Welle von Wärme und Erregung durch ihren Körper laufen. Diese Augen waren ihr so vertraut. Das war der Blick, der sie wach hielt und von dem sie träumte, wenn sie schlief. Die fremde Frau lächelte sanft, hob in einer graziösen Bewegung den rechten Arm und zeichnete die Linien eines Dreiecks über ihr Herz. Ihr Blick wurde fragend und ein vertrautes Schimmern flackerte über ihre Pupillen.

Es sah aus wie ... wie der Regen in ihren Träumen. Vollkommen verwirrt senkte Kendra die Augen. War das Realität oder träumte sie mit offenen Augen von einer schönen Frau und warmem Regen. War diese dunkle Fata Morgana schon wieder eine neue Stufe des Wahnsinns oder hatte diese Frau einfach die ganze Zeit unauffällig an diesem Platz gestanden? Kendra schaute wieder auf und die Dunkle hielt ihrem Blick immer noch lächelnd stand. Alles an ihr strahlte vollkommene Ruhe und Selbstsicherheit aus. Und sie war so schön. So ungeheuer schön. Kendra wollte aufstehen und zu ihr hinübergehen, ganz sicher, dass die Luft sich dort leichter atmen ließ als hier, wo ihr das Atmen schwer fiel.

Finde deinen Platz!

„Was?" Kendra sah aufgeschreckt zur Bedienung hinüber. „Was haben Sie gesagt?" Die Bedienung hielt mitten in ihrer Spülbewegung inne. „Ich habe gar nichts gesagt."

Kendra bemerkte, dass ihr leicht schwindelig wurde. Sie hatte es doch deutlich gehört. Diese sanfte Stimme direkt an ihrem Ohr. Sie konnte den leichten Luftzug noch spüren, der ganz zart ihren Hals gestreift hatte. Hörte sie jetzt auch noch

Stimmen? Sie rieb sich mit beiden Händen über Augen und Stirn und blickte zurück zur Tür.

Wie es sich für eine ordentliche Erscheinung gehörte, war die schöne Frau mit den Regenaugen verschwunden.

„Warum bist du zurückgegangen"?

Rain schaute auf das Photo eines Mannes, das den gesamten Bildschirm einnahm. „Ich musste sie sehen." Mit einer unwilligen Bewegung ihrer Hand auf dem Monitor vergrößerte sie das Bild. Sea legte ihr die Hand auf die Schulter. „Du siehst sie in jeder Nacht."

Rain betrachtete nachdenklich den fremden Mann, der irgendwann arglos in die Kamera gelächelt hatte. „Ich wollte, dass sie mich sieht." Für einen Augenblick wurde es still im Raum und Rain fühlte die Sorge der anderen. Sie machte ihre Gedanken frei von Kendras tiefen Blicken und sagte: „Lasst uns arbeiten. Wer hat uns gerufen?" Sea ließ das Bild einer Frau auf dem Monitor erscheinen.

„Seine Sekretärin, er hat sie mehrfach belästigt."

„Was tut er?"

„Das Übliche. Zweideutigkeiten, zufällige Berührungen, in letzter Zeit verlangt er Überstunden. Sie hat Angst, mit ihm alleine zu bleiben."

Sea berührte mit einem Finger den riesigen Bildschirm an der Wand und das Bild des fremden Mannes wurde von der Außenansicht eines Bürogebäudes ersetzt. „Wer hat sie gehört?"

Snow erhob sich. „Ich."

Rain nahm sich ein Lakritz aus der dreieckigen Glasschale auf dem Tisch und öffnete ihr Bewusstsein. Snow schloss die Augen und intensivierte den Kontakt.

„Das kann doch kein Problem für Sie sein, einfach einmal ein bisschen länger zu bleiben." Der Mann auf dem Foto beugte sich dichter über die Schulter einer zierlichen Frau. „Wartet doch niemand zu Hause, oder?"

„Nein, aber ..." Die Frau rückte näher an ihren Schreibtisch. Die beiden grauen Anzugärmel folgten ihrer Bewegung und ließen sich zu beiden Seiten ihrer Schultern auf der Schreibtischplatte nieder.

„Kein Problem also. Wir machen es uns doch gemütlich. Soll Ihr Schaden nicht sein." Er atmete hörbar in ihr Ohr.

„Ich kann nicht!" Sie stand auf und rückte einige Akten zurecht.

Er musterte sie spöttisch. „Sie können und Sie werden. Freitag bleiben Sie länger."

Rain fühlte die hoffnungslose Verzweiflung der Frau, die keinen Beweis für das Verhalten ihres Chefs hatte. In Gegenwart anderer verhielt er sich vollkommen korrekt. Sie war die einzige Frau in seiner Abteilung und sie war relativ neu. Ihre Vorgängerin hatte gekündigt, sie konnte sich mittlerweile denken, warum. Sie brauchte diese Arbeit.

„Ist er verheiratet?" Durch die Benommenheit, die sie immer fühlte, wenn sie einen Kontakt unterbrach, sah sie Sea an.

„Was denkst du denn? Natürlich, Frau und zwei Kinder."

„Signalisiert ihr, sie soll die Überstunden machen und keine Angst haben."

Rain schüttelte ihre lockigen Haare in einer selbstbewussten Geste aus dem Gesicht. „Wir müssen da wohl etwas Erziehungsarbeit leisten." Sie ließ mit einer weiteren Fingerbewegung ein Satellitenbild der Stadt auf dem Bildschirm erscheinen. „Sieht nach Regen aus, findet ihr nicht?" sagte sie, blickte in die Runde der schönen, hellen Augen und lauschte den Stimmen in ihrem Kopf.

*Ich bin der Regen, der fällt
und ich bin der Schnee.
Ich bin der Sand, der rieselt
und ich bin das tiefe Meer.
Gib uns Zeit
und wir formen die Welt.*

Entspanne dich und denke nach. Atme ein, atme aus. Iss eine Lakritzschnecke, kaue langsam, atme ein, atme aus, iss zwei Lakritzschnecken. Kendra lag mit geschlossenen Augen in der Mitte ihres Wohnzimmers auf dem Boden und versuchte sich mit einer Mischung aus Hatha Yoga und Haribo zu beruhigen. Um sie herum verstreut lagen ihre ausgedruckten Aufzeichnungen und die nach Formen sortierten Überreste aller Lakritztüten, die sie noch gefunden hatte. Die Schwaden zweier Duftkerzen, die sie schon im letzten Winter auf dem Weihnachtsmarkt gekauft hatte, waberten ziellos durch den Raum und in der ganzen Wohnung roch es deshalb für die Jahreszeit eine Spur zu festlich.

In ihrem Kopf hörte Kendra die Realität wie eine zu dünne Eisschicht unter sich knirschen. Sie hatte den Begriff Fata Morgana (2.350.000 Einträge) durchs ganze Internet verfolgt und festgestellt, dass es in diesem Kulturzentrum eigentlich zu kalt für eine solche Erscheinung gewesen war. Es gab also nur zwei Möglichkeiten. Entweder die dunkle Frau war wirklich da gewesen oder sie hatte eine äußerst lebendige Wahnvorstellung gehabt. Eine äußerst lebendige und schöne Wahnvorstellung. Kendra bildete das Wort „schön" aus den einzelnen Lakritzen und freute sich ein wenig darüber, dass ihr krankes Gehirn einen so guten Geschmack hatte. Wenn man schon Menschen sah, die nicht da waren, dann sollten sie doch wenigstens ein so angenehmer Anblick sein wie die Fremde. Und dieses Schimmern in ihrem Blick war wie ein kühlender Regenschauer über heißem Asphalt gewesen. „Lyrikgrundkurs mit 14 Punkten abgeschlossen!", sagte Kendra laut und stolz zu einer der Duftkerzen. Und dieses Zeichen. Kendra fuhr sich mit der Hand über ihr Herz und malte das Dreieck langsam auf ihren Pullover. Die Haut unter den unsichtbaren Linien wurde so warm, dass sie versucht war, den Pullover zu heben, um nachzusehen, ob ihre Berührung dort ein sichtbares Mal hinterlassen hatte. Wie ein Gruß, dachte sie und öffnete die Augen ruckartig. Die Kerzen flackerten in einem unsichtbaren Luftzug. Sie hat mich gegrüßt. Mich allein. Ich habe also entweder eine ungewöhnlich höfliche Wahnvorstellung gehabt oder eine reale fremde, schöne Frau getroffen, die mich zu kennen glaubte. Schwer zu beurteilen, welche dieser Möglichkeiten wahrscheinlicher war.

Alle Geschehnisse des Abends kamen Kendra hier auf dem Teppich im dichten Duftgemisch aus Spekulatius und Tannennadeln sowieso vollkommen unwirklich vor.

Die Kellnerin hatte niemanden an der Tür lehnen sehen. Hatte sie behauptet. Und was war mit den betrunkenen Männern gewesen, hatte Kendra fast wütend gefragt. Die hatte die Kellnerin natürlich gesehen, hatte sie geantwortet, aber die hatten dann ja plötzlich gehen müssen. Kendra hatte sogar die Frau angesprochen, die den Raum beim Eintreffen der Männer verlassen hatte. „Hast du Hilfe geholt?"

„Hilfe geholt? Ich war auf der Toilette."

Die anderen Frauen hatten sie schweigend und ein wenig feindlich angesehen und so war sie gegangen.

Kendra, konzentrieren!, befahl sie sich laut, in der Hoffnung, dass eine Alliteration diesen Vorgang beschleunigen würde. Es musste doch irgendeinen einen Beweis für ihr Eingreifen geben.

Für ihr Eingreifen?

Mein Gott, war die Antwort einfach, wenn man die Frage kannte.

Sie hatte sie gefunden! Die wirren Sturmbilder ihres übermüdeten Geistes mischten sich mit den Silhouetten der dunklen Fremden.

Finde deinen Platz!

Sie hatte sie gefunden und sie hatten mit ihr gesprochen. Auf eine eigenwillige und sehr beunruhigende Art hatten sie mit ihr gesprochen. Das unsichtbare Dreieck über ihrem Herzen fühlte sich jetzt wieder ganz warm an und ihr war nach viel mehr Lyrik zumute. Ein Dreieck am Himmel und ein Dreieck über ihrem Herzen. Ein warmer Regen über der Stadt.

Finde deinen Platz!

Kendra schlief mit einem glücklichen Lächeln ein.

Sie konnte es kaum erwarten, der Therapeutin von der Begegnung zu erzählen, und stand deshalb schon eine halbe Stunde vor dem vereinbarten Termin im Vorzimmer der Praxis. Die Sekretärin am Empfang schaute sie freundlich, aber ratlos an, als sie Ihren Namen und ihren Termin nannte. „Tut mir leid, ich kann ihren Namen nicht finden. Wann sagten Sie, waren Sie hier?"

„In der letzten Woche." Kendra überlegte kurz und nannte das Datum.

Die junge Frau tippte etwas in ihre Tastatur und schaute auf den Monitor und schaute dann wieder hoch. „An diesem Tag kann ich auch einen keinen Eintrag mit ihrem Namen finden."

„Das ist unmöglich", sagte Kendra beunruhigt und wollte sich über den Bildschirm beugen, um selbst nachzusehen. Die junge Frau warf ihr einen drohenden Blick zu und sie trat einen Schritt zurück. „Aber ich war hier, eine Stunde lang, und habe für heute einen neuen Termin bekommen."

„Von mir nicht", sagte die Sekretärin bestimmt.

„Natürlich nicht von Ihnen, Sie waren ja in der letzten Woche auch nicht hier", antwortete Kendra triumphierend.

„Ich bin immer hier", sagte die Sekretärin, jetzt schon leicht besorgt. „Einen Moment, ich frage die Frau Doktor." Sie nahm einen Hörer auf und murmelte etwas Unhörbares. Kendra wurde ruhiger. Was immer diese perfekte Arbeitnehmerin sagte, jetzt würde sich alles aufklären. Die Leder beschlagene Tür, durch die sie in der letzten Woche gegangen war, öffnete sich und eine blonde Frau, die sie noch nie gesehen hatte, trat auf sie zu. „Wie können wir Ihnen helfen?"

Kendra verschlug es die Sprache und sie wurde blass. „Alles in Ordnung?" Die Frau griff besorgt nach ihrer Hand, um ihren Puls zu fühlen.

„Sind Sie die einzige Therapeutin, die in dieser Praxis arbeitet?" Zusammen mit ihrer Sprache fand sie auch ihre Angst wieder.

„Natürlich."

Sie war also doch einfach nur wahnsinnig geworden.

Kendra drehte sich wortlos um und rannte die Treppen hinab.

„Ich beneide Sie."

Der Mann im teuren Anzug schlug dem Pförtner jovial auf die Schulter. „Ich armer Kerl muss nach Hause, da wollen dann die Kinder etwas, die Frau will etwas anderes, keine Minute hat man Zeit zum Abschalten." Er rückte seine Brille zurecht. „Sie können die ganze Nacht in Ruhe lesen oder fernsehen und über Tag schlafen. Wirklich, ich beneide Sie."

Ein mühsames Lächeln erschien auf dem Gesicht des Pförtners und er nickte. „Ihnen einen schönen Feierabend."

Der Mann schob seinen schwarzen Aktenkoffer vor sich durch die Tür.

„Gute Nacht."

Der Pförtner sah ihm kurz kopfschüttelnd nach, wie er den beleuchteten Weg zum Parkplatz hinunterging, und wandte sich dann wieder dem Fernseher zu.

Auf dem Dach des Bürogebäudes drehte sich eine hell erleuchtete große Uhr. Der Mann im Anzug sah hinauf. Schon neun Uhr. Seine Frau würde wieder mit dieser anklagenden Miene das Essen aufwärmen. Er schüttelte im Gehen den Kopf. Sie schien einfach nicht zu begreifen, was von einem Mann in seiner Position verlangt wurde. Wenigstens ließ sich die Sache mit der neuen Sekretärin jetzt endlich besser an. Er hatte schon befürchtet, sie auch entlassen zu müssen. Wie die sich angestellt hatte, wegen der kleinen Extras, die er ihr angeboten hatte, als ob sie es nicht selbst so wollte. Aber sie war natürlich zu Verstand gekommen. Am Ende sagten diese kleinen Luder doch alle ja. Er war auch nicht geizig, das würde sie schon merken. Ein zufriedenes Lächeln quetschte sich hinter seine Brillengläser, als er den

Parkplatz erreichte. Das Gelände war vollkommen leer, nur neben seinem Auto stand ein fremder Wagen, der eindeutig nicht zur Firma gehörte. Er war immer der Letzte, der ging, darauf legte er wert. In dem fremden Wagen nebenan saßen zwei ineinander verschlungene Gestalten. Er klimperte seinen Autoschlüssel aus der Tasche und schmunzelte wohlwollend. Eigentlich sollte er sie von diesem privaten Platz vertreiben lassen, aber er würde doch diesen beiden Turteltauben nicht den Abend verderben. Er war doch kein Unmensch. Ob sie wohl wirklich? Hier? Er drückte den Knopf auf seinem Schlüssel und spähte angestrengt durch die Autofenster hinüber. Als er die Mullbinde über seinem Mund spürte, war es zu spät. Er versuchte zu sprechen und atmete den strengen, medizinischen Geruch vor Schreck tief ein. Es wurde dunkel. Als er erwachte, schlug sein Kopf heftig gegen Metall. Um ihn herum war tiefschwarze Nacht. Mühsam bewegte er seine Hände durch den engen Raum zu seinen schmerzenden Schläfen. Er versuchte, die Beine auszustrecken und stieß erneut gegen Metall. Panik durchflutete ihn und löste eine neue Kopfschmerzwelle aus. Er stöhnte gequält. Was war denn nur passiert? Er war auf dem Parkplatz gewesen, da war das Pärchen im Auto, und dann ... nichts!

Ein Ruck schleuderte ihn gegen die Decke des Raumes. Er tastete durch die Dunkelheit. Ein Kofferraum! Das war ein Kofferraum in einem fahrenden Auto. Man hatte ihn entführt! Einen Moment lang war er erleichtert. Seine Frau würde bezahlen, sie würde alles tun, was von ihr verlangt wurde, um ihn wiederzubekommen, sie hatten das oft besprochen. Das Rucken wurde stärker. Ein Waldweg? Solche

Leute wollten doch immer nur Geld, sie würden ihm nichts tun. Die Angst kehrte mit Übelkeit erregenden Schmerzen zurück. Ich will hier raus! Lasst mich hier raus! Als der Wagen abrupt stoppte, erbrach er sich auf seinen Anzug. Snow verdrehte angewidert die Augen und sprach in das kleine Bluetoothgerät an ihrem Ohr. „Der Herr im Heck wäre dann soweit. Ich beginne mit dem Abendprogramm."

Sie drückte auf einen kleinen Knopf am Lenkrad und die Boxen im hinteren Teil des Wagens rauschten laut auf. Der Mann im Kofferraum fuhr erschreckt zusammen. Was war das? Es zischte ohrenbetäubend um seinen Kopf herum. War das Gas? „Hilfe! Ich habe Geld! Sie bekommen was sie wollen!" Er hämmerte verzweifelt gegen den Kofferraumdeckel in dessen Mitte aus dem Nichts ein Bild erschien.

„Spielen Sie doch nicht die Zickige ...", das war er, glasklar, gestochen scharf und unüberhörbar. Vor Überraschung hörte er auf zu schreien.

„... ich verstehe etwas von Frauen, sie sind nicht so kühl, wie sie vorgeben. Mein Gott, man könnte glauben, ich wolle ihnen Gewalt antun. Ganz im Gegenteil."

Hier im Dunkeln, auf das Innere eines Kofferraumdeckels projiziert, wirkte die Szene ganz anders, als er sie in Erinnerung hatte. Er wusste noch sehr gut, wie er damals auf die Neue zugegangen war und seine Hand auf ihre Brust gelegt hatte. Sie war natürlich zurückgewichen, das war Teil des Spiels. Und deshalb war er etwas näher gerückt und hatte ihre Brust fest in die Hand genommen. Nur damit sie wusste, sie hatte einen richtigen Mann vor sich. Nur damit sie wusste, was sie von ihm erwarten konnte. Irgendjemand hatte offensichtlich sein Büro überwacht und dabei diese Bilder gefunden. Die Konkurrenz? Na, wenn das alles war was sie hatten. Er hatte doch gar nichts Geschäftliches gesagt.

Das Bild stand kurz still und setzte dann mit der Stimme seiner Sekretärin wieder ein. „Lassen Sie mich in Ruhe!" Er wälzte sich im Kofferraum auf die Seite und hörte verständnislos zu. Snow stoppte die Wiedergabe und wechselte die Datei. Er sah sich selbst völlig nackt, nur mit einem bunten Lätzchen um den Hals auf einem runden Bett sitzen. „Die Extras werden auch immer teurer, Schätzchen." Eine sehr junge Frauenstimme im Hintergrund lachte. „Inflation, mein Lieber."

Wo hatten sie denn diese Bilder her? Das Haus, das er besuchte, war für seine Diskretion berühmt. Der saure Geruch seines eigenen Erbrochenen füllte den engen Raum zunehmend und er presste sein Gesicht näher an die schmalen Ritzen des Deckels. Das Bild stoppte jetzt an einer Stelle, die ihn nicht sehr schmeichelhaft zur Geltung brachte. Eine fremde, freundliche Stimme dröhnte metallisch verzerrt durch sein Gefängnis. „Sie sind doch ein Händler, der ein gutes Geschäft erkennt, nicht wahr? Dann hören Sie jetzt aufmerksam zu!" Die Stimme zählte eine Liste von Dingen auf, die er tun sollte. Völlig absurde Dinge. Er sollte seine Sekretärin versetzen lassen und befördern. Er sollte stets darauf achten, dass es ihr beruflich gut erging. Er sollte ihr eine Entschädigung zahlen und eine unglaubliche Summe spenden. Für eine Huren-Selbsthilfegruppe!

Die Stimme fuhr fast gelangweilt fort. Seine Frau wusste Bescheid, dass er heute später kommen würde. Sollte er je-

mals über seine Begegnung mit ihnen sprechen oder wieder eine Frau belästigen, würden sie ihn töten. Er wunderte sich darüber, wie belanglos das klang. Würde er auch nur eine ihrer Bedingungen nicht erfüllen, würden sie sich zum Handeln gezwungen sehen. „Sie wissen es vielleicht nicht zu schätzen, aber heute ist ihr Glückstag. Wir geben ihnen eine zweite Chance", sagte die Stimme abschließend und es wurde wieder dunkel und still. Er überlegte nicht. Sie hatten mehr Material als sie brauchten, um sein Leben zu zerstören. Diese Schweine, sie ließen ihm keine Wahl. Er musste tun, was sie verlangten. Der Wagen setzte sich nach seinen lauten Beteuerungen wieder in Bewegung und hielt nach einer diesmal eigenartig kurzen Fahrt an. Der Kofferraumdeckel sprang ruckartig auf. Er kroch vorsichtig über den Rand und fühlte, wie er sich vor Erleichterung in die Hose machte, als er sein Auto am Straßenrand entdeckte. Hinter ihm verschwand der dunkle Wagen lautlos in der Nacht. Er stürzte in sein Auto und raste davon. Aus dem Dunkel der anderen Straßenseite starrte Sea missmutig seinen schnell kleiner werdenden Rücklichtern nach.

Du bist das Meer und ich bin der Sand. Sands wortlose Botschaft wischte die Bilder in ihrem Kopf beiseite. Sie lehnte sich an ihre Gefährtin. „Ich mag es einfach nicht, wenn sie uns in den Kofferraum kotzen!"

Sea legte den Arm um die Schultern der Gefährtin und ließ die Strahlen des Dreilichts für eine Sekunde in den Himmel schießen. „Wenn er das noch mal macht, bringe ich ihn um."

Der Chefredakteur rückte Kendra mit der Freundlichkeit einer Würgeschlange, die ein Kaninchen zu Besuch hatte, einen Stuhl an seinen Schreibtisch.

„Setzen Sie sich. Kaffee?"

„Nein danke." Dass er freiwillig seinen immer zu starken, zu alten und zu kalten Kaffee anbot, galt in der gesamten Redaktion als eines der Zeichen für den Beginn der Apokalypse. Sie nahm ihm gegenüber Platz, schlug die Beine übereinander und bereitete sich darauf vor, entlassen zu werden. Der Gedanke ließ sie kalt. Sie sah in Gedanken die fremde dunkle Frau vor sich und hörte ihre Stimme. Auch wenn sie nur in ihrem Kopf war, war sie trotzdem wundervoll.

„Wie kommen Sie voran mit der Hafengeschichte?" Er goss Kaffee aus der fleckigen Thermoskanne in seinen Becher. Als er die Kanne hochzog, schwappte ein großer Fleck auf den Tisch, den er eigenartigerweise nicht beachtete.

„Gut, soweit mich der Hafenmeister in seine Karten sehen lässt."

„Schön." Das Thema interessierte ihn genauso wenig wie der Kaffeefleck.

Sein Stuhl wippte ungeduldig und er trank in kleinen, schlürfenden Schlucken.

Kendra fragte sich, was das für ein Gespräch werden sollte. Wenn er sie feuern wollte, hätte er das schon im zweiten Satz getan. Zartgefühl und überflüssige Floskeln waren nicht seine Art.

„Wegen der Story, die Sie mal recherchiert haben …" Sein Satz blieb unbeendet in der Luft hängen und beide lauschten einen Moment andächtig der Stille im Raum, bis Kendra schließlich fragte: „Welche Story?"

Seine Kaffeetasse landete spritzend in der Pfütze neben dem Briefbeschwerer. „Diese Verbrechen, ich meine diese Sachen, die Sie für Verbrechen hielten."

Kendra fühlte ihr Herz plötzlich schlagen und schwieg. Er zog mit dem Finger energisch eine Spur durch die Kaffeelache auf seinem Schreibtisch, als gälte es, das rote Meer zu teilen.

„Hat sich da eigentlich irgendetwas ergeben?"

Warum wollte er das plötzlich wissen? Hatte er nicht mitbekommen, dass die schwarze Witwe den Verstand verloren hatte und nichts als Gespenster jagte?

Er erwiderte ihren langen Blick mit heftig blinzelnden Augen.

„Da war nichts dran, oder?"

Sie beugte sich vor und betrachtete seine flackernden Augen mit Widerwillen. „Warum interessieren Sie sich dafür?"

Seine rechte Hand fuhr zum Hals und lockerte die Krawatte, der nasse Zeigefinger hinterließ dabei einen dunklen Fleck auf dem gelblichen Kragen. Kendra konnte seine Unruhe deutlich spüren.

„Nur so eine Idee von mir, wahrscheinlich ist alles Quatsch!"

„Was, alles?" Sie rückte ihren Stuhl näher an den Schreibtisch und die Rollen veränderten sich. Jetzt hypnotisierte das Kaninchen die Schlange. Einen Moment lang schien er sich aus der Umklammerung ihres Blickes lösen zu wollen, dann deutete er ergeben auf eines der Bilder an der Wand. „Mein bester Freund, wir sind zusammen zur Schule gegangen."

Sie kannte das Bild, es war der Anlass für vielstrophige, ungereimte jugendliche Heldenepen, die die gesamte Redaktion stumm ertrug.

„Er hatte einen Autounfall."

„Das tut mir leid." Sie wusste noch genau, wie eine Stimme klingen musste, die Mitleid empfand, also wählte sie den richtigen Tonfall.

„Ja ..." Sein jetzt fast ängstlicher Blick machte sie noch unruhiger. „... schlimme Sache, ich war im Krankenhaus, nachdem sie ihn operiert hatten."

All dieser Aufwand, nur um ihr eine Krankenhausgeschichte seines besten Freundes zu erzählen? Ausgerechnet ihr?

Er sprach weiter, als dränge es ihn, endlich einmal davon zu erzählen. „Ich war an seinem Bett als er aufwachte. Sie mussten ihm seine, Sie wissen schon, ... seine ..." Er deutete unsicher in die Richtung seiner eigenen Genitalien.

„... entfernen ... schwerste Quetschungen, er war nicht angeschnallt."

Eine feine Gänsehaut überzog ihre Arme und sie rieb mit beiden Händen darüber. Er bemerkte es und versuchte ein Lächeln und schüttelte sich dann unbehaglich.

„Kein schönes Thema für eine Frau, für einen Mann schon gar nicht. Auch sein Gesicht ist entstellt, zerschnitten. Er ist aufgewacht und hat meinen Namen gerufen. Er hat geweint und immer wieder gestammelt: ‚Du musst sie finden!'"

Kendra konnte nicht verhindern, dass ihre Hände sich um die Stuhllehnen krampften. „Wen sollen Sie finden?"

Das Sprechen fiel ihm sichtbar schwer. „Ich soll die Leute finden, die ihn bedroht haben." Er machte eine Pause „Ich soll die Schweine finden, die ihm das angetan haben."

„Ich denke, es war ein Autounfall." In Kendras Gedanken begann es zu regnen.

„Das sagt die Polizei. Ich habe mich erkundigt, kein Fremdverschulden zu erkennen. Er hatte zum Zeitpunkt des Unfalls 1,7 Promille und wohl einfach die Kontrolle über seinen Wagen verloren. Zeugen sind keine bekannt, es war eine wenig befahrene Landstraße."

„Und was sagt er?" Sie wusste genau, was er sagte, aber das konnte der Chefredakteur nicht wissen.

„Das bleibt absolut unter uns, nicht wahr?" Drohend klopften seine Finger auf die Schreibunterlage.

„Natürlich."

„Er sagt, er wäre bedroht worden, schon länger. Sie hätten ihn gewarnt, wegen einer Sache mit seiner Tochter, dabei ist da kaum was passiert. Sie müssten die Kleine mal sehen … das ist schon lange kein Kind mehr." Er dachte einen Moment darüber nach, wie er seinen Ausbruch politisch korrekt erklären konnte.

„Wenn die jungen Dinger es drauf anlegen, so etwas kann schwer sein für einen Mann, auch für einen Vater. Wir sind doch keine Heiligen."

Sie hatten es getan, Kendra war sich plötzlich sicher. Sie war nicht verrückt. Heute Nacht würde sie das Wort „Vergeltung" googeln.

„Ich habe mal ein wenig recherchiert in den alten Meldungen. Es hat nur Männer getroffen. Ist zwar abwegig, aber wenn sich da draußen wirklich irgendwelche wild gewordenen, vergessenen Emanzen breitmachen, muss man eingreifen." Der Gedanke schien ihm zu gefallen und er lächelte das vergilbte Schulfoto an, bevor er weitersprach. „Und? Haben Sie damals etwas gefunden?"

Sie wischte sich eine unsichtbare Fluse von der Schulter und antwortete mit betont gleichgültigem Tonfall.

„Ich bitte Sie, das ist doch völlig verrückt. Wo nichts ist, kann man auch nichts finden."
Der massige Mann richtete sich schnaufend im Bett auf.

„Hast du etwas für mich?"

„Noch nicht. Vielleicht solltest du doch lieber die Polizei …"

„Die Polizei hält mich für einen armen Spinner, der seine besoffene Spritztour vertuschen möchte. Von denen ist keine Hilfe zu erwarten. Du musst sie finden, für mich, bitte!"

Seine Hand umfasste flehend den Jackettärmel des Freundes. Der Chefredakteur wich verlegen zurück, in seinem Rücken zerlegte auf dem Monitor an der Wand ein jugendlich wirkender Fernsehkoch ein Lamm und präsentierte laut lachend die einzelnen Teile.

„Ist ja in Ordnung, ich tue ja was ich kann."

Er ordnete die Blumen auf dem Nachttisch neu, um nicht in das entstellte, weinerliche Gesicht seines besten Freundes schauen zu müssen.

„Ich habe mit dieser Redakteurin gesprochen, du weißt schon, die, die glaubt, einer Verbrechensserie auf der Spur zu sein. Sie sagt, sie hat nichts herausgefunden. Aber ich habe mich erkundigt, sie fährt immer noch jede Nacht durch die Gegend, sagen die Kollegen, und lässt sich hin und wieder Polizeiberichte kopieren. Wenn es da etwas zu wissen gibt, dann ist sie dem möglicherweise auf der Spur."

Der Freund griff wieder nach seinem Jackenärmel. „Dann musst du herausfinden, was sie weiß. Lade sie ein, befördere sie, gib ihr Geld. Vielleicht kann sie die Schweine für uns finden."

Der Chefredakteur sah das dunkle Eis in Kendras Augen vor sich. „Ich fürchte, dass sie das nicht tun wird."

„Dann drohe ihr, mein Gott, du bist ihr Chef, dir wird doch etwas einfallen."

Der Chefredakteur wandte sich erneut aus dem klammernden Griff und schaute betont sachlich aus dem Fenster. „Ich wüsste da etwas, sichere Sache, ohne viel Aufsehen."

„Und warum hast du das nicht schon veranlasst?"

„Es ist nicht ganz legal ..."

Beide sahen sich einen Wimpernschlag lang an, dann fixierte der Chefredakteur wieder die Aussicht. Unten, auf dem schmalen Weg durch den Krankenhausgarten, schob eine alte Frau einen schlafenden alten Mann im Rollstuhl vor sich her.

„Ich habe da ein paar Kontakte zu Leuten, die es mit dem Gesetz nicht so genau nehmen. Wenn die mal in ihrer Wohnung nachsehen, oder sie unauffällig ein wenig auf ihren nächtlichen Touren begleiten. Das wirbelt keinen unnötigen Staub auf. Die haben damals auch Ruth beschattet und ihrem schlappschwänzigen Liebhaber eine kleine Lektion erteilt."

Er stockte, unterbrochen von dem unangenehmen Gefühl, das ihn immer beschlich, wenn er an die düsterste Phase seiner Ehe dachte.

„Kostet natürlich eine Kleinigkeit."

„Es ist mir völlig egal, was es kostet. Diese Suche ist meine Medizin, davon werde ich gesund. Und wenn ich diese Mörderbande gefunden habe, dann werden meine Schmerzen im Vergleich zu dem, was ich ihnen antun werde, wie ein Streicheln sein. Sie hätten mich töten sollen, als sie die Gelegenheit dazu hatten." Seine schrille Stimme passte erstaunlich gut zu dem zerschnittenen Gesicht, aus dem sie drang. Die blutigroten Lammstücke auf dem Bildschirm verschwanden zischend in heißem Öl.

Der Chefredakteur nickte ein wenig unbehaglich und ging.

Durch die leicht beschlagenen Scheiben ihres Wagens sah Kendra die ersten Tage des Winters vorbeiziehen, eingehüllt in ihre Gedanken und die warme Geborgenheit ihres Autos. Die Nacht war ihr Zuhause geworden. Diese Nacht genauso wie die vergangenen und kommenden. Wenn sie das Dreieck auf ihren ruhelosen Runden am Himmel sah, grüßte sie es wie einen neuen Nachbarn, den man interessant fand, mit dem man aber nicht recht zu reden wusste. Ihr Fernglas lag seit Wochen neben dem Notebook auf dem Rücksitz. In scharfen Kurven rutschen beide unkontrolliert hin und her und drohten, dort auf den Boden zu fallen, wo der Stadtplan schon lag.

Sie suchte nicht mehr. Hinter diesen Signalen war keine Story, hinter diesem Licht lag eine andere Welt. Über Tag versuchte sie wie die Frau zu wirken, die sie irgendwann einmal gewesen war. Wenn einer der Kollegen über ihre Geisterjagd oder ihre schwarze Kleidung scherzte, lachte sie mit und fragte sich, wie sie jemals auf die Idee gekommen war, in der Redaktion darüber zu sprechen. Nachts suchte sie in ihren Träumen den weichen Mund unter den hellen Augen und fühlte das Dreieck über ihrem Herzen wie Feuer brennen.

Der Chefredakteur, der seit ihrem Gespräch nur dienstliche Worte mit ihr gewechselt hatte, hatte noch einmal sein Tablett in der Cafeteria dicht neben ihres geschoben und ihr, ohne erkennbar Atem zu holen, von seinem Freund erzählt.

Wie gut es ihm wieder gehe und wie sie lachen über die Sachen, die er unter der Einwirkung der Narkose erzählt habe. Was für ein ganzer Kerl er sei und wie tapfer er sein schweres Schicksal jetzt akzeptiere. Die Hand des Chefredakteurs war dabei wie eine müde Amphibie über den Tisch auf ihre Hand zugekrochen. Er habe ihr doch hoffentlich keine Angst gemacht mit seinen Spukgeschichten?

Sie hatte ihre Hand mit einem Schaudern, das ihm nicht entgangen war, weggezogen.

Nein, sie hatte keine Angst.

Mit einem Unterton, der ihr nicht gefiel, hatte er daraufhin ihre Selbstständigkeit gelobt und auf ihren Status als alleinstehende Frau hingewiesen, der doch sicher etwas mehr Hingabe an ihren Beruf möglich machte.

Hingabe. (1.620.000 Einträge). Wenn sie nach Hause kam, saß sie stundenlang vor dem Computer und starrte auf den hellen Bildschirm.

Finde deinen Platz!

Was war, wenn die Liebe und die Hingabe sich all die Jahre vor ihr im Dunklen verborgen hatten? Spätestens um Mitternacht verließ sie normalerweise das Haus.

In dieser Nacht hielt sie an einer roten Ampel und wischte mit der Außenfläche der Hand über die beschlagene Windschutzscheibe. Einsam lag die Straße vor ihr. Die Frau, die an der Haltestelle gegenüber auf den Nachtbus wartete, drückte sich tiefer in den Schutz des Wartehäuschens. Kendra beobachtete sie nachdenklich. Das aufflammende Grün der Ampel tauchte das Wageninnere in unwirkliches Licht und sie fuhr an. Aus dem Augenwinkel sah sie neben der Haltestelle zwei Gestalten den dunklen Weg der städtischen Parkanlage hinaufkommen. Sie schaltete in den nächsten Gang und fuhr langsam weiter. Das konnten nur Männer sein, Frauen mieden den Park nach Einbruch der Dunkelheit. Ihre Hand auf dem Schaltknüppel verharrte. Sie würden aus dem Weg heraustreten und an der wartenden Frau vorbeigehen.

Sie bremste in einiger Entfernung und schaltete in den Leerlauf.

Was gefiel ihr daran nicht? Männer und Frauen gingen täglich millionenfach aneinander vorbei und es schien meistens reibungslos zu funktionieren

Die feinen Härchen auf ihrem Nacken richteten sich auf und sie fühlte einen kalten Luftzug am Hals entlangstreichen. Sie fühlte Angst! Nicht ihre, da war sie sich sicher, sondern die Angst der wartenden Frau. Sie hatte keine Ahnung, wie sie diese neue Form der gefühlten Halluzination nennen sollte, also ließ sie sie namenlos.

Dreh den Wagen! Die Stimme in ihr war laut und bestimmt. Sie riss das Lenkrad herum und gab zögerlich Gas. Diese Frau hatte Angst und diese Angst wurde stärker.

Die Haltestelle kam in Sicht und Kendra fluchte laut. Die beiden Männer waren wirklich vor der Frau stehengeblieben und versperrten ihr die Sicht. Sie stoppte den Wagen in einiger Entfernung und überlegte fieberhaft. Vielleicht kennen sie sich und unterhalten sich nur? Sie reckte den Kopf, aber die Frau blieb hinter den breiten Rücken der Männer verborgen. Die Szene sah eigentlich ganz friedlich aus.

Schließ die Augen!, hörte sie die Stimme, nach der sie sich Nacht für Nacht sehnte, flüstern. Sie folgte dem Befehl und die Angst der Frau schoss wie ein Schrei durch ihren Körper. Sie kuppelte unsanft und ihr Auto rutschte mit quietschenden Reifen vorwärts. Einer der Männer drehte sich herum und sah zu ihr hinüber, sein Blick wischte ihre letzten Zweifel beiseite. In ihrem Kopf hämmerten die Gedanken, während sie langsam auf die Haltestelle zufuhr. Alle drei Personen standen mittlerweile soweit im Dunkeln, dass ihre Bewegungen nur undeutlich zu erkennen waren.

Sie rollte immer näher. Ihr Herz schlug schnell und viel zu laut. *Jetzt!*

Sie drückte den Fuß auf das Gaspedal und zog den Wagen nach rechts. Mit einem lauten Poltern überwand sie den Bürgersteig und ihr Fernlicht tauchte die Szene in kaltes, helles Licht. Die Männer drehten sich um und hielten die Hände schützend vor die Augen.

„Eh, du Arschloch, bist du …"

Sie war schon vor ihren ersten Worten aus dem Wagen gesprungen und hatte, ununterbrochen laute Kommandos brüllend, die Frau aus dem Dunkeln in Richtung ihres Autos gezerrt. Bis der Erste der beiden Männer einen Schritt auf das Auto zu machte, waren sie schon wieder auf der Straße.

„Alles in Ordnung?" Sie schaute die unbekannte Frau auf ihrem Beifahrersitz zum ersten Mal an. Sie war mittleren Alters und nicht sehr ordentlich gekleidet. Ein Duftgemisch aus Rauch, Bier und gebratenem Essen umgab sie wie eine Aura.

„Mir geht es gut." Die Frau kramte ein zerknülltes Papiertaschentuch aus dem Mantel und putzte sich die Nase.

„Ich fahre Sie nach Hause, wenn Sie mir sagen wo Sie wohnen."

Kendra lenkte den Wagen auf einen Parkstreifen und hielt. Die Frau sah sie misstrauisch von der Seite an und rutschte auf ihrem Sitz nach vorne. „Ich habe aber kein Geld. Wenn Sie Geld dafür wollen, steige ich lieber hier aus."

Sie schob die Hand unter den Türgriff.

„Ich will kein Geld, ich will einfach nur, dass Sie sicher nach Hause kommen." Kendra fiel es nicht schwer, ernsthaft und besorgt zu klingen.

Ein weiterer unsicherer Blick traf sie. Sie legte die Hände um das Lenkrad und schaute ungeduldig geradeaus. „Also?"

Die Frau nannte leise eine Adresse in einem der nördlichen Stadtteile.

Der Wagen schnurrte durch die nächtlichen Straßen und die beiden saßen in unbehaglichem Schweigen nebeneinander. Kendra wurde klar, dass Superhelden schon allein deshalb ihre frisch Geretteten nach Hause flogen, weil das flatternde Cape und die große Höhe jede Unterhaltung unmöglich machten.

„Ich wollte ihnen wirklich nur helfen." Warum hatte sie auf einmal das Gefühl, sich bei der Frau entschuldigen zu müssen?

„Warum denn helfen? War doch harmlos. Diese Bengels! Die wären schon weitergegangen. Ich stehe da jeden Abend, ist noch nie was vorgekommen."

„Aber Sie hatten doch so furchtbare Angst."

Die Frau rückte unwillig näher an die Tür. „Woher wollen Sie das denn wissen?"

Gute Frage, dachte Kendra, und beschloss der Einfachheit halber, den Medien die Schuld zu geben. „Ich dachte bloß, man sieht so viel im Fernsehen in letzter Zeit."

„Da haben Sie recht!" Die Frau blühte sichtlich auf. „Man weiß ja heutzutage auch nie, was so alles auf der Straße herumläuft. Aber mein Mann sagt immer, die Frauen, denen so etwas passiert, die sind nie ganz unschuldig." Sie schaute Kendra Beifall heischend an. „Ich arbeite jetzt zwanzig Jahre in der Gaststätte und musste oft spät den Bus nehmen. Mir ist nie etwas passiert!" Der Stolz in ihrer Stimme übertünchte die Unsicherheit nur schlecht.

Kendra starrte auf die Straße und fühlte, wie ihr sinkender Adrenalinspiegel einer großen Müdigkeit Platz machte. Warme Luft breitete sich im Wagen aus und die Fremde streckte müde ihre Beine.

„Trotzdem danke, für die Fahrt, meine ich. So bequem bin ich lange nicht mehr nach Hause gekommen." Sie kicherte. „Mein Mann holt mich selten ab. Er ist ja immer viel früher zu Hause und dann den ganzen Abend trocken da sitzen und kein

Bier trinken, nee das wäre nichts für ihn ... Macht mir auch nichts, mit dem Bus zu fahren."

Sie schwiegen beide wieder, bis Kendra in die richtige Straße einbog. Vor einem dunklen Wohnhaus stellte sie den Motor ab.

„Machen Sie so etwas öfter?" Die Frau legte eine Hand auf die Türklinke und sah Kendra neugierig an.

„Was mache ich öfter?"

„Na, so etwas, Frauen auf der Straße auflesen."

„Da bin ich noch nicht sicher."

Die Frau stieg kopfschüttelnd aus dem Auto und ging, ohne sich bedankt zu haben, auf die Haustür zu. Kendra seufzte und hoffte inständig, dass Robin Hood auch einmal so angefangen hatte, dann schlug sie den Heimweg ein. Sie hatte eine fremde Frau aus einer Bushaltestelle gezerrt, weil sie sich eingebildet hatte, ihre Angst zu spüren. Was hatte sie dafür erwartet? Dass sie ihr schluchzend vor Dankbarkeit um den Hals fiel und darauf bestand, Kendras Bildnis auf eine bronzene Plakette gravieren zu lassen? Sie fühlte sich mit einem Mal leer und dumm.

Was du getan hast, war richtig. Wie eine Berührung klang der Satz durch ihren Kopf. *Leg dich schlafen, du bist erschöpft.* Diese Stimme, Kendra erschauderte, ohne es zu wollen. Leg dich schlafen, hatte die Stimme gesagt und Kendra wünschte sich plötzlich, dass diese weibliche Stimme andere Dinge zu ihr sagte, sanfte, leise Dinge. Folgsam suchte sie sich den Weg zurück auf die Stadtautobahn und schlug den Heimweg ein. Tief in Gedanken versunken bog sie auf ihren Garagenhof ein und passierte in der engen Durchfahrt einen Wagen, in dem vier Menschen saßen. Wartend. Unbehaglich sah sie in ihren Rückspiegel. Nachdem sie ihr Auto rückwärts in die Garage gesetzt hatte, blieb sie sitzen und behielt den fremden Wagen im Auge. Nichts bewegte sich in seinem Inneren, die dunklen Silhouetten machten keine Anstalten auszusteigen. In ihrem Wagen wurde es schnell kälter. Verdammt, sie konnte nicht ewig hier sitzen bleiben. Ihre überreizten Nerven reagierten mit hilfloser Wut. Durch diese Unterführung zu gehen, war sowieso schon unangenehm. Sie war vollkommen dunkel und roch nach feuchtem Moder. Was für eine Nacht. Gerade hatte sie noch, ohne viel zu überlegen, eine Frau gerettet und nun saß sie selbst verängstigt auf einem Hof. Schluss damit! Sie stieg aus und ging mit festen Schritten auf die Unterführung zu. Der Schlüsselbund in ihrer Faust stach ihr in die Finger. Als sie mit dem Auto auf gleicher Höhe war, senkte sich lautlos die Seitenscheibe. Erschreckt machte sie einen Schritt zur Seite.

Finde deinen Platz!

Ihr ganzer Körper ruckte wie von einem Schlag getroffen herum. Vier dunkle Frauen sahen sie an. Acht helle Augen hielten sie fest. Wie eine dargebotene Hand nahm sie den Blickkontakt auf und

Bilder stürzten den neu geschaffenen Kanal mit brennender Intensität hinab.

Ich bin der Regen, der fällt
und du treibst meine Tropfen auf trockenes Gras.
Ich bin der Schnee, der hernieder sinkt
und meine Kristalle schweben auf dir durch die Täler.
Ich bin der Sand, der verweht
und wir stürmen miteinander über die Ebenen.
Ich bin das schäumende Meer
und du trägst mich mit peitschenden Wogen an Land.
Breite deine Flügel aus,
Dein Name ist …

„Nein!" schrie Kendra in das Gewirr des vielstimmigen Chores. „Nein!" Sie riss sich gewaltsam aus dem intensiven Kontakt und sank bewusstlos zu Boden.

Diese Stimmen in ihrem Kopf und diese sanfte Hand auf ihrer Stirn.

Ich bin der Regen …
Sei vorsichtig, leg sie da hin …
Breite deine Flügel aus …
Warum hat sie …?
Sie wacht auf, lasst uns gehen.

Sie streckte sich der Hand entgegen und stöhnte.

Fass mich an, halt mich fest, ich falle, deine Stimme, ich falle …

Mit beiden Händen griff sie nach dem weichen Druck auf ihrer Stirn.

Halt mich! Ein Tuch. Auf ihrer Stirn lag nichts als ein kühles Tuch. Unter halb geöffneten Augenlidern spähte sie durch den dunklen Raum. Sie war allein, allein in ihrem Schlafzimmer. Stöhnend richtete sie sich zur Hälfte auf und schaute auf den Wecker. Zehn nach vier. Auf unsicheren Füßen tastete sie sich durch die Wohnung. Hatte man sie überfallen? Die Küchenschubladen standen ein wenig offen. Vielleicht hatte sie die auch selbst aufgelassen.

Was war denn nur passiert? Ihr Kopf hämmerte wie nach einem mörderischen Saufgelage. Sie hatte doch gar nichts getrunken.

Die Frau, sie hatte doch diese Frau nach Hause gefahren. Und dann?

Wie Sand zwischen Getriebezähnen knirschten die Erinnerungen mit Schmerzen verursachendem Geräusch durch ihr Gehirn.

Wie war sie überhaupt nach Hause gekommen?

Ich bin der Regen ...

Nein!

Tränen liefen ihr warm die Wange hinunter.

Nein!

Ihr habt kein Recht zu tun, was ihr tut.

Breite deine Flügel aus ...

Lasst mich! Ich habe nichts mit euch gemeinsam.

Mit vorsichtigem Schritt schwankte sie ins Badezimmer und drehte die Dusche auf. Warmes Wasser perlte über ihr Haar und ihre Kleidung.

Ich bin der Regen, der fällt
und du treibst meine Tropfen auf trockenes Gras ...
Nein!

Sie setzte sich in die Duschwanne und knöpfte sich unter dem beruhigenden Strahl des Wassers das völlig durchnässte Hemd auf.

Ich bin der Schnee, der hernieder sinkt
und meine Kristalle reiten auf dir durch die Täler ...

Achtlos warf sie die restlichen Kleidungsstücke auf den Kachelboden.

Ich bin der Sand, der verweht
und wir stürmen miteinander über die Ebenen ...

Ich bin nicht wie ihr!

Sie hob ihr Gesicht dem Duschstrahl entgegen. Nur hier sitzenbleiben, warm und sicher, dann wird wieder alles gut. Irgendetwas glitt ihren Hals hinab, zwischen ihre Brüste, und sie tastete mit geschlossenen Augen danach.

Ich bin das schäumende Meer
und du trägst mich mit peitschenden Wogen an Land ...

Mit zitternden Fingern versuchte sie, den Verschluss der ungewohnten Kette zu öffnen.

Gebt uns Zeit.

Es gab keinen Verschluss.

Die Kette ließ sich nirgendwo öffnen.

Breite deine Flügel aus ...

Kendra schloss eine Faust um den silbernen Anhänger und weinte.

„Es war zu früh, ich hätte es wissen müssen!" Rain schlug mit der Faust auf den Tisch.

„Wir mussten es versuchen, sie kann dich immerhin schon seit Wochen hören." Sand legte beide Hände auf Rains zusammengesunkene Schultern.

„Ich fühle sie in mir." Rain schickte die Botschaft wortlos in den Raum. „Ich fühle ihr Herz mit meinem schlagen."

Sand stand auf und ging im Raum auf und ab. „Mach dir keine Gedanken, sie ist wie ein Kind, das seine ersten Schritte gemacht hat. Die neuen Möglichkeiten haben sie erschreckt und so hat sie sich wieder fallen lassen auf die sicheren Knie. Aber sie wird wieder aufstehen. Sie wird aufstehen und zu uns kommen. Sie wird zu dir kommen."

„Wir müssen bald wieder fort, sie waren schon in ihrer Wohnung." Rain senkte den Kopf. „Wir sind schon zu lange hier. Die Zungen der Jagdhunde lecken an unseren Fersen." Sie sandte das Bild in ungezähmter Brutalität durch die Köpfe ihrer Gefährtinnen. Eine gewaltige Welle schäumte heran und schwemmte die Hunde hinweg.

Sea zeichnete die Linien des Dreiecks in die Luft. „Wir nehmen immer mit, was zu uns gehört. Wir haben Zeit genug, um auf sie zu warten."

„Wir haben etwas gefunden." Der Chefredakteur flüsterte in den Hörer, obwohl niemand im Raum war. „Sieht ganz so aus, als ob du recht hattest. Diese schwarze Witwe aus meiner Redaktion hat eine Sammlung zu Hause. Tatorte, Namen und irgendein Gefasel über Lichtsignale am Himmel."

„Lichtsignale?" Der Freund verlagerte sein immenses Gewicht mit schmerzverzerrtem Gesicht. „Was denn für Lichtsignale?"

„Drei Punkte am Himmel, die wohl so einen Club von selbst ernannten Rächerinnen rufen sollen. Eigentlich vollkommen albern."

Drei Punkte am Himmel, der schwere Mann stöhnte auf. An dem Abend vor seinem Unfall hatte er drei helle Strahlen aus seinem Garten in den Himmel schießen sehen. Alarmiert war er die Treppe hinuntergegangen und hatte seine Tochter im Dunkeln vorgefunden.

„Warst du das, diese Lichtspiele?", hatte er in väterlichem Ton gefragt. Sie hatte ihn nicht angesehen und eine schwarze Taschenlampe vor ihre Brust gepresst. „Lass mich in Ruhe, ich habe Freunde!"

„Ich habe dir doch nur eine einfache Frage gestellt, das wird man doch noch dürfen. Komm jetzt rein, es ist doch viel zu kalt hier draußen."

Sie hatte ihn nur stumm angestarrt und schließlich war er ohne sie ins Haus gegangen. Hatte seine eigene Tochter ihm diese Verbrecher auf den Hals gehetzt?

„Unser Mann hat noch eine komische Sache erzählt. Sie spielt nachts wohl gerne selbst mal die Beschützerin. Er hat sie dabei beobachtet, wie sie eine Frau, die an einer Haltestelle mit zwei Männern sprach, in ihren Wagen zerrte und mit ihr davonfuhr. Total verrückt! Er hat die Zeit genutzt und sich ein wenig in ihrer Wohnung umgesehen, da hat er dann den restlichen Krempel entdeckt."

„Er soll unbedingt weiter an ihr dran bleiben, zahle ihm was du willst!"

Das Krankenhausbett bebte unter den heftigen Bewegungen des schweren Mannes.

„Ich hoffe, das lohnt sich, möglicherweise spinnt sich die Kleine einfach nur was zusammen."

„Verfolgt sie, egal wohin sie geht und besorge mir Kopien von ihren Aufzeichnungen, so schnell wie möglich."

Sie legten auf. Während der Chefredakteur sich sorgenvoll die Stirn rieb, ballte sein Freund die Faust zusammen, bis ihm die Finger schmerzten. Hatte seine eigene Tochter, sein Fleisch und Blut ihn an diese Verbrecher ausgeliefert.

Er würde es bald herausgefunden haben und dann ...

Kendra erwachte mit leichten Kopfschmerzen und einem schalen Geschmack im Mund. Auf ihrer Brust lag warm und glänzend das silberne Dreieck. Sie hob es an der langen Kette vor ihre verquollenen Augen und betrachtete es im Licht der Morgensonne. In jeder Ecke des filigranen Schmuckstückes saß ein schimmernder Edelstein.

Breite deine Flügel aus ...

Sie schloss die Faust um das kleine Kunstwerk. Die panische Verzweiflung der Nacht war von ihr gewichen und hatte wieder einer großen Einsamkeit Platz gemacht und einer Sehnsucht, die drängender wurde, wenn sie das Dreieck betrachtete. Sie öffnete die Finger und ließ den Anhänger hin und her pendeln. Er drehte sich und gab den Blick frei auf seine Rückseite. Ein Wort war in die Mitte der matten Fläche graviert. Sie las es und presste den Schriftzug wie zu einem Schwur gegen ihre Lippen. Dein Name ist …

„Wind", flüsterte sie zärtlich.

Rain spürte den sanften Hauch, der sie berührte, und erwachte aus unruhigen Träumen. Ein Bild schwebte zitternd in ihrem Bewusstsein, schwach und beinahe durchscheinend. Sie streckte sich dem schwachen Luftzug entgegen und ihr ganzer Körper vibrierte. Wind? Sie atmete das Wort vorsichtig in die schwarze Nacht hinaus und sah in ihrem Kopf eine Straße. Dunkel und drohend reckten sich die Häuser von beiden Seiten in den Himmel. Zeitungen lagen auf den Pflastersteinen verstreut. Ein leichter Windstoß packte sie und wirbelte sie spielerisch in das gelbe Licht einer Laterne. Ich bin Wind, stand in großen roten Schlagzeilen auf allen Seiten.

Du kannst mich hören!

Ich kann dich fühlen, Rain, flüsterte Wind.

Sie kann mit uns sprechen!

Rain richtete sich glücklich auf.

Sea, sang der kühle Atem des Windes.

Komm zu uns!

Snow, rauschten die wirbelnden Blätter der Zeitungen.

Wir brauchen dich!
Sand, zischte es aus den Häuserecken.
Du bist in Gefahr, solange du alleine bist!
Das Bild in ihrem Kopf verschwand.

Was für ein lausiger Job! Der junge Mann zündete sich mit zitternden Fingern eine neue Zigarette an und die Flamme seines Feuerzeuges flackerte unruhig im kalten Wind. Nach dem ersten Zug riss er die Zigarette in einer schlechten Kopie seiner Helden mit Daumen und Zeigefinger aus dem Mund. Er drängte sich dichter an die Hauswand und starrte zu den erleuchteten Fenstern empor.

Was dieser Reporter wohl von dem Mädchen wollte? Dieses Mal ging es offensichtlich nicht darum, dass seine Alte ihm Hörner aufsetzte. Er nahm einen tiefen Zug und grinste bei dem Gedanken an das arme Schwein, das sie damals windelweich geprügelt hatten. War kaum Arbeit gewesen und die Kohle hatte gestimmt. Ob er die Kleine auch bearbeiten sollte? Wäre kein Problem für ihn, bei der Zeit, die sie nachts alleine auf der Straße verbrachte. Diese dämliche Verfolgung ging ihm auf die Nerven. Jede Nacht fuhr sie herum, stundenlang, und er musste ihr folgen. Seit dieser Geschichte an der Haltestelle hatte sie nie mehr angehalten. War immer nur gefahren.

Er hatte es dem Reporter gesagt, als sie sich wegen der Kopien getroffen hatten.

Die ist nicht ganz richtig im Kopf.

Der Wind fing sich pfeifend in der Unterführung und er warf die glühende Zigarette fort.

Diese Mistkälte! Da mussten für die nächste Woche ein paar Scheine mehr herausspringen, er war doch nicht bescheuert. Das Licht im Wohnzimmer der Journalistin erlosch. Komm schon runter, Puppe! Im Auto ist es immer noch wärmer als hier draußen. Die restlichen Fenster wurden dunkel und der Mann umfasste seinen Autoschlüssel fester. Also wieder Stadtrundfahrt! Hoffentlich würde sie sich heute mit diesen Leuten treffen, auf die der Reporter so scharf war. Hey, vielleicht war das so eine Spionagesache und dieser Mistkerl würde eine Story schreiben, die ihm das ganz große Geld brachte.

Die Frau trat aus der Haustür und ging zu ihrem Wagen. Konnte nicht schaden, wachsam zu sein und die Informationen zu dosieren. Wenn er diese Freaks gefunden hatte, würde er sehen, was sich da herausschlagen ließ, dieser Reporter war doch ein elender Feigling. Er wartete, bis ihr Wagen um die Ecke gebogen war, und folgte ihr dann in sicherem Abstand.

Das Fenster des alten Schuppens war von innen notdürftig mit Pappe zugeklebt worden. An einer der beiden oberen Ecken hing der schmutzige Karton ein Stück nach unten. Sea zog sich mühelos an den rostigen Gitterstäben hoch und spähte vorsichtig hinein. Im Inneren saßen zwei Männer zwischen dutzenden von übereinander gestapelten Computern, deren Frontseiten unregelmäßig blinkten.

Das digitale Böse ist anwesend. Sea schickte das Bild der beiden Männer, die vor einem großen Monitor saßen, zu den anderen.

Warum ausgerechnet sie?

Der Gedanke flatterte schwach durch Seas Bewusstsein. Sie horchte erfreut auf. Wind? Es blieb still in ihrem Kopf. Sie ließ eine Welle von Wärme auf kaltem Stein brechen. Wind, ich höre dich.

Ein kaum spürbarer Luftzug ließ die Schaumflocken der Gischt über dem Wasser tanzen.

Warum sie?

Sea ließ sich lautlos auf den staubigen Lehmboden fallen und huschte in das schützende Dunkel der anderen Gebäude.

Wind ist bei uns. Rain beugte sich lächelnd über den alten Gasofen und schraubte an einem staubigen Schlauch.

Warum gerade sie? Wind schoss die Frage ungeduldig durch die kalte Nacht.

Sea ließ die Bilder die sie sah in ihrem Kopf hell werden. Schau hin, schau einfach hin!

„Die sind besser als die letzten, das wird ein Schlager!" Der ältere Mann schlug dem Jüngeren begeistert auf die Schultern, während seine Zunge hektisch über seine Lippen leckte. „Ein echter Glücksfall! Wo hast du die zwei denn her?"

„Du fragst zuviel." Der Jüngere tippte einen neuen Befehl in die Tastatur.

Eine Badeszene erschien. Ein kleines zitterndes Mädchen wurde von einem Mann gewaschen, wobei er sie immer intensiver an intimen Stellen berührte.

Das Kind hatte die Augen geschlossen und bewegte sich nicht. Man hörte den Mann stöhnen.

„Sieh zu, dass die Kopien bis Samstag verteilt sind. Und nichts geht unter 500€ pro DVD. Das ist Spitzenware, wir verstehen uns?"

„Sie ist elf Jahre und muss das schon seit Monaten machen." *Sand ließ die Qualen des Mädchens wie einen heulenden Sandsturm durch Winds Kopf fegen.*

„Hat sie keine Eltern?"

„Das ist ihr Vater, der Kerl auf dem Video!"

„Um so etwas kümmert sich die Polizei."

„Wenn sie es herausfindet. Wir müssen los." *Rain sammelte die Gedanken der anderen um sich und zeichnete das Dreieck über ihr Herz.*

„Jetzt!"

Wie Schatten glitten sie an der Außenwand entlang, schweigend und dunkel. Das Fenster zersplitterte unter der Wucht des ersten, heftigen Schlages.

„Scheiße!" *Glassplitter flogen den hektisch aufspringenden Männern ins Gesicht. Der Jüngere zog ein Messer und fuchtelte unsicher in die Richtung der zerborstenen Scheibe.*

Du hast doch keine Angst vor Fenstern, starker Mann?

„Was? Verdammte Scheiße, wer ist da?"

Der Ältere schlug sich die Hände vor die Ohren und rannte brüllend auf das Fenster zu. Der Jüngere riss ihn brutal herum und drückte ihm die Arme herunter. „Fängst *du jetzt an durchzudrehen? Such lieber nach irgendeinem Knüppel, damit wir dem Arschloch da draußen zeigen können, dass wir für solche Scherze keine Zeit haben."*

Der alte Mann wimmerte lauter und fiel auf die Knie. „Aufhören, hört auf damit, ich …" Er röchelte undeutliche Worte und hieb mit den Händen gegen seinen Kopf.

Der Jüngere versetzte ihm einen Tritt und fluchte. „Du perverses altes Schwein, steh gefälligst auf und schau nach, wer draußen ist! Los geh! Steh auf, verdammt!"

Der Ältere rollte sich jammernd zusammen.

Er kann dich nicht mehr hören. Er hört die Schreie.

„Wo bist du?" Der junge Mann streckte das Messer in den Raum. „Komm raus, du feige Sau!"

Eine Bewegung an der Tür ließ ihn herumfahren. Er ging einen Schritt nach vorne und warf das Messer selbstsicher zwischen beiden Händen hin und her.

Das Licht erlosch.

„Du bringst Dunkelheit über helle Seelen … Dunkelheit sei dein Platz!"

Ein heftiges Scharren der Füße verriet die immer enger werdenden Kreise, in denen sich der Mann um sich selbst drehte, um seinen Rücken zu schützen.

Hohe, schrille Schreie zerfetzten seine Trommelfelle, jagten wie glühende Pfeile in sein Gehirn und verbrannten auf ihrem Weg jeden klaren Gedanken.

Er stolperte über seinen bewusstlosen Komplizen und fiel, ohne sich abzustützen, zu Boden.

Die Schatten glitten erneut über die Wand und zogen einen schweren Gegenstand ins Innere des Raumes. Rain legte einen Hebel an dem Gasofen um und hob die Hand.

"Wind?"

Ein warmer Hauch umwehte die Schatten und hüllte den Raum in Gas. Rain, Sea und Sand huschten über den dunklen Hof und duckten sich hinter einem Vorsprung. Wie ein loderndes Feuer flogen die Gedanken der Frauen durch die Dunkelheit.

Ein gewaltiger Windstoß fegte den Funkenregen in die Hütte.

"Ich breite meine Flügel aus."

Die Detonation zerriss das Schweigen der Nacht und hallte von den Mauern der Häuser wider. Sea ließ die vielen ungehörten Hilfeschreie anschwellen, bis sie Wind fast das Bewusstsein nahmen.

Wir sind die Stimme der Verzweiflung,
unser Puls sind die Schläge der ängstlichen Herzen,
wir sind die Faust, die sich ballt,
und der Kopf, der sich hebt
Wir haben die Zeit
Und wir verändern die Welt.

„Das ist keine Glosse, das ist keine Reportage, das ist gar nichts! Nennen Sie mir netterweise eine Zeitung auf dieser Welt, die dieses Geschreibsel veröffentlichen würde." Die wenigen bedruckten Seiten segelten aus der geöffneten Hand des Chefredakteurs auf den Boden vor ihren Schreibtisch. Die Kollegen verstummten und schauten vorsichtig zu ihr hinüber.

Wie ein umnebeltes Bergmassiv sah sie die Gestalt des Redakteurs vor sich aufragen. Das ist nicht mein Platz.

„Keine Antwort ist auch eine Antwort! Mädchen, ich kann Ihnen nicht mehr helfen, Sie haben sich das selbst zuzuschreiben."

Sie hob den Kopf und ihre Augen trafen seinen ruhelosen Blick.

Er schnaubte abwehrend, zog einen Briefumschlag aus seinem Jackett und warf ihn auf ihre Schreibtischunterlage.

„Falls irgendjemand in diesem Raum …" Er ließ seine Arme mit theatralischer Geste einen Kreis beschreiben. „… noch zu dieser Dame durchdringt, kann er sich von ihr vielleicht einmal erklären lassen, was eigentlich los ist."

Kendra ließ den Blick unbewegt auf ihm ruhen und spürte den Zorn, der in ihm aufwallte. Er sah aus wie eine Kröte, die jemand langsam aufpumpte.

„Fürs Träumen können wir sie jedenfalls nicht länger bezahlen …"

Er holte tief Luft, „mag sein, dass ihr das egal ist …", wandte sich hämisch kichernd an den Rest der Anwesenden. „mag sein, dass sie andere Einnahmequellen hat." Er machte eine andeutungsschwangere Kunstpause. „Mit gleitender Arbeitszeit!"

Kendra stützte die Hände auf den Schreibtisch und erhob sich. Langsam und ohne den Blick zu senken, ging sie auf den immer noch grinsenden

Mann zu. Als sie so dicht vor ihm stand, dass sie seinen unappetitlichen Atem riechen konnte, schloss sie die Augen und ließ eine Welle der Scham über ihn fahren.

Der Chefredakteur weitete schwitzend seinen Hemdkragen, trat einen Schritt zurück und deutete auf die unbeweglich stehende Frau.

„Die spinnt doch! Was habe ich euch gesagt, total verrückt! Am besten, wir lassen sie sofort abholen, die ist doch ein Fall für die Klapsmühle. Spricht nicht, arbeitet nicht, fährt nachts ziellos durch die Stadt." Kendra schlug ruckartig die Augen auf.

Er lässt mich verfolgen.

„Verschwinden Sie, raus hier!"

Er machte ihr den Weg zur Tür übertrieben ausholend frei und sie ging ohne jede sichtbare Regung an ihm vorbei. Kurz vor der Tür blieb sie stehen und schlug mit der rechten Hand ein Zeichen in seine Richtung.

So als wollte sie ihn segnen.

Oder verfluchen.

Bis zum Einbruch der Dunkelheit kauerte Kendra hinter zugezogenen Vorhängen auf ihrem Bett. Zusammengerollt und mit geschlossenen Augen. Sie hatte keinen Mann mehr, sie hatte keinen Job mehr, sie hatte die meisten ihrer Freunde vergrault. Pessimistische Menschen würden diese Entwicklung sicherlich negativ bewerten.

Wind?

Rains Stimme streichelte durch ihr Bewusstsein.

Sie rollte sich enger zusammen und driftete in einen unruhigen Dämmerschlaf.

Sie sah Rain neben ihrem Bett sitzen, so klar und deutlich, wie sie sie in jener Nacht an der Theke gesehen hatte, und sie fühlte die Sehnsucht wie eine physische Kraft an sich ziehen. Konnte man jemanden lieben, den man nur ein einziges Mal gesehen hatte? Mit dem man nie ein Wort gewechselt hatte? Konnte man eine Frau lieben? Für einen Moment musste sie lächeln, wenn Männer das konnten, konnte sie es doch sicherlich besser.

Rain nahm ihre Hand und strich sanft die Linien der Innenfläche entlang. *Ich bin dein Schicksal und du bist meines. Ich habe dich so lange gesucht.*

Kendra entzog ihre Hand und betrachtete die Linien. Ich kann das nicht sehen. Rain hielt ihr die eigene Hand hin. *Dann musst du wohl in meine schauen.* Kendra ergriff die schöne Hand und ließ ihren Zeigefinger vorsichtig über die Innenfläche gleiten. Sie fühlte die Spuren, die sie zog, im ganzen Körper. *Sieh mich an.* Kendra hob die Augen und sah, wie sich der weiche Mund der schönen Frau langsam ihrem eigenen näherte. *Komm endlich zu mir*, sagte Rain so dicht vor ihren Lippen, dass sie sich flüchtig berührten. *Du bist wie ich.* Gewaltsam riss sich Kendra aus der Nähe und flüchtete in die entfernte Ecke des Bettes. Ich bin nicht wie du. Ich bin nicht wie ihr.

Rain verschwand und Kendra warf sich mit einem Schmerzensschrei auf ihr Bett.

Rain schüttelte verzweifelt die tröstenden Hände der anderen von ihren Armen. Es ist dieser Beruf, ich sage es euch. Ich finde die Frau fürs Leben und sie hat natürlich nichts für Superheldinnen übrig. Sand drückte Rain mit sanfter Gewalt in den Stuhl zurück und umhüllte sie mit Bildern kraftvoller Ruhe.

Vielleicht ist sie nicht wie wir?
Sie ist wie wir, ich bin sicher.
Dir ist es doch auch nicht leicht gefallen. Rain ließ sich, vom Willen der anderen festgehalten, in die gemeinsame Erinnerung sinken. Unwillkürlich zuckte sie zusammen unter längst durchlittenen Schmerzen. Sie hatte fast vergessen, wie schwer es gewesen war. Da war diese Stimme gewesen und diese Träume Sie hatte sich versenkt, immer tiefer versenkt in die Chöre, die sie riefen, in diese Frauenstimmen, die ihr einen ungeahnten Weg wiesen. Wie ein riesiges Netz hatte sie plötzlich die unterschiedlichen Strömungen des Lebens wahrgenommen.

Starke Kräfte, die sie zu sich herangezogen hatte, um sich in sie einzuwickeln.

Dichter und dichter wie ein Kokon. Sie hatte in seinem Schutz die schmerzhafte Wahrheit der Veränderung zu ertragen gelernt. Kein Eigenheim, kein Ehemann, kein Vorgarten, den sie liebevoll pflegen würde. Sie war die kleine, unscheinbare Raupe gewesen, aber am Ende all ihrer Schmerzen würde der Triumph des Fliegens stehen, das hatte sie gewusst. Durch die feste Hülle ihres Kokons waren immer neue Möglichkeiten geströmt. Und sie hatte gefühlt, dass sie den Kampf beginnen musste und die Suche, nach der einen Frau, mit der es sich lohnte die Welt zu retten.

Und jetzt hatte sie sie gefunden. Rain schlug die Augen auf und schloss die Faust um das Dreieck um ihren Hals. Sea, Sand und Snow legten ihre Hände schützend über Rains verkrampfte Finger.

Sie wird es schaffen!

„Gefeuert? Wieso hast du sie gefeuert?" Die Stimme seines Freundes überschlug sich in schrillen Tönen.

Ich kann das nicht mehr ertragen! Der Chefredakteur fühlte eine neue Welle von Schwäche und Angst in sich aufsteigen. Er ist verrückt!

„Hör doch mal zu." Er versuchte seiner Stimme einen beruhigenden Tonfall zu verleihen. „Die weiß nichts! Die ist einfach nur übergeschnappt, vielleicht Drogen, ja, ganz bestimmt sogar Drogen! Die ist total weggetreten! Wenn an deiner Geschichte etwas dran ist, hat sie bestimmt nichts damit zu tun!"

„Wenn an meiner Geschichte etwas dran ist?"

Die aufsteigende Wut seines Freundes schlug dem Chefredakteur mit Wucht entgegen. Er begann stärker zu schwitzen. Wann bin ich zwischen all diese Verrückten geraten? Mein Gott, was habe ich denn getan? Ein paar ruhige Jahre noch und dann geh ich in Pension. Diese Wahnsinnigen sollen ihren eingebildeten Krieg alleine ausfechten. Ich muss aus dieser Sache heraus, bevor es zu spät ist.

Die Stimme am anderen Ende hatte die ganze Zeit weiter geschrieen. „… muss sie finden, verstehst du, und wenn es das Letzte ist, was ich tue. Sie ist meine einzige Chance … du bist meine einzige Chance!"

Dieser weinerliche Tonfall! Wie er ihn hasste! Los, sag es ihm!

„Hör doch, ich will dir doch helfen, wir sind Freunde …" Er lachte betont aufmunternd. „Ich kenne auch schon jemanden, der sich mit solchen Problemen befasst"

„Du meinst diesen Typen, der sie beschattet? Der muss jetzt härter zugreifen, jetzt, wo die Gefahr besteht, dass sie verschwindet!"

„Nein, ich meinte jemand anderen. Einen Freund, der gerne mit dir reden möchte … Er hat ganz tolle Erfolge erzielt auf diesem Gebiet."

Diese Lösung war ihm in einer der schlaflosen Nächte gekommen, die er seit Kendras Kündigung verbracht hatte. Kein Wunder, dass er nicht mehr schlafen konnte, wenn diese Verrückten ihn mit ihren Wahnvorstellungen verfolgten.

„Welches Gebiet?"

Der Chefredakteur verfluchte lautlos den Tag, an dem er diesem ganzen Irrsinn zugestimmt hatte. Was war nur in ihn gefahren? Los jetzt! Du musst aus dieser Geschichte raus!

„Psychische Probleme, die mit Verfolgung zu tun haben!" Er schluckte tief. Er hatte es gesagt.

Der Freund verstummte, nur sein schwerer Atem war zu hören.

„Wie die anderen. Du denkst wie die anderen! Aber seit wann denn? Du hast mir doch geglaubt. Hat sie irgendetwas gesagt, bevor sie gegangen ist?"

Der Chefredakteur sah Kendra vor sich stehen, mit geschlossenen Augen.

Und er sah sie dieses Zeichen schlagen.

Ein Schwächegefühl drückte ihn tiefer in den Sessel. Ich muss ihn loswerden, um jeden Preis.

„Sie hat nichts gesagt, verdammt noch mal! Du willst mich nicht verstehen. Die hat schon seit Wochen nichts mehr gesagt und nachts fährt sie nur herum. Ich kann mir keine Drogenabhängigen oder sonstige Freaks im Büro leisten und ich möchte, dass wenigstens du dir helfen lässt!" Er nahm einen Stift von seinem Schreibtisch und schlug ihn im Takt seiner einzeln betonten Worte auf die Platte. „Es … gibt … keine … Verschwörung … da … draußen. Begreif das, oder lass mich in Ruhe!"

„Gib mir die Adresse von diesem Typen!"

Aus der Stimme am anderen Ende war jeder vertraute Klang gewichen.

„Nein! Ich habe ihn ausbezahlt und ihm gesagt, der Fall hätte sich erledigt, wäre ein Irrtum gewesen. Es ist vorbei! Bitte …"

„Du irrst dich." Die fremde Stimme kicherte. „Es ist nicht vorbei, es kann nicht vorbei sein. Ich habe ihre Adresse, ich werde …"

„Bitte!" Der Chefredakteur brüllte von furchtbarer Angst gepeinigt in den Hörer.

„… sie finden und dann …"

Der Freund legte mitten im Satz auf.

Rain wälzte sich ruhelos auf ihrem Bett. Wind, bitte? Kendra?

Wie in den Tagen zuvor, blieb ihr Ruf ohne Erwiderung. Das schwache Band, das sie verbunden hatte, war zerrissen und sie hatte nicht die Macht, es neu zu knüpfen. Wind würde zu ihr kommen oder sie würde für immer gehen.

Sea, Sand und Snow umgaben sie mit Wärme und Kraft, aber auch sie wussten, dass es wenig Linderung geben würde, wenn Wind sie verließ.

Rain konnte nicht glauben, dass sie sich geirrt hatte. Sie hatte Kendras eigenwillige Suche gespürt und die Hoffnung war wieder stärker geworden.

„Könnt ihr sie nicht fühlen", hatte sie die anderen gefragt.

Sea hatte für alle den Kopf geschüttelt.

Nein, sie konnten sie nicht spüren.

In den Nächten teilte sie Traumbilder mit der Unbekannten und das Band zwischen ihnen wurde stärker.

„Du darfst sie nicht rufen", warnten die anderen. Sie muss uns finden! Und so hatte sie aus der Ferne zugesehen, wie Kendra Schritt für Schritt ein neues Leben begann. Sie war immer vorsichtig gewesen, bis zu jener Nacht, als sie zurückgeblieben war, gegen den Willen der anderen. Danach gab es für sie kein Zurück mehr.

Sie ist es, hatte sie in den Köpfen der Gefährtinnen getanzt.
Sie ist es, hatten diese genickt.
Sie war Wind!
Sie war die Gefährtin, auf die sie gewartet hatte.
Sie würde sich mit ihr verbinden und alle würden durch diese Verbindung stärker werden.
Sie würden miteinander verschmelzen und die Dinge würden sich ändern.
„Wind, bitte, ich brauche dich!" Die Stille in Rains Kopf schmerzte.

Kendra hatte jedes Zeitgefühl verloren. Machte es einen Unterschied, ob sie Tage oder Jahre in ihrem Bett liegen blieb? Möglichkeiten durchspülten sie und sie vermochte nicht zu erkennen, welche die Richtige war. Von der verheirateten Journalistin zur lesbischen Superheldin? Von der geschiedenen Frau zur frustrierten Wahnsinnigen? Du bist nicht wahnsinnig, du bist verliebt. Sie überraschte sich selbst mit dieser einfachen Erkenntnis. Sie war auf eine so dramatische Art verliebt, dass es sie sprachlos machte. Sie wollte romantische Mix-CDs aufnehmen und der Sonne, an diese eine Frau gelehnt, beim Auf- und Untergehen zusehen. Wie aber sollte sie in Ruhe einen Sonnenuntergang genießen, wenn die Frau ihrer Träume heimlich Verbrecher jagte? Warum konnte die schöne Frau, die sie liebte, nicht einfach Postbotin sein und Heike heißen? Sie hätte so gerne mit ihr zusammen die vielen Briefe ausgetragen.

Aber das andere ...

Wo war Rain? Mit schmerzlicher Sehnsucht sah sie ihr helles Lachen in den Nebeln verschwinden. Ich suche dich! Sie schrie es wie einen Hilferuf ins Nichts.

Du musst dich finden, dann findest du mich!

Wind, du musst dich finden.

Die Konturen der Dinge lösten sich auf und sie trieb hilflos in wirren Strudeln.

Ruf ihn an und vergewissere dich, dass alles in Ordnung ist. Der Chefredakteur nahm den Hörer, wählte die vertraute Nummer und legte vor dem ersten Schellen wieder auf. Was sollte er denn schon groß anrichten? Gut, er hatte ihre Adresse. Im schlimmsten Fall belästigte er sie mit seiner Geschichte und sie holte die Polizei. Und wenn er es nicht dabei beließ?

Du hast ihm diese Informationen verschafft, wenn er ihr irgendetwas antut, hängst du mit drin.

Er wählte erneut und wartete ungeduldig auf das Freizeichen. Niemand zu Hause. Genau wie gestern.

Wahrscheinlich sind sie alle zusammen weggefahren, erholen sich ein bisschen vom Stress der letzten Wochen. Er rieb sich nervös die Schläfen. Diese ewigen Kopfschmerzen! Seine Frau hatte ihm schon geraten, einen Arzt aufzusuchen, weil er Nacht für Nacht schlaflos durch das Haus strich.

Ich könnte kurz an seinem Haus vorbeifahren und die Nachbarn fragen, wenn niemand aufmacht. Schließlich bin ich sein Freund!

Er nahm seine Schlüssel vom Haken, zog die Schuhe an und verließ das Haus.

Im Haus seines Freundes brannte kein Licht. Er ging durch den dunklen Vorgarten zur Haustür und schellte.

Nichts rührte sich. Er schaute auf die Uhr. Es war erst halb sieben, unmöglich, dass alle zu dieser Zeit schon schliefen. Sie waren also wirklich nicht da. Er schellte noch einmal und wusste selbst nicht genau warum er nicht wieder ging.

Im Inneren war ein leises Scharren zu hören, so als würde jemand versuchen, unbemerkt an der Tür zu lauschen. „Hallo, ich bin es. Seid Ihr zu Hause?" Das Scharren entfernte sich. Angst durchfuhr ihn und die Gewissheit, dass nichts in Ordnung war. Gar nichts! „Karin, ich bin es. Mach doch auf, ich höre doch, dass ihr da seid."

Er ging um das Haus herum zur Verandatür und versuchte, durch das Glas ins Innere zu spähen. Ein schmaler Lichtspalt fiel über den hellen Parkettboden.

„Mach auf! Macht auf, oder ich trommele die ganze Nachbarschaft zusammen." Er hämmerte mit beiden Fäusten gegen die gläserne Tür. Was tue ich nur hier? Er versetzte der Tür einen so heftigen Tritt, dass sie scheppernd vibrierte. Der Lichtspalt wurde breiter und die Frau seines Freundes kam durch das dunkle Zimmer auf ihn zu. Die Verandatür öffnete sich und er trat eilig ein. „Entschuldige Karin, ich wollte dich nicht erschrecken. Ich habe mir Sorgen gemacht …" Er stockte. „Ich wollte nachsehen, warum sich bei euch keiner meldet, und dann habe ich dieses Geräusch gehört und gedacht …"

Die Frau wandte sich von ihm ab und sank in einen Sessel.

„Es ist doch alles in Ordnung, nicht wahr?"

Seine ängstliche Frage schwebte minutenlang im Raum. Die Frau rührte sich nicht und er ging zu ihr hinüber.

„Karin …?"

Sie hob ihr Gesicht und er sah den großen Bluterguss unter ihrem Auge.

„Er ist weg." flüsterte sie. „Er ist weg und hat das Kind mitgenommen, damit er sicher sein kann, dass ich die Polizei nicht hole."

Die Tränen rannen aus ihren Augen, ohne dass sie es zu bemerken schien.

„Er sagt, er muss sich rächen und wir wollen ihn alle aufhalten. Aber das könnten wir nicht!"

Der Chefredakteur drehte sich zur Tür und fühlte einen heftigen Stich in der Brust. Für einen Moment hatte er das Gefühl, nicht mehr atmen zu können, dann holte er schmerzhaft tief Luft.

„Wenn er fertig ist, bringt er meine Tochter zurück ... er hat es mir versprochen."

Ihre Stimme folgte dem Chefredakteur durch die Verandatür in den Garten.

„Bitte lass ihn machen, was er will. Er hat mein Kind!"

„Ich bin nicht hungrig." Sie schaute ängstlich von ihrem vollen Teller auf und legte die Gabel beiseite.

„Dann isst du eben nichts. Aber glaube ja nicht, dass du dich nachher beschweren kannst." Er musterte den Stadtplan und schrieb sich Straßennamen auf die Papierserviette des Restaurants.

„Können wir nicht wieder nach Hause fahren, bitte Papa!"

„Nach Hause? Da, wo deine heulende Mutter mich für einen Wahnsinnigen hält? Wir beide haben kein Zuhause mehr, wir haben eine Mission! Nun fang doch nicht auch an zu plärren!" Wie schon so oft in den letzten Tagen, wurde seine Stimme laut und wütend. Die Leute an den Nebentischen blickten verstohlen zu ihnen herüber und begannen zu tuscheln.

„Verdammt, hör auf oder ich sperre dich für den Rest der Nacht in den Kofferraum!" Das Mädchen kämpfte verzweifelt mit den Tränen und zog mehrmals die Nase hoch. „Hör auf, habe ich gesagt! Ach, ihr seid doch alle gleich, los, wir gehen."

Er zitierte einen vorbeieilenden Kellner herbei und zahlte. „Stimmt so."

Er hinterließ ein großzügiges Trinkgeld und der Kellner wünschte ihnen einen schönen Abend.

„Das wird nicht einfach mit dem schönen Abend, ihre Mutter ..." Er deutete auf das junge Mädchen. „... hat uns verlassen. Es ist nicht leicht für uns."

Der Kellner hörte mit gespieltem Interesse der Geschichte zu, murmelte eine teilnehmende Floskel und eilte davon. Das Mädchen folgte dem massigen Mann mit müden Schritten aus dem Lokal. Gab es denn niemanden, der sie suchte? Noch eine Nacht mit ihm in einem Zimmer würde sie nicht aushalten.

Nicht die Fragen und nicht die Schläge.

„Wen hast du gerufen?"

„Wo sind sie?"

„Wie hast du sie gefunden?"

In ihrem Kopf drehten sich die Gedanken. Er ging dicht neben ihr zum Auto und drängte sie hinein.

Ruf sie!

Der Gedanke durchschoss ihre betäubten Sinne.

Wie denn? Ich habe kein Licht und wer sagt mir überhaupt, dass sie etwas getan haben.

Er hatte einen Unfall ... du weißt, dass sie es waren!

Er ist verrückt geworden, ruf sie!!

Er wird dieser Journalistin, von der er andauernd spricht, etwas antun, sehr bald! Vielleicht schon heute Nacht! Und er wird dich nie mehr gehen lassen ...

Der Mann auf dem Fahrersitz faltete die eng beschriebene Serviette auseinander und hielt sie ins Licht. „Wir werden einen kleinen Besuch machen heute Abend. Offensichtlich eine Freundin von dir. Vielleicht ist euer Gedächtnis besser, wenn ihr zusammen seid."

Sie presste die Augenlider fest aufeinander und schickte lautlos einen qualvollen Hilfeschrei durch die Nacht.

Sea unterbrach ihre Meditation und lauschte.

Da war es wieder! Sand? Sand ließ sich tief in die Verbindung fallen und fühlte ihren Weg durch die vielen Stimmen. Angstschreie füllten das Bewusstsein der Frauen. Snow nahm den Kontakt auf und die Bilder wurden klarer.

Es ist das Mädchen ... Er bedroht sie ... Er verfolgt jemanden ... Eine Frau ... Er will sie töten ... Er sucht nach ...

WIND!

Rain stand im Zimmer und zog alle Bilder auf sich. Sie ist in Gefahr! Sie hat nie gelernt, sich zu verteidigen.

Wir müssen ... Die Gedanken der Frauen umschlangen einander wie feste Seile, wurden zu einem Band und reichten in die Nacht hinaus.

WIND!

Ein rauschendes Schweigen war die Antwort.

Beeilt euch, wir müssen vor ihm da sein!

Rain sammelte die Gedanken der Gefährtinnen in sich. Wenn er sie verletzt, wenn ihr irgendetwas passiert, werden wir ihn jagen bis ans Ende der Zeit.

Sie verließen das Haus und in ihren Augen glitzerte eine dunkle Kraft.

Das Geräusch der Türglocke schmerzte in Kendras Ohren. Sie zog sich die Decke enger um die Schultern. Lasst mich doch alle in Ruhe!

Das Schellen hörte auf und sie glitt zurück in die Dunkelheit ihrer wirren Träume. Ich heirate eine schöne Postbotin und wir streichen zusammen einen weißen Gartenzaun. Sie hörte ein fernes Rufen und stellte es ab, wie ein zu lautes Radio. Ich will euch nicht hören.

Der Mann nahm den Finger vom Klingelknopf und schüttelte das leise weinende Kind ungeduldig. „Ich mache keinen Spaß, wenn ich sage, dass ich diese Heulerei nicht ewig ertragen kann!" Er ohrfeigte sie und sie starrte ihn aus schreckgeweiteten Augen an. Er war verrückt geworden und niemand würde ihr helfen.

„Dann werden wir uns eben in ihrer Wohnung umsehen, bis sie zurückkommt."

Seine unförmige Hand glitt suchend über das Klingelbrett.

„Ich will nichts von dir hören, verstehst du? Wenn jemand die Tür aufdrückt, gehst du sofort rein und hältst dich so dicht an der Wand, dass dich von oben niemand sehen kann." Das Mädchen nickte, ohne den Kopf zu heben.

Er strich sich die Haare aus dem Gesicht, rückte das Jackett zurecht und drückte den obersten Klingelknopf.

„Ja?" Eine Frauenstimme schepperte undeutlich aus der Sprechanlage.

„Frau Wester?" Er las den Namen von der Klingel ab und gab seiner Stimme einen fröhlichen Tonfall.

„Ja?"

„Johannes Ludwig hier, vom Stadtanzeiger. Ich habe den Artikel jetzt gelesen und wollte ihn Frau …" Er hüstelte und fand gerade noch rechtzeitig den Namen der Journalistin auf dem Klingelbrett. „Entschuldigung, diese blöde Erkältung, ich wollte ihn ihr zurückgeben. Sie meinte, ich solle ruhig bei Ihnen schellen, wenn sie nicht da wäre, Sie wüssten Bescheid."

„Ich weiß von gar nichts." Die Stimme klang misstrauisch. „Soll ich das jetzt annehmen oder was?"

„Das wäre ganz wundervoll von Ihnen. Ich könnte Ihnen auch noch die Änderungen erklären und Sie könnten das weitergeben, sind nur ein paar Seiten."

„Hören Sie mal, so viel Zeit habe ich nun auch wieder nicht! Ich sehe die doch auch kaum. Ich drücke Ihnen auf und Sie schieben es ihr unter die Tür."

Der Türdrücker summte und der Mann schob seine Tochter in den dunklen Flur. Das Licht sprang klackend an und die Stimme rief aus der oberen Etage: „Sie wissen, ja wo es ist, nicht wahr?"

„Ja, natürlich!"

Er stellte sich so, dass sie ihn sehen konnte. Sie atmete beim Anblick seiner frischen Narben unwillkürlich tief ein und versuchte ungeschickt, so teilnahmslos wie möglich zu ihm hinunterzuschauen.

„Und vielen Dank noch einmal!"

Die Frau blieb an das Treppengeländer gelehnt stehen und verfolgte, wie er zur Wohnung der Journalistin ging und dort laut raschelnd die Serviette mit den Straßennamen durch die Tür schob. Auf dem Rückweg zur Haustür beugte er sich vor und winkte nach oben. Die Frau winkte nicht zurück.

„Mach mir bloß auf!", zischelte er seiner Tochter zu und ließ die Haustür hinter sich ins Schloss fallen.

In die Ecke der Kellertreppe geduckt, hörte die Tochter, wie die Frau ihre Türe schloss. Nach einigen Minuten erlosch das Flurlicht. Du könntest jetzt doch einfach irgendwo klopfen und um Hilfe bitten. Sie rieb sich hektisch die Oberarme und schluchzte. Wer würde dir schon glauben? Sie zählte leise bis zehn und öffnete die Türe.

„Versuch doch wenigstens so zu tun, als ob du Gefühle hättest."

Seine Frau ließ zu, dass der Sekt in ihrem Glas von der heftigen Bewegung ihrer Hand überschäumte. Die Augen des Chefredakteurs folgten der hellen Flüssigkeit, die langsam auf den Teppich tropfte. Ihre Stimme schrillte in seinen Ohren. „Verantwortung! Hast du doch wahrscheinlich schon einmal in irgendeinem deiner Artikel benutzt. Oder Rücksicht …" Sie goss sich mehr Sekt in das volle Glas. „Rücksicht, gehört zu meinen persönlichen Favoriten, wahrscheinlich der Grund, warum du sie für wertlos hältst." Sie hielt inne und schaute an sich herunter. „So wie mich. So wie alle Frauen, die du nicht mehr f…"

Er schlug ihr voller Wut das Glas aus der Hand. „Du weißt gar nichts! Verdammt, ich habe doch versucht, das zu verhindern!" Er schnaufte und schaute ihr zum ersten Mal in die Augen.

„Ich habe es versucht, wenn er ihr etwas antut …"

„Dann hängst du mit drin."

Sie lachte dieses helle Lachen, das er früher so geliebt hatte.

„Ist das nicht wundervoll, dann könnt ihr die restlichen Jahre dieser einzigartigen Männerfreundschaft im Gefängnis verbringen."

„Ich hätte es nicht besser inszenieren können." Sie schob mit dem Fuß die Scherben zusammen und das Knirschen zerrte an seinen Nerven.

„Lass das!"

„Das?" Sie zertrat mit gleichgültigem Gesichtsausdruck ein größeres Stück Glas.

„Ich habe gesagt, du sollst damit aufhören, sonst …!"

„Sonst was? Schlägst du mich? Sperrst mir das Konto? Du mieses Stück, mit deinen miesen kleinen Drohungen und deinem miesen besten Freund! … Dieses Mal kriegen sie euch dran. Alles was ich noch tun muss, ist abwarten."

„Ich werde das in den Griff kriegen, freue dich nicht zu früh." Er nahm die Autoschlüssel vom Tisch. „Ich werde ihn finden und ihm Vernunft einprügeln, wenn es sein muss!"

Die Frau ließ sich müde in einen Sessel fallen und schaute auf ihre feuchten Schuhspitzen. „Vielleicht hat er sie schon längst umgebracht, sie und das Kind … Mein Gott, warum bist du überhaupt nach Hause gekommen und hast mir von deinen armseligen Machenschaften erzählt."

Er drehte sich in der Türe herum. „Ich dachte …"

„dass ich dir helfe … dass ich die Geschichte, wenn ich sie kenne, besser verfälschen kann, wenn ich danach gefragt werde? Du bist so berechenbar in deiner Kleingeistigkeit! Erst die eigene Haut retten."

„Er wird ihr nichts tun, ich finde ihn vorher!"

Die Frau schloss die Augen und drehte den Kopf zum Fenster.

Kendra ließ sich mit geschlossenen Augen auf den Boden sinken. Etwas ist hier, etwas Dunkles, ich kann es fühlen. Es wird keine Postbotin für mich geben und keine Zäune.

Du bist in Gefahr. Rains Stimme in ihrem Kopf war plötzlich so klar wie seit langem nicht mehr.

Etwas war hier, das wusste sie auch ohne die Stimme in ihrem Kopf. Sie konnte es sehen, wie man ein Gewitter aufziehen sah. Sie öffnete die Augen langsam. Wer solche Dinge sehen konnte, war wohl nicht dazu bestimmt, Fensterbänke zu dekorieren.

Es ist dieser Mann, wir wissen nicht wie nah er dir ist, kannst du mich verstehen?

Ja.

Das Mädchen hatte aufgehört zu weinen und schaute fast gleichgültig zu, wie der Mann ungeschickt einen Draht umbog. „Wir setzen uns einfach in die gute Stube und warten, die kann ja nicht ewig verschwunden bleiben." Er kicherte auf diese seltsame Art, die sie so sehr zu fürchten gelernt hatte. „Und vielleicht finden wir ja auch schon ein paar nützliche Hinweise auf diese anderen Schlampen." Der Draht blieb im Schloss stecken und er ruckte ungeduldig daran. „Ich werde sie zur Strecke bringen, dann werden sie mir glauben, alle werden mir glauben müssen!"

„Verdammt, ich weiß, dass wir ihre Adresse im Büro haben, ich brauche sie aber nicht morgen früh, ich brauche sie jetzt!" Am anderen Ende der Leitung grummelte der Befragte missmutig.

„Ist das denn zu viel verlangt, dass mir einer meiner Redakteure mal eine Adresse heraussucht?" Der Chefredakteur lauschte der Erwiderung mit wütendem Gesicht.

„Wie war das, einen Moment." Er kramte den Kugelschreiber aus seiner Jackentasche.

„…Ja … ja … habe ich, sehen Sie, es geht doch, schönen Feierabend."

Sie kroch tastend den Flur entlang ins Badezimmer und zog sich am Waschbecken hoch. Aus dem Spiegel starrten sie zwei Augen an, deren Ausdruck ihr fremd war. Es war, als hätte man einen dünnen Vorhang weggezogen, der bis dahin den Blick auf ihr wahres Wesen verschleiert hatte. Ist es das, was sie gesehen hatte, wenn wir uns gegenüberstanden?

Die Tür zum Flur knackte leise.

Wind drehte sich herum.

Das Knacken verschwand und an seine Stelle trat das schabende Geräusch eines Metallgegenstandes, der sich in ihrem Türschloss bewegte.

Ihr Besucher war offensichtlich ungeduldig und hatte keine guten Manieren.

Er ist in deiner Nähe. Wir sind gleich da, hörst du …

Ich bin der Wind. Sie ging durch den Flur auf die Haustüre zu, aber die Knie gaben schon nach wenigen Schritten unter ihr nach und sie rutschte hilflos an der Wand herunter. Ich will das nicht, ich bin das nicht.

Das Schaben wurde lauter, ungeduldiger.

Versteck dich.

Nein! Mit beiden Händen stemmte sie sich vom Boden ab und richtete sich wieder auf.

„So schwer kann das doch nicht sein, ich kann einfach die Hände nicht mehr richtig bewegen ... hier versuch du es!"

Das Mädchen fasste an den Draht und drehte ihn gleichgültig in dem Schloss. Eine Ohrfeige traf sie heftig und unvermittelt von der Seite, sie taumelte. Er packte ihren Kopf und drückte ihn zwischen seine Hände.

„Gib dir Mühe", flüsterte er in ihr schmerzendes Ohr. „Gib dir bloß Mühe."

Was soll ich denn sagen, wenn sie aufmacht? Dass da ein Irrer hinter ihr her ist, den ich ihr auf den Hals gehetzt habe? Der Chefredakteur lenkte den schweren Wagen viel zu schnell um eine enge Kurve, für einen Moment verlor er die Kontrolle über das Lenkrad und die Reifen quietschten warnend. Mit einem energischen Ruck brachte er das Fahrzeug wieder in seine Gewalt und schoss die dunkle Straße hinab. Ich erkläre es ihr, vielleicht fällt uns zusammen etwas ein. Ich biete ihr Geld an, dann kann sie für eine Weile verschwinden. Genau, am besten stelle ich ihr direkt einen Scheck aus! Wenn er nur nicht schon bei ihr ist ...

Wind sah die Klinke der Tür übergroß vor sich und griff danach.

Ich bin der Wind,
ich bin, was du atmest
und was dich trägt,
mein milder Hauch
streichelt dein Gesicht
und mein Zorn
fegt dir dein Leben
aus dem Leib.

Ein schriller Ton zerriss die Stille.
Der Chefredakteur zündete ein Streichholz an und Kendras Name tanzte im unruhigen Licht der Flamme auf dem kleinen Messingschild. Das Streichholz brannte im Durchzug schnell herunter und erlosch. Er ließ es fallen und drückte mit einem tiefen Atemzug den gelblichen Knopf.

Es schellte! Der schwere Mann riss beim ersten Ton der Schelle das Kind zur Seite und schubste sie auf die Treppe zu. „Mach schon, in den Keller!"

Sie folgte ihm so langsam sie konnte.

Das Schaben hörte ruckartig auf und Schritte polterten die Treppe hinunter.

Drück den Türöffner! Das Summen hallte im Treppenhaus wider. Männerstimmen schrieen etwas, ein Kind weinte. Der Hass in den Worten der Männer und die Angst des Mädchens spülten die letzten Nebel aus ihrem Kopf.

Sie öffnete die Türe. „Was ist denn hier los?" Die weibliche Stimme brachte den Tumult im Treppenhaus abrupt zum Schweigen. „Wer ist denn da? Ich hole die Polizei. Hallo?"

„Kein Grund zur Aufregung, Frau Wester."

Kendras klare hallte durch den Flur. Sie beugte sich vor und winkte der Nachbarin im oberen Stockwerk beruhigend zu. „Die Herren wollten mich besuchen, überraschend, verstehen Sie, und jetzt haben sie sich wohl gegenseitig ein bisschen überrascht. Tut mir leid, wenn es etwas zu laut war."

Die Nachbarin brummelte ein paar unverständliche Worte und verschwand in ihrer Wohnung. Im Hausflur war es plötzlich fast friedlich. Wind lauschte den nervösen Atemzügen der beiden Männer und dem leisen Schluchzen des Mädchens.

Mit lautem Klacken sprang das Flurlicht aus

„Kommt doch auch herein", rief sie mit viel zu lauter Stimme und Blick auf den Schatten, der sich im Lichtspalt unter der Türe der Nachbarn neben ihr bewegte. „Jetzt, wo wir alle schon einmal hier sind."

Etwas schabte an der Wand entlang und sie sah, wie sich eine Hand auf den hellen Lichtschalter zuschob. Klack, machte es wieder und der Chefredakteur blinzelte ins Licht.

„Ich …"

Er trat einen Schritt auf sie zu und wollte zu sprechen beginnen.

Aus dem Schatten der Kellertreppe stieß der plumpe Arm seines Freundes hervor und traf ihn am Kopf. Er schrie auf und drückte sich schützend zur Seite. Der Freund war mit einer für ihn ungewöhnlich schnellen Bewegung auf dem Treppenabsatz erschienen und funkelte Kendra hasserfüllt an.

„Damit habt ihr nicht gerechnet, dass ich überlebe, nicht wahr! Ich lebe und werde …"

Wind schloss die Augen.

Schmerz!

Der Freund krümmte sich überrascht zusammen und drückte beide Hände gegen seinen Kopf. „Das habt ihr mir angetan!" Er wankte mit schweren Schritten auf Kendra zu.

Angst!

Er war ihr jetzt schon so nah, dass sie den Wahnsinn und die plötzliche Furcht in seinen Augen sehen konnte. Der Chefredakteur war aus seiner Erstarrung erwacht und drängte den Freund mit einem energischen Stoß an Kendra vorbei in die Wohnung. Das Mädchen hatte den Blick die ganze Zeit nicht von Kendra gewandt und blieb unsicher am Fuße der Treppe stehen. Kendra sah ihr tief in die Augen. *Ich kläre das!* Das Mädchen nickte und setzte sich auf die unterste Stufe.

„Nun kommen Sie schon rein, wir müssen diesen Kerl irgendwie zur Vernunft bringen!" Der Chefredakteur hielt den Freund in einer verzweifelten Umklammerung. Kendra trat in ihren Flur und schloss die Türe hinter sich. „Lassen Sie ihn los."

„Was, sind Sie wirklich verrückt? Dieser Mann ist hier, um Sie … um Ihnen …" Der Chefredakteur keuchte seine Worte hervor.

„Das weiß ich, lassen Sie ihn los, er soll es versuchen." Sie drehte sich um und ging in die Küche.

„Jetzt haben wir sie!" Der Freund entwand sich dem Griff des Chefredakteurs. „Wir haben sie und können sie fertig machen. Verdammt, hilf mir, dann finden wir auch die anderen." Er schüttelte seinen besten Freund ab und wollte Kendra folgen.

Du hast uns also gefunden!

Der Kopf des Mannes fuhr herum und er deutete auf die Haustür. „Sie sind da! Alle, die ganze Bande, wir haben sie." Er riss die Türe auf und starrte in den dunklen Flur.

„Da ist doch niemand, mein Gott, nimm doch Vernunft an, es ist noch nicht zu spät!" Die Hand des Chefredakteurs fiel kraftlos von der Schulter des Freundes.

Vor dem Haus lösten sich vier Schatten aus der Dunkelheit der Nacht.

Angst!

Der Freund schrie auf und schlug die Türe mit lautem Knall zu.

„Sie sind da, hilf mir."

Er rannte auf die Küche zu.

Verzweiflung!

„Sie wollen mich umbringen, dieses Mal werden sie es tun." Er begann zu weinen.

„Hör auf, komm lass uns gehen. Hier ist niemand, der dich bedroht, das ist doch bloss eine etwas versponnene Kollegin von mir und vor der Türe ist auch niemand!" Der Chefredakteur schüttelte den Freund, dessen Augen einen unsichtbaren Feind fixierten.

Nacht!

„Ich kann nichts mehr sehen, sie haben mich geblendet, rette mich!"

Er fiel stöhnend auf die Knie.

Ich bin der Regen,
fühle wie ich dir entgegenpeitsche.

„Nein!"

Ich bin der Sand,
sieh durch den Staub in deinen Augen.

„Hilf mir ...!"

Ich bin der Schnee,
lausche dem Tosen meiner Kristalle.

„Sie töten mich."

Ich bin das Meer,
schmecke das Salz meiner Tiefe.

„Bitte nicht ..."

Ich bin der Wind,
atme meinen tödlichen Hauch.

Unkontrolliert schreiend taumelte der schwere Mann in Kendras Flur umher.

Wind sammelte ihre neu erwachte Kraft und schleuderte ihre Wut als glühenden Speer in Richtung seines Herzens. Der Chefredakteur versuchte, den Freund zu stützen, aber dessen Körper wurde in seinen Armen schlaff und sie stürzten schwer zu Boden. In den Armen des Chefredakteurs liegend rang er immer wieder nach Luft, sein Kopf bewegte sich unruhig hin und her.

„Ich rufe einen Krankenwagen." Kendra stand ruhig in der Küchentüre und sah auf die beiden Männer hinab. „Sieht so aus, als hat ihr Freund einen Anfall."

„Wir müssen ihm helfen." Der Chefredakteur blickte zu ihr hinauf. „Was werden Sie sagen, ich meine, er wollte Sie umbr…"

„Davon weiß ich nichts! Er ist wohl ein verwirrter Mann und leidet unter Wahnvorstellungen, wie gut, dass Sie ihm geholfen haben, ihm und seiner Tochter." Sie reichte dem Chefredakteur die Hand. „Nicht wahr?"

Er nahm die Hand und fühlte eine ungeheure Kraft durch seinen Körper schießen und mit ihr eine unausgesprochene Drohung. Er haspelte ein paar Worte hinaus. „Ja klar, keine Ursache, das war doch meine Pflicht."

„Das wird es immer wieder sein", sagte Kendra und wählte eine Nummer auf dem Telefon.

„Er wird sich um alles kümmern!" Wind sah dem Chefredakteur hinterher, der mit dem Kind davonging. Das Mädchen drehte sich kurz vor der Straßenbiegung um und winkte den Frauen zu. Der Mann legte unbeholfen einen Arm um sie und ihr Kopf lehnte sich müde an seine Schulter. Wind straffte ihre Schultern und suchte den Kontakt zu ihren Gefährtinnen.

„Du bist der Wind."
Sand, Sea und Snow schlugen ein Dreieck über ihre Herzen und ihr Lachen floss in Winds Bewusstsein. „Wir haben Zeit." Wind fühlte das silberne Dreieck warm auf ihrer Haut. „Und wir formen die Welt."

Rain hatte den Schatten der Häuserwand nicht verlassen und Wind spürte ihre Unruhe. Sie schloss die Augen und schickte einen tosenden Windstoß die Straße entlang, in dessen Gewalt sich die Bäume bogen und dessen heulende Kraft die Fenster erzittern ließ. „Mein Platz ist an deiner Seite!" Rain stand plötzlich neben ihr und berührte mit der Hand vorsichtig die Wange der Frau, nach der sie so lange gesucht hatte. Wind drückte die Hand fester gegen ihre Haut und die Wärme, die sie umhüllte, wischte ihren letzten Zweifel beiseite. „Ich bin sehr froh, dass du nicht Postbotin bist, weißt du das?" Rain sah sie fragend an. „Ich erkläre es dir später und du erklärst mir, was es mit unseren Namen auf sich hat." Wind warf Rain einen verwegenen Blick zu. Rain sah ihr lächelnd in die Augen. „Wir dachten, falls wir mal international arbeiten, klingt das besser." Sie küssten sich wieder und Wind biss ihrer neuen Gefährtin leicht in die Zunge.

„Kann ich eigentlich fliegen?" Rain lachte glücklich und zog sie in den Wagen. „Heute Nacht vielleicht schon."

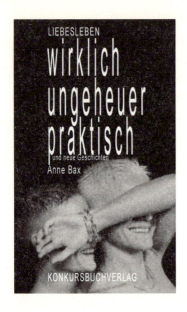

WIRKLICH UNGEHEUER PRAKTISCH
Erzählungen, 272 S., frz Br., Fadenheftung,
ISBN 3-88769-728-6

War die Falsche vielleicht doch die Richtige?
Was passiert einer lesbischen Neumieterin auf einer heterosexuellen Tupperparty?
Und was passiert an Familiensonntagen?
„Wie machen Lesben es eigentlich?", fragt Tante Christel eines Tages an einem solchen Familientag, und Anne Bax beantwortet diese Frage und viele mehr in 25 mitreißenden Geschichten.

Pressestimmen:

„Endlich gibt's mal wieder eine Autorin, die der Leserin nicht jedes Gefühl vordenkt, die auch mal Dinge unausgesprochen stehenlassen kann und die die hohe Kunst des niveau- und gleichzeitig humorvollen Schreibens ihr eigen nennen darf." (dykeworld)

„Es wird geküsst, gelacht, geschluchzt, verliebt, entliebt, getrennt, gelebt ... und es darf/kann/ muss gelacht werden. Mal herzhaft über die gelungenen Pointen, mal eher leise über den vorgehaltenen Spiegel und ganz oft äußerst vergnügt über den virtuosen Umgang mit der Sprache." (Lescriba)

Der Erzählband von Anne Bax ist wirklich ungeheuer komisch. [...] Eine stilsichere Wortjongleurin [...] die Leserin kommt mit 25 Satiren aus dem lesbischen Liebesalltag voll auf ihre Kosten. [...] Die Witzigkeit kennt schon deshalb so gar keine Grenzen, weil sie gerne mehrere Botschaften gleichzeitig transportiert. In der fiktiven Welt von Anne Bax sind lesbische Charaktere mit Humor keine Aliens, sondern Normalzustand. Adieu, Tristesse!" (Siegessäule)

Impressum

© konkursbuch Verlag Claudia Gehrke 2008
PF 1621, D – 72006 Tübingen
Telefon: 0049 (0) 7071 66551
Fax: 0049 (0) 7071 63539
www.konkursbuch.com
E-Mail: office@konkursbuch.com
Covermotiv von Thomas Karsten
Gestaltung: Verlag & Freundinnen
Druck: Drogowiec

ISBN: 978-3-88769-725-9